新 潮 文 庫

吉野葛・盲目物語

谷崎潤一郎著

新 潮 社 版

219

目次

吉野葛（よしのくず）・盲目物語

吉野葛（よしのくず）

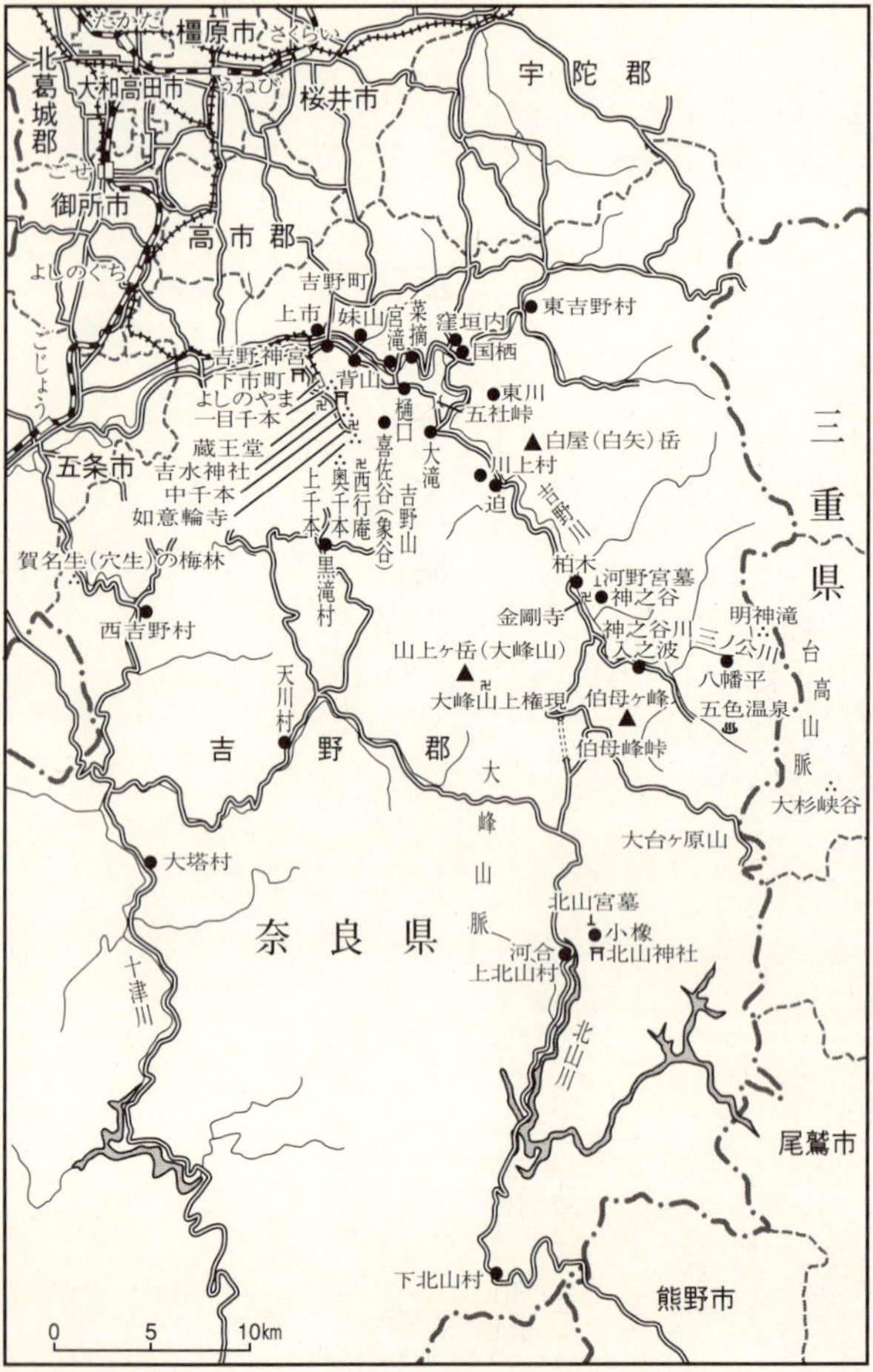

たかだ
橿原市
さくらい
北葛城郡
大和高田市
うねび
桜井市
宇陀郡
ごせ
御所市
高市郡
よしのぐち
ごじょう
吉野町
上市
妹山
宮滝
菜摘
窪垣内
国栖
東吉野村
吉野神宮
下市町
背山
よしのやま
一目千本
蔵王堂
吉水神社
中千本
如意輪寺
樋口
大滝
東川
五社峠
白屋（白矢）岳
川上村
迫
喜佐谷（象谷）
吉野山
西行庵
奥千本
上千本
五条市
吉野川
三重県
賀名生（穴生）の梅林
黒滝村
柏木
河野宮墓
神之谷
金剛寺
明神滝
神之谷川
三ノ公川
西吉野村
山上ヶ岳（大峰山）
入之波
八幡平
台高山脈
大峰山上権現
伯母ヶ峰
五色温泉
天川村
伯母峰峠
吉野郡
大峰山脈
大杉峡谷
大台ヶ原山
大塔村
北山宮墓
小橡
奈良県
河合
北山神社
上北山村
十津川
北山川
尾鷲市
下北山村
熊野市
0 5 10km

「吉野葛」関係地図

その一　自天王

私が大和の吉野の奥に遊んだのは、既に二十年程まえ、明治の末か大正の初め頃のことであるが、今とは違って交通の不便なあの時代に、あんな山奥、——近頃の言葉で云えば「大和アルプス」*の地方なぞへ、何しに出かけて行く気になったか。——この話は先ずその因縁から説く必要がある。

読者のうちには多分御承知の方もあろうが、昔からあの地方、十津川、北山、川上の荘あたりでは、今も土民に依って「南朝様」或は「自天王様」*と呼ばれている南帝の後裔に関する伝説がある。この自天王、——後亀山帝の玄孫に当らせられる北山宮と云うお方が実際におわしましたことは専門の歴史家も認めるところで、決して単なる伝説ではない。ごくあらましを掻い摘んで云うと、普通小中学校の歴史の教科書では、南朝の元中九年、北朝の明徳三年、将軍義満の代に両統合体の和議*が成立し、所謂吉野朝*なるものはこの時を限りとして、後醍醐天皇の延元々年以来五十余年で廃絶したとなっているけれども、そののち嘉吉三年九月二十三日の夜半、楠二郎正秀と云う者が大覚寺統の親王万寿寺宮を奉じて、急に土御門内裏を襲い、三種の神器を偸み出して叡山に立て籠った事実がある。この時、討手の追撃を受けて宮は自害し給い、神器のうち宝剣と鏡とは取り返されたが、神璽のみは南朝方の手に残ったので、楠氏越智氏の一族等は更に宮の御子お二方を奉じて義兵を挙げ、伊勢から紀井、紀井から大和と、次第に北朝軍の手の届かない奥吉野の山間僻地へ逃れ、一の宮を自天王と崇め、二の宮を征夷大将軍に仰いで、年号を天靖と改元し、容易に敵の窺い知り得ない峡谷の間に六十有余年も神璽を擁していたと云う。それが赤松家の遺臣に欺かれて、お二方の宮は討たれ給い、遂に全く大覚寺統のおん末の絶えさせられたのが長禄元年十二月であるから、もしそれ迄を通算すると、延元々年から元中九年までが五十七年、それから長禄元年までが六十五年、実に百二十二年ものあいだ、兎も角も南朝の流れを酌み給うお方が吉野におわして、京方に対抗されたのである。

遠い先祖から南朝方に無二のお味方を申し、南朝びいきの伝統を受け継いで来た吉野の住民が、南朝と云えばこの自天王までを数え、「五十有余年ではありません、百年以上もつづいたのです」と、今でも固く主張するのに無理はないが、私も嘗て少年時代に太平記を愛読した機縁から南朝の秘史に興味を感じ、この自天王の御事蹟を中心に歴史小説を組み立ててみたい、――と、そう云う計画を早くから抱いていた。川上の荘の口碑を集めた或る書物に依ると、南朝の遺臣等は一時北朝方の襲撃を恐れて、今の大台ケ原山の麓の入の波から、伊勢の国境大杉谷の方へ這入った人跡稀な行き留まりの山奥、三の公谷と云う渓合いに移り、そこに王の御殿を建て、神璽はとある岩窟の中に匿していたと云う。又、上月記、赤松記等の記す所では、予め偽って南帝に降っていた間嶋彦太郎以下三十人の赤松家の残党は、長禄元年十二月二日、大雪に乗じて不意に事を起し、一手は大河内の自天王の御所を襲い、一手は神の谷の将軍の宮の御所に押し寄せた。王はおん自ら太刀を振って防がれたけれども、遂に賊のために斃れ給い、賊は王の御首と神璽とを奪って逃げる途中、雪に阻まれて伯母ケ峰峠に行き暮れ、御首を雪の中に埋めて山中に一と夜を明かした。然るに翌朝吉野十八郷の荘司等が追撃して来て奮戦するうち、埋められた王の御首が雪中より血を噴き上げたために、忽ちそれを見附け出して奪い返したと云う。以上の事柄は書物に依って多少の相違はあるのだが、南山巡狩録、南方紀伝、桜雲記、十津川の記*等にも皆載っているし、殊に上月記や赤松記は当時の実戦者が老後に自ら書き遺したものか、或はその子孫の手に成る記録であって、疑う余地はないのである。一書に依ると、*王のお歳は十八歳であったと云われる。又、嘉吉の乱に一旦滅亡した赤松の家が再興されたのは、その時南朝の二王子を弑して、神璽を京へ取り戻した功績に報いたのであった。

いったい吉野の山奥から熊野へかけた地方には、交通の不便なために古い伝説や由緒ある家筋の長く存続しているものが珍しくない。たとえば後醍醐天皇が一時行在所*にお充てになった穴生の堀氏の館など、昔のままの建物の一部が現存するばかりでなく、子孫が今にその家に住んでいると云う。それから太平記の大塔宮熊野落ちの条下に出て来る竹原八郎*の一族、――宮はこの家に暫く御滞在になり、同家の娘との間に王子をさえ儲けていらっしゃるのだが、その竹原氏の子孫も栄えているのである。その外更に古いところでは大台ケ原の山中にある五鬼継*の部落、――土地の人はあれは鬼の子孫だと云って、決してその部落とは婚姻を結ばず、彼等の方でも自分の部落以外とは結ぶことを欲しない。そして自分たちは役の行者の前鬼の後裔だと称している。すべてがそんな土地柄であるから、南朝の宮方にお仕え申した郷士の血統、「筋目の者」と呼ばれる旧家は数多くあって、現に柏木の附近では毎年二月五日に「南朝様」をお祭り申し、将軍の宮の御所跡である神の谷の金剛寺に於いて厳かな朝拝の式を挙げる。その当日は数十軒の「筋目の者」たちは十六の菊の御紋章の附いた裃を着ることを許され、知事代理や郡長等の上席に就くのである。

私の知り得たこう云ういろいろの資料は、かねてから考えていた歴史小説の計画に熱度を加えずにはいなかった。南朝、——花の吉野、——山奥の神秘境、——十八歳になり給うら若き自天王、——楠二郎正秀、——岩窟の奥に隠されたる神璽、——雪中より血を噴き上げる王の御首、——と、こう並べてみただけでも、これほど絶好な題材はない。何しろロケーションが素敵である。舞台には渓流あり、断崖あり、宮殿あり、茅屋あり、春の桜、秋の紅葉、それらを取り取りに生かして使える。而も拠り所のない空想ではなく、正史は勿論、記録や古文書が申し分なく備わっているのであるから、作者はただ与えられた史実を都合よく配列するだけでも、面白い読み物を作り得るであろう。が、もしその上に少しばかり潤色を施し、適当に口碑や伝説を取り交ぜ、あの地方に特有な点景、鬼の子孫、大峰(おおみね)の修験者(しゅげんじゃ)、熊野参りの巡礼*などを使い、王に配するに美しい女主人公、――大塔宮の御子孫の女王子(おんなみこ)などにしてもいいが、――を創造したら、一層面白くなるであろう。私はこれだけの材料が、何故(なにゆえ)今日まで稗史(はいし)小説家*の注意を惹(ひ)かなかったかを不思議に思った。尤(もっと)も馬琴の作に「侠客伝(きょうかくでん)*」という未完物があるそうで、読んだことはないが、それは楠氏の一女姑摩姫(こまひめ)と云う架空の女性を中心にしたものだと云うから、自天王の事蹟とは関係がないらしい。外に、吉野王を扱った作品が一つか二つ徳川時代*にあるそうだけれども、それとて何処(どこ)まで史実に準拠したものか明かでない。要するに普通世間に行き亘(わた)っている範囲では、読み本にも、浄瑠璃(じょうるり)にも、芝居にも、ついぞ眼に触れたものはないのである。そんなことから、私は誰も手を染めないうちに、自分が是非ともその材料をこなしてみたいと思っていた。ところが、ここに、幸いなことには、思いがけない縁故を辿(たど)って、いろいろあの山奥の方の地理や風俗を聞き込むことが出来た。と云うのは、一高*時代の友人の津村と云う青年、――それが、当人は大阪の人間なのだが、その親戚(しんせき)が吉野の国栖(くず)に住んでいたので、私はたびたび津村を介してそこへ問い合わせる便宜があった。

「くず」と云う地名*は、吉野川の沿岸附近に二箇所ある。下流の方のは「葛」の字を充て、上流の方のは「国栖」の字を充てて、あの飛鳥浄見原天皇、——天武天皇にゆかりのある謡曲*で有名なのは後者の方である。しかし葛も国栖も吉野の名物である葛粉*の生産地と云う訳ではない。葛は知らないが、国栖の方では、村人の多くが紙を作って生活している。それも今時に珍しい原始的な方法で、吉野川の水に楮の繊維を晒しては、手ずきの紙を製するのである。そしてこの村には「昆布」と云う変った姓が非常に多いのだそうだが、津村の親戚も亦昆布姓を名のり、矢張製紙を業としていて、村では一番手広くやっている家であった。津村が語ったところでは、この昆布氏も可なりの旧家で、南朝の遺臣の血統と多少の縁故がある筈であった。私は、「入の波」と書いて「シオノハ」と読むこと、「三の公」は「サンノコ」であることなどを、この家へ尋ねて始めて知った。なお昆布氏の報告に依ると、国栖から入の波までは、五社峠*の峻嶮を越えて六里*に余る道程であり、それから三の公へは、峡谷の口もと迄が二里、一番奥の、昔自天王がいらしったと云う地点までは、四里以上ある。尤もそれも、そう聞いているだけで、国栖あたりからでもそんな上流地方へ出かける人はめったにない。ただ川を下って来る筏師*の話では、谷の奥の八幡平と云う凹地に炭焼きの部落が五六軒あって、それから又五十丁行ったどんづまりの隠(かく)し平(だいら)と云う所に、たしかに王の御殿の跡と云われるものがあり、神璽を奉安したと云う岩窟もある。が、谷の入り口から四里の間と云うものは、全く路(みち)らしい路のない恐ろしい絶壁の連続であるから、大峰修行の山伏(やまぶし)などでも、容易に其処(そこ)までは入り込まない。普通柏木辺の人は、入の波の川の縁に湧(わ)いている温泉*へ浴(ゆあ)みに行って、彼処(あそこ)から引き返して来る。その実谷の奥を探れば無数の温泉が渓流の中に噴(い)き出で、明神(みょうじん)が滝を始めとして幾すじとなく飛瀑(ひばく)が懸っているのであるが、その絶景を知っている者は山男か炭焼きばかりであると云う。

この筏師の話は、一層私の小説の世界を豊富にしてくれた。すでに好都合な条件が揃(そろ)っているところへ、又もう一つ、渓流から湧き出でる温泉と云う、打って付けの道具立てが加わったのである。しかし私は、遠隔の地にいて調べられるだけの事は調べてしまった訳であるから、もしあの時分に津村の勧誘がなかったら、まさかあんな山奥まで出かけはしなかったであろう。これだけ材料が集まっていれば、実地を踏査(とうさ)しないでも、あとは自分の空想で行ける。又その方が却(かえ)って勝手のよいこともあるのだが、「折角の機会だから来て見てはどうか」と津村からそう云って来たのは、たしかその年の十月の末か、十一月の初旬であった。津村は例の国栖の親戚を訪う用がある、それで、三の公までは行けまいけれども、まあ国栖の近所を一と通り歩いて、大体の地勢や風俗を見ておいたら、きっと参考になることがあろう。何も南朝の歴史に限ったことはない、土地が土地だから、それからそれと変った材料が得られるし、二つや三つの小説の種は大丈夫見つかる。兎に角無駄にはならないから、そこは大いに職業意識を働かせたらどうだ。ちょうど今は季候もよし、旅行には持って来いだ。花の吉野と云うけれども、秋もなかなか悪くはないぜ。

——と云うのであった。

で、大そう前置きが長くなったが、こんな事情で急に私は出かける気になった。尤も津村の云うような「職業意識」も手伝っていたが、正直のところ、まあ漫然たる行楽の方が主であったのである。

その二　妹背山（いもせやま）

津村は何日に大阪を立って、奈良は若草山の麓の武蔵野（むさしの）＊と云うのに宿を取っている、——と、そう云う約束だったから、此方（こちら）は東京を夜汽車で立ち、途中京都に一泊して二日目の朝奈良に着いた。武蔵野と云う旅館は今もあるが、二十年前とは持主が変っているそうで、あの時分のは建物も古くさく、雅致があったように思う。鉄道省のホテル*が出来たのはそれから少し後のことで、当時はそこと、菊水*とが一流の家であった。津村は待ちくたびれた形で、早く出かけたい様子だったし、私も奈良は曾遊の地*であるし、ではいっそのこと、折角のお天気が変らないうちにと、ほんの一二時間座敷の窓から若草山を眺めただけで、すぐ発足した。

吉野口*で乗りかえて、吉野駅*まではガタガタの軽便鉄道*があったが、それから先は吉野川に沿うた街道を徒歩で出かけた。万葉集にある六田の淀*、——柳の渡しのあたりで道は二つに分れる。右へ折れる方は花の名所の吉野山へかかり、橋を渡ると直きに下の千本*になり、関屋の桜*、蔵王権現*、吉水院*、中の千本、——と、毎年春は花見客の雑沓する所である。私も実は吉野の花見には二度来たことがあって、幼少の折上方見物の母に伴われて一度、そののち高等学校時代に一度、矢張群集の中に交りつつこの山道を右へ登った記憶はあるのだが、左の方の道*を行くのは始めてであった。

近頃は、中の千本へ自動車やケーブルが通うようになったから、この辺をゆっくり見て歩く人はないだろうけれども、むかし花見に来た者は、きっとこの、二股の道を右へ取り、六田の淀の橋の上へ来て、吉野川の川原の景色を眺めたものである。

「あれ、あれを御覧なさい、あすこに見えるのが妹背山です。左の方のが妹山、右の方のが背山、——」

と、その時案内の車夫は、橋の欄干から川上の方を指さして、旅客の笻をとどめさせる。嘗て私の母も橋の中央に俥を止めて、頑是ない私を膝の上に抱きながら、

「お前、妹背山の芝居*をおぼえているだろう？　あれがほんとうの妹背山なんだとさ」

と、耳元へ口をつけて云った。幼い折のことであるからはっきりした印象は残っていないが、まだ山国は肌寒い四月の中旬の、花ぐもりのしたゆうがた、白々と遠くぼやけた空の下を、川面に風の吹く道だけ細かいちりめん波を立てて、幾重にも折り重なった遥かな山の峡から吉野川が流れて来る。その山と山の隙間に、小さな可愛い形の山が二つ、ぼうっと夕靄にかすんで見えた。それが川を挟んで向い合っていることまでは見分けるべくもなかったけれども、流れの両岸にあるのだと云うことを、私は芝居で知っていた。歌舞伎の舞台では大判事清澄の息子久我之助と、そ

の許嫁（いいなずけ）の雛鳥（ひなどり）とか云った乙女とが、一方は背山に、一方は妹山に、谷に臨んだ高楼（たかどの）を構えて住んでいる。あの場面は妹背山の劇の中でも童話的の色彩のゆたかなところだから、少年の心に強く沁（し）み込んでいたのであろう、その折母の言葉を聞くと、「ああ、あれがその妹背山か」と思い、今でもあのほとりへ行けば久我之助やあの乙女に遇（あ）えるような、子供らしい空想に耽（ふけ）ったものだが、以来、私はこの橋の上の景色を忘れずにいて、ふとした時になつかしく想（おも）い出すのである。それで二十一か二の歳の春、二度目に吉野へ来た時にも、再びこの橋の欄干に靠（もた）れ、亡（な）くなった母を偲（しの）びながら川上の方を見入ったことがあった。川はちょうどこの吉野山の麓あたりからやや打ち展（ひら）けた平野に注ぐので、水勢の激しい渓流の趣が、「山なき国を流れけり」*と云うのんびりとした姿に変りかけている。そして上流の左の岸に上市（かみいち）の町が、うしろに山を背負い、前に水を控えた一とすじみちの街道に、屋根の低い、まだらに白壁の点綴（てんてつ）する素朴な田舎家（や）の集団を成しているのが見える。

私は今、その六田の橋の袂（たもと）を素通りして、二股の道を左へ、いつも川下から眺めてばかりいた妹背山のある方へ取った。街道は川の岸を縫うて真っ直ぐに伸び、みたところ平坦（へいたん）な、楽な道であるが、上市から宮滝、国栖、大滝、迫（さこ）、柏木（かしわぎ）を経て、次第に奥吉野の山深く分け入り、吉野川の源流に達して大和と紀井の分水嶺を超え、遂には熊野浦*へ出るのだと云う。

奈良を立ったのが早かったので、われわれは午少し過ぎに上市の町へ這入った。街道に並ぶ人家の様子は、あの橋の上から想像した通り、いかにも素朴で古風である。ところどころ、川べりの方の家並みが欠けて片側町になっているけれど、大部分は水の眺めを塞いで、黒い煤けた格子造りの、天井裏のような低い二階のある家が両側に詰まっている。歩きながら薄暗い格子の奥を覗いて見ると、田舎家にはお定まりの、裏口まで土間が通っていて、その土間の入り口に、屋号や姓名を白く染め抜いた紺の暖簾を吊っているのが多い。店家ばかりでなく、しもうたや*でもそうするのが普通であるらしい。孰れも表の構えは押し潰したように軒が垂れ、間口が狭いが、暖簾の向うに中庭の樹立ちがちらついて、離れ家なぞのあるのも見える。恐らくこの辺の家は、五十年以上、中には百年二百年もたっているのがあろう。が、建物の古い割りに、何処の家でも障子の紙が皆新しい。今貼りかえたばかりのような汚れ目のないのが貼ってあって、ちょっとした小さな破れ目も花弁型の紙で丹念に塞いである。それが澄み切った秋の空気の中に、冷え冷えと白い。一つは埃が立たないので、こんなに清潔なのでもあろうが、一つはガラス障子を使わない結果、紙に対して都会人よりも神経質なのであろう。東京あたりの家のように、外側にもう一と重ガラス戸があればよいけれども、そうでなかったら、紙が汚れて暗かったり、穴から風が吹き込んだりしては、捨てて置けない訳である。兎に角その障子の色のすがすがしさは、軒並みの格子や建具の煤ぼけたのを、貧しいながら身だしなみのよい美女のように、清楚で品よく見せている。私はその紙の上に照っている日の色を眺めると、さすがに秋だなあと云う感を深くした。

実際、空はくっきりと晴れているのに、そこに反射している光線は、明るいながら眼を刺す程でなく、身に沁みるように美しい。日は川の方へ廻っていて、町の左側の障子に映えているのだが、その照り返しが右側の方の家々の中まで届いている。八百屋の店先に並べてある柿が殊に綺麗であった。キザ柿*、御所柿*、美濃柿*、いろいろな形の柿の粒が、一つ一つ戸外の明りをそのつやつやと熟し切った珊瑚色の表面に受け止めて、瞳のように光っている。饂飩屋のガラスの箱の中にある饂飩の玉までが鮮やかである。往来には軒先に莚を敷いたり、箕*を置いたりして、それに消炭*が乾してある。何処かで鍛冶屋の槌の音と精米機*のサアサア云う音が聞える。

私たちは町はずれまで歩いて、とある食い物屋の川沿いの座敷で昼食を取った。妹背の山は、あの橋の上で眺めた時はもっとずっと上流にあるように思えたが、ここへ来るとつい眼の前に立つ二つの丘であった。川を隔てて、此方の岸の方のが妹山、向うの岸の方のが背山、――妹背山婦女庭訓の作者は、恐らく此処の実景に接してあの構想を得たのだろうが、まだこの辺の川幅は、芝居で見るよりも余裕があって、あれ程迫った渓流ではない。仮りに両方の丘に久我之助の楼閣と雛鳥の楼閣があったとしても、あんな風に互に呼応することは出来なかったろう。背山の方は、尾根がうしろの峰につづいて、形が整っていないけれども、妹山の方は全く独立した一つの円錐状の丘が、こんもりと緑葉樹の衣を着ている。上市の町はその丘の下までつづいていて、川の方から見わたすと、家の裏側が、二階家は三階に、平家は二階になっている。中には階上から川底へ針金の架線を渡し、それへバケツを通して、綱でスルスルと水を汲み上げるようにしたのもある。

「君、妹背山の次には義経千本桜があるんだよ」

と、津村がふとそんなことを云った。

「千本桜なら下市だろう、彼処の釣瓶鮨屋と云うのは聞いているが、――」

維盛が鮨屋の養子になって隠れていたと云う浄瑠璃の根なし事が元になって、下市の町にその子孫と称する者が住んでいるのを、私は訪ねたことはないが、噂には聞いていた。何でもその家では、いがみの権太こそいないけれども、未だに娘の名をお里と付けて、釣瓶鮨を売っていると云う話がある。しかし津村の持ち出したのは、それとは別で、例の静御前の初音の鼓*、——あれを宝物として所蔵している家が、ここから先の宮滝の対岸、菜摘の里にある。で、ついでだからそれを見て行こうと云うのであった。

菜摘の里と云えば、謡曲の「二人静」*に謡われている菜摘川の岸にあるのであろう。「菜摘川のほとりにて、いづくともなく女の来り候ひて、——」と、謡曲ではそこへ静の亡霊が現じて、「あまりに罪業の程悲しく候へば、一日経*書いて賜はれ」と云う。後に舞いの件になって、「げに耻かしや*我ながら、昔忘れぬ心とて、……今三吉野の河の名の、菜摘の女と思ふなよ」などとあるから、菜摘の地が静に由縁のあることは、伝説としても相当に根拠があるらしく、まんざら出鱈目ではないかも知れない。大和名所図会*などにも、「菜摘の里に花籠の水とて名水あり、又静御前がしばらく住みし屋敷趾あり」とあるのを見れば、その云い伝えが古くからあったことであろう。鼓を持っている家は、今は大谷姓を名のっているけれども、昔は村国の庄司と云って、その家の旧記に依(よ)ると、文治年中、義経と静御前とが吉野へ落ちた時、そこに逗留(とうりゅう)していたことがあると云われる。なお附近には象(きさ)の小川、うたたねの橋、柴橋(しばはし)等の名所もあって、遊覧かたがた初音の鼓を見せてもらいに行く者もあるが、家重代(いえじゅうだい)の宝だと云うので、然るべき紹介者から前日に頼みでもしなければ、無闇(むやみ)な者には見せてくれない。それで津村は、実はそのつもりで国栖の親戚から話しておいて貰(もら)ったから、多分今日あたりは待っている筈だと云うのである。

「じゃあ、あの、親狐(おやぎつね)の皮で張ってあるんで、静御前がその鼓をぽんと鳴らすと、忠信(ただのぶ)狐が姿を現わすと云う、あれなんだね」

「うん、そう、芝居ではそうなっている」

「そんなものを持っている家があるのかい」

「あると云うことだ」

「ほんとうに狐の皮で張ってあるのか」

「そいつは僕も見ないんだから請け合えない。兎に角由緒(ゆいしょ)のある家だと云うことは確かだそうだ」

「やっぱりそれも釣瓶鮨屋と同じようなものじゃないかな。謡曲に『二人静』があるんで、誰か昔のいたずら者が考え付いたことなんだろう」

「そうかも知れないが、しかし僕はちょっとその鼓に興味があるんだ。是非その大谷と云う家を訪ねて、初音の鼓を見ておきたい。——とうから僕はそう思っていたんだが、今度の旅行も、それが目的の一つなんだよ」

津村はそんなことを云って、何か訳があるらしかったが、「いずれ後で話をする」と、その時はそう云ったきりであった。

その三　初音の鼓

上市から宮滝まで、道は相変らず吉野川の流れを右に取って進む。山が次第に深まるに連れて秋はいよいよ闌になる。われわれはしばしば櫟林の中に這入って、一面に散り敷く落葉の上をかさかさ音を立てながら行った。この辺、楓が割合いに少く、且一と所にかたまっていないけれども、紅葉は今が真っ盛りで、蔦、櫨、山漆などが、杉の木の多い峰の此処彼処に点々として、最も濃い紅から最も薄い黄に至る色とりどりな葉を見せている。一と口に紅葉と云うものの、こうして眺めると、黄の色も、褐の色も、紅の色も、その種類が実に複雑である。おなじ黄色い葉のうちにも、何十種と云うさまざまな違った黄色がある。野州塩原*の秋は、塩原じゅうの人の顔が赤くなると云われているが、そう云う一と色に染まる紅葉も美観ではあるけれども、此処のようなのも悪くはない。「繚乱」と云う言葉や、「千紫万紅」と云う言葉は、春の野の花を形容したものであろうが、此処のは秋のトーンであるところの「黄」を基調にした相違があるだけで、色彩の変化に富むことはおそらく春の野に劣るまい。そうしてその葉が、峰と峰との裂け目から渓合いへ溢れ込む光線の中を、ときどき金粉のようにきらめきつつ水に落ちる。

万葉に、「天皇幸于吉野宮*」とある天武天皇の吉野の離宮、——笠朝臣金村の所謂「三吉野乃多芸都河内之大宮所*」、三船山*、人麿の歌った秋津の野辺*等は、皆この宮滝村の近くであると云う。私たちはやがて村の中途から街道を外れて対岸へ渡った。この辺で渓は漸く狭まって、岸が嶮しい断崖になり、激した水が川床の巨岩に打つかり、或は真っ青な淵を湛えている。うたたねの橋*は、木深い象谷の奥から象の小川がちょろちょろと微かなせせらぎになって、その淵へ流れ込むところに懸(かか)っていた。義経がここでうたたねをした橋だと云うのは、多分後世のこじつけであろう。が、ほんの一とすじの清水の上に渡してある、きゃしゃな、危げなその橋は、ほとんど樹々の繁(しげ)みに隠されていて、上に屋形船のそれのような可愛い屋根が附いているのは、雨よりも落葉を防ぐためではないのか。そうしなかったら、今のような季節には忽(たちま)ち木の葉で埋(うず)まってしまうかと思われる。橋の袂に二軒の農家があって、その屋根の下を半ば我が家の物置きに使っているらしく、人の通れる路を残して薪(たきぎ)の束が積んである。ここは樋口(ひぐち)*と云う所で、そこから道は二つに分れ、一方は川の岸を菜摘の里へ、一方はうたたねの橋を渡り、桜木の宮*、喜佐谷(きさだに)村を経て、上の千本から苔(こけ)の清水(しみず)、西行庵(さいぎょうあん)*の方へ出られる。蓋(けだ)し静(しずか)の歌にある「峰の白雪踏(ふ)み分けて入りにし人」*は、この橋を過ぎて吉野の裏山から中院(ちゅういん)*の谷の方へ行ったのであろう。

気が付いてみると、いつの間にか私たちの行く手には高い峰が眉(まゆ)近く聳(そび)えていた。空の領分は一層狭くちぢめられて、吉野川の流れも、人家も、道も、ついもうそこで行き止まりそうな渓谷であるが、人里と云うものは挟間(はざま)があれば何処までも伸びて行くものと見えて、その三方を峰のあらし*で囲まれた、袋の奥のような凹地(くぼち)の、せせこましい川べりの斜面に段を築き、草屋根を構え、畑を作っている所が菜摘の里であると云う。

成る程、水の流れ、山のたたずまい、さも落人の栖みそうな地相である。

大谷と云う家を尋ねると、すぐに分った。里の入り口から五六丁行って、川原の方へ曲った桑畑の中にある、一と際立派な屋根の家であった。桑が丈高く伸びているので、遠くから望むと、旧家らしい茅葺きの台棟と瓦葺きの庇だけが、桑の葉の上に、海中の島の如く浮いて見えるのがいかにも床しい。しかし実際の家は、屋根の形式の割合いに平凡な百姓家で、畑に面した二た間つづきの出居の間の、前通りの障子を明け放しにして、その床の間つきの方の部屋に主人らしい四十恰好の人がすわっていた。そして二人の姿を見ると、刺を通ずる迄もなく挨拶に出たが、固く引き締まった日に焼けた顔の色と云い、ショボショボした、人の好さそうな眼つきと云い、首の小さい、肩幅の広い体格と云い、どうしても一介の愚直な農夫である。

「国栖の昆布さんからお話がありましたので、先程からお待ちしていました」と、そう云う言葉さえ聞き取りにくい田舎訛りで、此方が物を尋ねてもはかばかしい答えもせずに、ただ律義らしく時儀をして見せる。思うにこの家は今は微禄して、昔の俤はないのであろうが、それでも私には却ってこう云う人柄の方が親しみ易い。

「お忙しいところをお妨げして済みませぬ。お宅様ではお家の宝物を大切にしていらしって、めったに人にお見せにならぬそうですが、無躾ながらその品を見せて戴きに参ったのです」と云うと、「いえ、人に見せぬと申す訳ではありませぬが」と当惑そうにオドオドして、実はその品物を取り出す前には、七日の間潔斎*せよと云う先祖からの云い伝えがある、しかし当節はそんなやかましいことを云ってもいられないから、希望の方には心安く見せて上げようと思っているけれども、日々耕作に追われる身なので、不意に訪ねて来られては相手になっている時間がない。殊に昨今は秋蚕*の仕事が片附かないので家じゅうの畳なども不断は全部揚げてあるような訳だから、突然お客様が見えても、お通し申す座敷もないと云う始末、そんな事情で、前にちょっと知らせて置いて下すったら、必ず何とか繰り合わせてお待ちしている、と、真っ黒な爪の伸びた手を膝の上に重ねて、云いにくそうに語るのである。

して見れば、今日は特に私たちのために、この二た間の部屋へわざわざ畳を敷き詰めて待っていてくれたに違いない。襖の隙から納戸*の方を窺うと、そこはいまだに床板のままで、急に其方へ押し込めたらしい農具がごたごたに片寄せてある。床の間には既に宝物の数々が飾ってあって、主人はそれらの品を一つ一つ、恭しく私たちの前に並べた。

「菜摘邨来由」と題する巻物が一巻、義経公より拝領の太刀脇差数口、及びその目録、鍔、靭、陶器の瓶子、それから静御前より賜わった初音の鼓等の品々。そのうち菜摘邨来由の巻物は、巻末に「右者五条御代官御役所時之御代官内藤杢左衛門様当時に被レ遊二御出一御申付候ニ付大谷源兵衛七十六歳にて伝聞之儘を書記し我家に残し置者也」とあって、「安政二歳次乙卯夏日」と云う日附けがある。その安政二年の歳に代官内藤杢左衛門が当村へ来た時、今の主人の何代か前の先祖にあたる大谷源兵衛老人は土下座をして対面したが、この書付けを見せると、今度は代官の方が席を譲って土下座をしたと伝えられている。但し、巻物は紙が黒焦げに焦げた如く汚れていて、判読に骨が折れるため、別に写しが添えてある。原文の方はどうか分らぬが、写しの方は誤字誤文が夥しく、振り仮名等にも覚束ない所が多々あって、到底正式の教養ある者の筆に成ったとは信ぜられない。しかしその文に依ると、この家の祖先は奈良朝以前からこの地に住し、壬申の乱には村国庄司男依なる者天武帝のお味方を申して大友皇子を討ち奉った。その頃庄司は当村より上市に至る五十丁の地を領していたので、菜摘川と云う名はその五十丁の間の吉野川を呼ぶのであると云う。さて義経に関しては、「又源義経公川上白矢ガ嶽にて五月節句をお祝遊され夫より御下り有之村国庄司内にて三四十日被レ遊二御逗留一宮滝柴橋御覧有り其時御詠みの歌に」として二首の和歌が載っている。私は今日までまだ義経の歌と云うものがあるのを知らないが*、そこに記してある和歌は、いかな素人眼にも王朝末葉の調子とは思えず、言葉づかいも余りはしたない。次に静御前の方は、「其時義経公の愛妾静御前村国氏の家に御逗留あり義経公は奥州に落行給ひしより今は早頼み少なしとて御命を捨給ひたる井戸あり静井戸と申伝へ候也」とあるから、ここで死んだことになっているのである*。尚その上に、「然るに静御前義経公に別れ給ひし妄念にや夜な夜な火玉となりて右乃井戸より出し事凡三百年其頃をい飯貝村*に蓮如上人*諸人を化益*ましましければ村人上人を相頼静乃亡霊を済度し給はんやと願ければ上人左右なく接引*し給ひ静御前乃振袖大谷氏に秘蔵いたせしに一首乃歌をなん書記し給ひぬ」としてその歌が挙げてある。

私たちがこの巻物を読む間、主人は一言の説明を加えるでもなく、黙って畏まっているだけであった。が、心中何の疑いもなく、父祖伝来のこの記事の内容を頭から盲信しているらしい顔つきである。「その、上人がお歌を書かれた振袖はどうされましたか」と尋ねると、先祖の時代に、静の菩提を弔うために村の西生寺*と云う寺へ寄附したが、今は誰の手に渡ったか、寺にもなくなってしまったとのこと。太刀、脇差、靭等を手に取って見るのに、相当年代の立ったものらしく、殊に靭はぼろぼろにいたんでいるけれども、私たちに鑑定の出来る性質のものではない。問題の初音の鼓は、皮はなくて、ただ胴ばかりが桐の箱に収まっていた。これもよくは分らないが、漆が比較的新しいようで、蒔絵の模様などもなく、見たところ何の奇もない黒無地の胴である。尤も木地は古いようだから、或はいつの代かに塗り替えたものかも知れない。「さあそんなことかも存じませぬ」と、主人は一向無関心な返答をする。

外に、屋根と扉の附いた厳めしい形の位牌が二基ある。一つの扉には葵の紋があって、中に「贈正一位大相国 公尊儀*」と刻し、もう一つの方は梅鉢の紋で、中央に「帰真 松誉貞玉信女霊位*」と彫り、その右に「元文二年巳年*」、左に「壬*十一月十日」とある。しかし主人はこの位牌についても、何も知るところはないらしい。ただ昔から、大谷家の主君に当る人のものだと云われ、毎年正月元日にはこの二つの位牌を礼拝するのが例になっている。そして元文の年号のある方を、或は静御前のではないかと思います。と、真顔で云うのである。

その人の好さそうな、小心らしいショボショボした眼を見ると、私たちは何も云うべきことはなかった。今更元文の年号がいつの時代であるかを説き、静御前の生涯について吾妻鑑*や平家物語*を引き合いに出す迄もあるまい。要するに此処の主人は正直一途にそう信じているのである。主人の頭にあるものは、鶴ケ岡の社頭に於いて、頼朝の面前で舞を舞ったあの静とは限らない。それはこの家の遠い先祖が生きていた昔、――なつかしい古代を象徴する、或る高貴の女性である。「静御前」と云う一人の上臈*の幻影の中に、「祖先」に対し、「主君」に対し、「古え」に対する崇敬と思慕の情とを寄せているのである。そう云う上臈が実際この家に宿を求め、世を住み佗びていたかどうかを問う用はない。せっかく主人が信じているなら信じるに任せておいたらよい。強いて主人に同情をすれば、或はそれは静ではなく、南朝の姫宮方であったか、戦国頃の落人であったか、いずれにしてもこの家が富み栄えていた時分に、何か似寄りの事実があって、それへ静の伝説が紛れ込んだものかも知れない。

私たちが辞して帰ろうとすると、

「何もお構い出来ませぬが、ずくしを召し上って下さいませ」

と、主人は茶を入れてくれたりして、盆に持った柿の実に、灰の這入っていない空(から)の火入れ*を添えて出した。

ずくしは蓋(けだ)し熟柿(じゅくし)であろう。空の火入れは煙草(たばこ)の吸い殻を捨てるためのものではなく、どろどろに熟れた柿の実を、その器に受けて食うのであろう。しきりにすすめられるままに、私は今にも崩れそうなその実の一つを恐々(こわごわ)手のひらの上に載せてみた。円錐形の、尻(しり)の尖(とが)った大きな柿であるが、真っ赤に熟し切って半透明になった果実は、恰(あたか)もゴムの袋の如く膨らんでぶくぶくしながら、日に透かすと琅玕(ろうかん)*の珠(たま)のように美しい。市中に売っている樽柿(たるがき)*などは、どんなに熟れてもこんな見事な色にはならないし、こう柔かくなる前に形がぐずぐずに崩れてしまう。主人が云うのに、ずくしを作るには皮の厚い美濃(みの)柿に限る。それがまだ固く渋い時分に枝から捥(も)いで、成るべく風のあたらない処(ところ)へ、箱か籠(かご)に入れておく。そうして十日程たてば、何の人工も加えないで自然に皮の中が半流動体になり、甘露のような甘みを持つ。外の柿だと、中味が水のように融けてしまって、美濃柿の如くねっとりとしたものにならない。これを食うには半熟の卵を食うようにへたを抜き取って、その穴から匙ですくう法もあるが、矢張手はよごれても、器に受けて、皮を剝いでたべる方が美味である。しかし眺めても美しく、たべてもおいしいのは、丁度十日目頃の僅かな期間で、それ以上日が立てばずくしも遂に水になってしまうと云う。

そんな話を聞きながら、私は暫く手の上にある一顆の露の玉に見入った。そして自分の手のひらの中に、この山間の霊気と日光とが凝り固まった気がした。昔田舎者が京へ上ると、都の土を一と握り紙に包んで土産にしたと聞いているが、私がもし誰かから、吉野の秋の色を問われたら、この柿の実を大切に持ち帰って示すであろう。

結局大谷氏の家で感心したものは、鼓よりも古文書よりも、ずくしであった。津村も私も、歯ぐきから腸の底へ沁み徹る冷めたさを喜びつつ甘い粘っこい柿の実を貪るように二つまで食べた。私は自分の口腔に吉野の秋を一杯に頰張った。思うに仏典中にある菴摩羅果*もこれ程美味ではなかったかも知れない。

その四　狐噲

「君、あの由来書きを見ると、初音の鼓は静御前の遺物とあるだけで、狐の皮と云うことは記してないね」

「うん、――だから僕は、あの鼓の方が脚本より前にあるのだと思う。後で拵えたものなら、何とかもう少し芝居の筋に関係を付けない筈はない。つまり妹背山の作者が実景を見てあの趣向を考えついたように、千本桜の作者も嘗て大谷家を訪ねたか噂を聞いたかして、あんなことを思いついたんじゃないかね。尤も千本桜の作者は竹田出雲*だから、あの脚本の出来たのは少くとも宝暦以前で、安政二年の由来書きの方が新しいと云う疑問がある。しかし『大谷源兵衛七十六歳にて伝聞の儘を書記し』たと云っている通り、伝来はずっと古いんじゃないか。よしんばあの鼓が贋物だとしても、安政二年に出来たものでなく、ずっと以前からあったんだと云う想像をするのは無理だろうか」

「だがあの鼓はいかにも新しそうじゃないか」

「いや、あれは新しいか知れないが、鼓の方も途中で塗り換えたり造り換えたりして、二代か三代立っているんだ。あの鼓の前には、もっと古い奴(やつ)があの桐の箱の中に収まっていたんだと思うよ」

菜摘の里から対岸の宮滝へ戻るには、これも名所の一つに数えられている柴橋*を渡るのである。私たちはその橋の袂(たもと)の岩の上に腰かけながら暫くそんな話をした。貝原益軒(かいばらえきけん)の和州巡覧記(やまとめぐりのき)*に、「宮滝は滝にあらず両方に大岩あり其(その)間を吉野川ながるる也両岸は大なる岩なり岩の高さ五間*ばかり屏風(びやうぶ)を立たる如し両岸の間川の広さ三間ばかりせばき所に橋あり大河ここに至てせばきゆへ河水甚(はなはだ)深し其景絶妙也(なり)」とあるのが、ちょうど今私たちの休んでいるこの岩から見た景色であろう。「里人岩飛(いはとび)とて岸の上より水底へ飛入て川下におよぎ出て人に見せ銭をとる也飛(とぶ)ときは両手を身にそへ両足をあはせて飛入水中に一丈*ばかり入て両手をはれば浮み出るといふ」とあって、名所図会(ずえ)にはその岩飛びの図が出ているが、両岸の地勢、水の流れ、あの絵の示す通りである。川は此処(ここ)へ来て急カーヴを描きつつ巨大な巌(いわ)の間へ白泡を噴いて沸(たぎ)り落ちる。さっき大谷家で聞いたのに、毎年筏(いかだ)がこの岩に打(ぶ)つかって遭難することが珍しくないと云う。岩飛びをする里人は、平生この辺で釣りをしたり、耕したりしていて、たまたま旅人の通る者があれば、早速勧誘して得意の放れ業(わざ)を演じて見せる。向う岸の稍ゝ(やや)低い岩から飛び込むのが百文*、此方岸の高い方の岩からなら二百文、それで向うの岩を百文岩、此方の岩を二百文岩と呼び、今にその名が残っているくらいで、大谷家の主人も若い時分に見たことがあるけれども、近頃はそんなものを見物する旅客も稀(まれ)になり、いつか知らず滅びてしまったのだそうである。

「ね、昔は吉野の花見と云うと、今のように道が拓(ひら)けていなかったから、宇陀郡(うだ)*の方を廻って来たりして、この辺を通る人が多かったんだよ。つまり義経の落ちて来た道と云うのが普通の順路じゃなかったのかね。だから竹田出雲なんぞきっと此処へやって来て、初音の鼓を見たことがあるんだよ」

――津村はその岩の上に腰をおろして、いまだに初音の鼓のことを何故か気にかけているのである。自分は忠信狐(ただのぶ)ではないが、初音の鼓を慕う心は狐にも勝るくらいだ、自分は何だか、あの鼓を見ると自分の親に遇(あ)ったような思いがする、と、津村はそんなことを云い出すのであった。

ここで私は、この津村と云う青年の人となりをあらまし読者に知って置いて貰(もら)わねばならない。実を云うと、私もその時その岩の上で打ち明け話を聞かされるまで委(くわ)しいことは知らなかった。——と云うのは、前にもちょっと述べたように、彼と私とは東京の一高時代の同窓で、当時は親しい間柄であったが、一高から大学へ這(は)入(い)る時に、家事上の都合と云うことで彼は大阪の生家へ帰り、それきり学業を廃してしまった。その頃私が聞いたのでは、津村の家は島の内*の旧家で、代々質屋を営み、彼の外に女のきょうだいが二人あるが、両親は早く歿(ぼっ)して、子供たちは主に祖母の手で育てられた。そして姉娘は夙(つと)に他家へ縁づき、今度妹も嫁入り先がきまったについて、祖母も追い追い心細くなり、忰(せがれ)を側(そば)へ呼びたくなったのと、家の方の面倒を見る者がないのとで、急に学校を止(や)めることにした。「それなら京大へ行ったらどうか」と、私はすすめてみたけれども、当時津村の志は学問よりも創作にあったので、どうせ商売は番頭任せでよいのだから、暇を見てぼつぼつ小説でも書いた方が気楽だと、云うつもりらしかった。

しかしそれ以来、ときどき文通はしていたのだが、一向物を書いているらしい様子もなかった。ああは云っても、家に落ち着いて暮らしに不自由のない若旦那(だんな)になってしまえば、自然野心も衰えるものだから、津村もいつとなく境遇に馴(な)れ、平穏な町人生活に甘んずるようになったのであろう。私はそれから二年程立って、或る日彼からの手紙の端に祖母が亡くなったと云う知らせを読んだ時、いずれ近いうちに、あの「御料人様」*と云う言葉にふさわしい上方風な嫁でも迎えて、彼もいよいよ島の内の旦那衆になり切ることだろうと、想像していた次第であった。

そんな事情で、その後津村は二三度上京したけれども、学校を出てからゆっくり話し合う機会を得たのは、今度が始めてなのである。そして私は、この久振で遇う友の様子が、大体想像の通りであったのを感じた。男も女も学生生活を卒えて家庭の人になると、俄かに営養が良くなったように色が白く、肉づきが豊かになり、体質に変化が起るものだが、津村の人柄にも何処か大阪のぼんち*らしいおっとりした円みが出来、まだ抜け切れない書生言葉のうちにも上方訛りのアクセントが、——前から多少そうであったが、前よりは一層顕著に——交るのである。と、こう書いたら大凡そ読者も津村と云う人間の外貌を会得されるであろう。

さてその岩の上で、津村が突然語り出した初音の鼓と彼自身に纏わる因縁、——それから又、彼が今度の旅行を思い立つに至った動機、彼の胸に秘めていた目的、——そのいきさつは相当長いものになるが、以下成るべくは簡略に、彼の言葉の意味を伝えることにしよう。――

自分のこの心持は大阪人でないと、又自分のように早く父母を失って、親の顔を知らない人間でないと、（――と、津村が云うのである。）到底理解されないかと思う。君も御承知の通り、大阪には、浄瑠璃*と、生田流*の箏曲と、地唄*と、この三つの固有な音楽がある。自分は特に音楽好きと云う程でもないが、しかし矢張土地の風習でそう云うものに親しむ時が多かったから、自然と耳について、知らず識らず影響を受けている点が少くない。取り分け未だに想い出すのは、自分が四つか五つの折、島の内の家の奥の間で、色の白い眼元のすずしい上品な町方の女房と、盲人の検校*とが琴と三味線を合わせていた、――その、或る一日の情景である。自分はその時琴を弾いていた上品な婦人の姿こそ、自分の記憶の中にある唯一の母の俤であるような気がするけれども、果してそれが母であったかどうかは明かでない。後年祖母の話に依ると、その婦人は恐らく祖母であったろう、母はそれより少し前に亡くなった筈であると云う。が、自分は又その時検校とその婦人が弾いていたのは生田流の「狐噲*」と云う曲であったことを不思議に覚えているのである。思うに自分の家では祖母を始め、姉や妹が皆その検校の弟子であったし、その後も折々狐噲の曲を繰り返し聴いたことがあるから、始終印象が新たにされていたのであろう。ところでその曲の詞（ことば）と云うのは、――

いたはしや母上は、花の姿に引き替へて合しほるる露の床の内合智慧（ちゑ）の鏡も掻（か）き曇る、法師にまみえ給（たま）ひつつ合母も招けばうしろみ返りて合さらばと云はぬ合ばかりにて、泣くより外の合事ぞなき、野越え山越え里打ち過ぎて合来るは誰故（ゆゑ）ぞ合さま故合誰故来るは合来るは誰故ぞ様故合君は帰るか恨めしやなうやれ合我が住む森に帰らん我が思ふ我が思ふ心のうちは白菊岩隠れ蔦（つた）がくれ、篠（しの）の細道掻き分け行けば、虫のこゑごゑ面白や合降りそむる、やれ降りそむる、けさだにも合けさだにも合所は跡もなかりけり合西は田の畦（あぜ）あぶないさ、谷峯しどろに越え行け、あの山越えて此の山越えて、こがれこがるるうき思ひ。

――自分は今では、この節廻（ふしまわ）しも合いの手も悉（ことごと）く暗（そら）んじてしまっているが、あの検校と婦人の席でこれをたしかに聞いた記憶が存しているのは、何かしらこの文句の中に頑是（がんぜ）ない幼童の心を感銘させるものがあったに違いない。

もともと地唄の文句には辻褄（つじつま）の合わぬところや、語法の滅茶苦茶なところが多くて、殊更意味を晦渋にしたのかと思われるものが沢山ある。それに謡曲や浄瑠璃の故事を蹈まえているのなぞは、その典拠を知らないでは尚更解釈に苦しむ訳で、「狐噲」の曲も大方別に基づくところがあるのであろう。しかし「いたはしや母上は花の姿に引き替へて」と云い、「母も招けばうしろみ返りて、さらばと云はぬばかりにて」と云い、逃げて行く母を恋い慕う少年の悲しみの籠っていることが、当時の幼い自分にも何とはなしに感ぜられたと見える。その上「野越え山越え里打ち過ぎて」と云い、「あの山越えて此の山越えて」と云う詞には、何処か子守唄に似た調子もある。そしてどう云う連想の作用か、「狐噲」と云う文字も意味も分る筈はなかったのに、そののち幾たびかこの曲を耳にするに随って、それが狐に関係のあるらしいことを、おぼろげながら悟るようになった。

これは多分、しばしば祖母に連れられて文楽座*や堀江座*の人形芝居へ行ったものだから、そんな時に見た葛の葉の子別れ*の場が頭に沁み込んでいたせいであろう。あの、母狐が秋の夕ぐれに障子の中で機を織っている、とんからり、とんからりと云う筬の音。それから寝ている我が子に名残りを惜しみつつ「恋ひしくば訪ね来てみよ和泉なる――――」*と障子へ記すあの歌。――ああ云う場面が母を知らない少年の胸に訴える力は、その境遇の人でなければ恐らく想像も及ぶまい。自分は子供ながらも、「我が住む森に帰らん」と云う句、「我が思ふ我が思ふ心のうちは白菊岩隠れ蔦がくれ、篠の細道掻き分け行けば」などと云う唄のふしのうちに、色とりどりな秋の小径(こみち)を森の古巣へ走って行く一匹の白狐(びゃっこ)の後影を認め、その跡を慕うて追いかける童子の身の上を自分に引きくらべて、ひとしお母恋いしさの思いに責められたのであろう。

そう云えば、信田(しのだ)の森は大阪の近くにあるせいか、昔から葛の葉を唄った童謡が家庭の遊戯と結び着いて幾種類か行われているが、自分も二つばかり覚えているのがある。その一つは、

　釣ろうよ、釣ろうよ
　信田の森の
　狐どんを釣ろうよ

と唄いながら、一人が狐になり、二人が猟人(かりゅうど)になって輪を作った紐(ひも)の両端を持って遊ぶ狐釣りの遊戯である。東京の家庭にもこれに似た遊戯があると聞いて、自分は嘗て或る待合(まちあい)*で芸者にやらせて見たことがあるが、唄の文句も節廻しも大阪のとは

稍〻違う。それに遊戯する者も、東京ではすわったままだけれども、大阪では普通立ってやるので、狐になった者が、唄につれておどけた狐の身振をしながら次第に輪の側へ近づいて来るのが、――たまたまそれが艶な町娘や若い嫁であったりすると、殊に可愛い。少年の時、正月の晩などに親戚の家へ招かれてそんな遊びをした折に、或るあどけない若女房で、その狐の身振が優れて上手な美しい人があったのを、今に自分は忘れずにいるくらいである。尚もう一つの遊戯は、大勢が手をつなぎ合って円座を作り、その輪のまん中へ鬼をすわらせる。そして豆のような小さな物を鬼に見せないように手の中へ隠して、唄をうたいつつ順々に次の人の手へ渡して行き、唄が終ると皆じっと動かずにいて、誰の手の中に豆があるかを鬼に中てさせる。その唄の詞はこう云うのである。

麦摘ウんで
蓬　摘ウんで
お手にお豆がこウこのつ
九ウつの、豆の数より
親の在所が恋いしゅうて

恋いしイくば
訪ね来てみよ
信田のもウりのうウらみ葛の葉

自分はこの唄にはほのかながら子供の郷愁があるのを感じる。大阪の町方には、河内、和泉、あの辺の田舎から年期奉公に来ている丁稚や下女が多いが、冬の夜寒に、表の戸を締めて、そう云う奉公人共が家族の者たちと火鉢のぐるりに団居しながらこの唄をうたって遊ぶ情景は、船場や島の内あたりに店を持つ町家にしばしば見受けられる。思うに草深い故郷を離れて、商法や行儀を見習いに来ている子弟等は、「親の在所が恋いしゅうて」と何気なく口ずさむうちにも、茅葺きの家の薄暗い納戸にふせる父母の俤を偲びつつあったであろう。自分は後世、忠臣蔵の六段目で、あの、深編笠の二人侍が訪ねて来るところで、この唄を下座に使っているのを図らずも聴いたが、与市兵衛、おかや、お軽などの境涯と、いかにも取り合わせの巧いのに感心した。

当時、島の内の自分の家にも奉公人が大勢いたから、自分は彼等があの唄をうたって遊ぶのを見ると、同情もし、また羨ましくもあった。父母の膝元を離れて他人の所に住み込んでいるのは可哀そうだけれども、奉公人たちはいつでも国へ帰りさえすれば、会うことの出来る親があるのに、自分にはそれがないのである。そんなことから、自分は信田の森へ行けば母に会えるような気がして、たしか尋常二三年*の頃、そっと、家には内証で、同級生の友達を誘って彼処まで出かけたことがあった。あの辺は今でも南海電車*を降りて半里も歩かねばならぬ不便な場所で、その時分は途中まで汽車があったかどうか、何でも大部分ガタ馬車*に乗って、余程歩いたように思う。行ってみると、楠の大木*の森の中に葛の葉稲荷の祠が建っていて、葛の葉姫の姿見の井戸と云うものがあった。自分は絵馬堂に掲げてある子別れの場の押絵*の絵馬や、雀右衛門*か誰かの似顔絵の額を眺めたりして、纔かに慰められて森を出たが、その帰り路に、ところどころの百姓家の障子の蔭から、今もとんからり、とんからりと機を織る音が洩れて来るのを、この上もなくなつかしく聞いた。多分あの沿道は河内木棉*の産地だったので、機屋が沢山あったのであろう。兎に角その音はどれほど自分の憧れを充たしてくれたか知れなかった。

しかし自分が奇異に思うことは、そう云う風に常に恋い慕ったのは主として母の方であって、父に対しては左程でもなかった一事である。そのくせ父は母より前に亡くなっていたから、母の姿は万一にも記憶に存する可能性があっても、父のは全くない筈であった。そんな点から考えると、自分の母を恋うる気持は唯漠然たる「未知の女性」に対する憧憬、――つまり少年期の恋愛の萌芽と関係がありはしないか。なぜなら自分の場合には、過去に母であった人も、将来妻となるべき人も、等しく「未知の女性」であって、それが眼に見えぬ因縁の糸で自分に繋がっていることは、どちらも同じなのである。蓋しこう云う心理は、自分のような境遇でなくとも、誰にも幾分か潜んでいるだろう。その証拠にはあの狐噲の唄の文句なども、子が母を慕うようでもあるが、「来るは誰故ぞ、様故」と云い、「君は帰るか恨めしやなうやれ」と云い、相愛の男女の哀別離苦をうたっているようでもある。恐らくこの唄の作者は両方の意味に取れるようにわざと歌詞を曖昧にぼかしたのではないか。いずれにせよ自分は最初にあれを聞いた時から、母ばかりを幻に描いていたとは信じられない。その幻は母であると同時に妻でもあったと思う。だから自分の小さな胸の中にある母の姿は、年老いた婦人でなく、永久に若く美しい女であった。あの馬方三吉の芝居に出て来るお乳の人の重の井、――立派な裲襠を着て、大名の姫君に仕えている花やかな貴婦人、――自分の夢に見る母はあの三吉の母のような人であり、その夢の中で自分はしばしば三吉になっていた。

徳川時代の狂言作者*は、案外ずるく頭が働いて、観客の意識の底に潜在している微妙な心理に媚びることが巧みであったのかも知れない。この三吉の芝居なども、一方を貴族の女の児にし、一方を馬方の男の児にして、その間に、乳母であり母である上臈の婦人を配したところは、表面親子の情愛を扱ったものに違いないけれども、その蔭に淡い少年の恋が暗示されていなくもない。少くとも三吉の方から見れば、いかめしい大名の奥御殿に住む姫君と母とは、等しく思慕の対象になり得る。それが葛の葉の芝居では、父と子とが同じ心になって一人の母を慕うのであるが、この場合、母が狐であると云う仕組みは、一層見る人の空想を甘くする。自分はいつも、もしあの芝居のように自分の母が狐であってくれたらばと思って、どんなに安倍の童子を羨んだか知れない。なぜなら母が人間であったら、もうこの世で会える望みはないけれども、狐が人間に化けたのであるなら、いつか再び母の姿を仮りて現れない限りもない。母のない子供があの芝居を見れば、きっと誰でもそんな感じを抱くであろう。が、千本桜の道行*になると、母――狐――美女――恋人――と云う連想がもっと密接である。ここでは親も狐、子も狐であって、而も静と忠信狐とは主従の如く書いてありながら、矢張見た眼は恋人同士の道行と映ずるように工まれている。そのせいか自分は最もこの舞踊劇を見ることを好んだ。そして自分を忠信狐になぞらえ、親狐の皮で張られた鼓の音に惹かされて、吉野山の花の雲を分けつつ静御前の跡を慕って行く身の上を想像した。自分はせめて舞を習って、温習会*の舞台の上でも忠信になりたいと、そんなことを考えた程であった。

「だがそれだけではないんだよ」

と、津村はそこまで語って来て、早や暮れかかって来た対岸の菜摘の里の森影を眺めながら、

「自分は今度、ほんとうに初音の鼓に惹き寄せられてこの吉野まで来たようなものなんだよ」

と、そう云って、そのぼんちらしい人の好い眼もとに、何か私には意味の分らない笑いを浮かべた。

その五　国栖

さてこれからは私が間接に津村の話を取り次ぐとしよう。

そう云う訳で、津村が吉野と云う土地に特別のなつかしさを感ずるのは、一つは千本桜の芝居の影響に依るのであるが、一つには、母は大和の人だと云うことをかねがね聞いていたからであった。が、大和の何処から貰われて来たのか、その実家は現存しているのか等のことは、久しく謎に包まれていた。津村は祖母の生前に出来るだけ母の経歴を調べておきたいと思って、いろいろ尋ねたけれども、祖母は何分にも忘れてしまったと云うことで、はかばかしい答は得られなかった。親類の誰彼、伯父伯母などに聞いてみても、母の里方については、不思議に知っている者がなかった。ぜんたい津村家は旧家であるから、あたりまえなら二代も三代も前からの縁者が出入りしている筈であるが、母は実は、大和からすぐ彼の父に嫁いだのでなく、幼少の頃大阪の色町へ売られ、そこから一旦然るべき人の養女になって輿入れをしたらしい。それで戸籍面の記載では、文久三年*に生れ、明治十年に十五歳で今橋*三丁目浦門喜十郎の許から津村家へ嫁ぎ、明治二十四年に二十九歳で死亡している。中学を卒業する頃の津村は、母に関してようようこれだけのことしか知らなかった。後から考えれば、祖母や親戚の年寄たちが余り話してくれなかったのは、母の前身が前身であるから、語るを好まなかったのであろう。しかし津村の気持では、自分の母が狭斜の巷に生い立った人であると云う事実は、ただなつかしさを増すばかりで別に不名誉とも不愉快とも感じなかった。まして縁づいたのが十五の歳であるとすれば、いかに早婚の時代だとしても、恐らく母はそういう社界の汚れに染まる度も少く、まだ純真な娘らしさを失っていなかったであろう。それなればこそ子供を三人も生んだのであろう。そして初々しい少女の花嫁は、夫の家に引き取られて旧家の主婦たるにふさわしいさまざまな躾を受けたであろう。津村は嘗て、母が十七八の時に手写したと云う琴唄の稽古本を見たことがあるが、それは半紙を四つ折りにしたものへ横に唄の詞を列ね、行間に琴の譜を朱で丹念に書き入れてある、美しいお家流の筆蹟であった。

そののち津村は東京へ遊学したので、自然家庭と遠ざかることになったが、そのあいだも母の故郷を知りたい心は却って募る一方であった。有りていに云うと、彼の青春期は母への思慕で過ぐされたと云ってよい。行きずりに遇う町の女、令嬢、芸者、女優、――などに、淡い好奇心を感じたこともないではないが、いつでも彼の眼に止まる相手は、写真で見る母の俤に何処か共通な感じのある顔の主であった。彼が学校生活を捨てて大阪へ帰ったのも、あながち祖母の意に従ったばかりでなく、彼自身があこがれの土地へ、――母の故郷に少しでも近い所、そして彼女がその短かい生涯の半分を送った島の内の家へ、――惹き寄せられた為めなのである。それに何と云っても母は関西の女であるから、東京の町では彼女に似通った女に会うことが稀だけれども、大阪にいると、ときどきそう云うのに打つかる。母の生い育ったのはただ色町と云うばかりで、何処の土地とも分らないのが恨みであったが、それでも彼は母の幻に会うために花柳界の女に近づき、茶屋酒*に親しんだ。そんなことから方々に岡惚れ*を作った。「遊ぶ」と云う評判も取った。けれども元来が母恋いしさから起こったのに過ぎないのだから、一遍も深入りをしたことはなく、今日まで童貞を守り続けた。

こうして二三年を過すうちに祖母が死んだ。

その、祖母が亡くなった後の或る日のことである。形見の品を整理しようと思って土蔵の中の小袖簞笥*の抽出しを改めていると、祖母の手蹟らしい書類に交って、ついぞ見たことのない古い書付けや文反古が出て来た。それはまだ母が勤め奉公時代に父と母との間に交された艶書、大和の国の実母らしい人から母へ宛てた手紙、琴、三味線、生け花、茶の湯等の奥許し*の免状などであった。艶書は父からのものが三通、母からのものが二通、初恋に酔う少年少女のたわいのない睦言の遣り取りに過ぎないけれども、互に人目を忍んでは首尾*していたらしい様子合いも見え、殊に母のものは「………おろかなりし心より思し召しをかへりみず文さし上候こなた心少*しは御汲分け………」とか「ひとかたならぬ御事*のみ仰下されなんぼうか嬉しくぞんじ色々耻かしき身の上迄もお咄申上げ………」とか、十五の女の児にしては、筆の運びこそたどたどしいものの、さすがにませた言葉づかいで、その頃の男女の早熟さが思いやられた。次に故郷の実家から寄越したのは一通しかなく、宛名は「大阪市新町*九軒粉川様内おすみどの」とあり、差出人は「大和国吉野郡国栖村窪垣内昆布助左衛門内」となっていて、「此度其身の孝心をかんしん致候*ゆへ文して申遣しまゐらせ候左候へば日にまし寒さに向い候へ共いよいよかわらせなく相くらされ此かたも安心いたし居候ととさんとかかさんと申誠に誠に難有………」と云うような書き出しで、館*の主人を親とも思い大切にせねばならぬこと、遊芸のけいこに身を入れること、人の物を欲しがってはならぬこと、神仏を信心することなど、教訓めいたことのかずかずが記してあった。

津村は土蔵の埃だらけな床の上にすわったまま、うす暗い光線でこの手紙を繰り返し読んだ。そして気がついた時分には、いつか日が暮れていたので、今度はそれを書斎へ持って出て、電燈の下にひろげた。むかし、恐らくは三四十年も前に、吉野郡国栖村の百姓家で、行燈*の灯影にうずくまりつつ老眼の脂を払い払い娘のもとへこまごまと書き綴っていたであろう老媼の姿が、その二たひろ*にも余る長い巻紙の上に浮かんだ。文の言葉や仮名づかいには田舎の婆が書いたらしい覚つかないふしぶしも見えるけれども、文字はそのわりに拙くなく、お家流の正しい崩し方で書いてあるのは、満更の水呑み百姓でもなかったのであろう。が、何か暮らし向きに困る事情が出来て、娘を金に替えたのであることは察せられる。ただ惜しいことに十二月七日とあるばかりで、年号が書き入れてないのだが、多分この文は娘を大阪へ出してからの最初の便であろうと思われる。しかしそれでも老い先短かい身の心細く、ところどころに「これかかさんのゆい言ぞや」とか、「たとへこちらがいのちなくともその身に付そひ出せいをいたさせ候間」などと云う文句が見え、何をしてはならぬ、彼をしてはならぬと、いろいろと案じ過して諭している中にも、面白いのは、紙を粗末にせぬようにと、長々と訓戒を述べて、「此かみもかかさんとおりとのすきたる紙なりかならずかならずはだみはなさず大せつにおもふべし其身はよろづぜいたくにくらせどもかみを粗末にしてはならぬぞやかかさんもおりとも此かみをすくときはひびあかぎれに指のさきちぎれるよふにてたんとたんと苦ろふいたし候」と、二十行にも亘って書いていることである。津村はこれに依って、母の生家が紙すきを業としていたのを知り得た。それから母の家族の中に、姉か妹であるらしい「おりと」と云う婦人のあることが分った。尚その外に「おえい」と云う婦人も見えて、「おえいは日々雪のつもる山に葛をほりに行き候みなしてかせぎためろぎん出来候へば其身にあいに参り候たのしみいてくれられよ」とあって、「子をおもふおやの心はやみ故にくらがり峠のかたぞこひしき*」と、最後に和歌が記されていた。

この歌の中にある「くらがり峠*」と云う所は、大阪から大和へ越える街道にあって、汽車がなかった時代には皆その峠を越えたのである。峠の頂上に何とか云う寺があり、そこがほととぎすの名所になっていたから、津村も一度中学時代に行ったことがあったが、たしか六月頃の或る夜の、まだ明けきらぬうちに山へかかって、寺で一と休みしていると、暁の四時か五時頃だったろう、障子の外がほんのり白(しら)み初めたと思ったら、何処かうしろの山の方で、不意に一と声ほととぎすが啼(な)いた。するとつづいて、その同じ鳥か、別なほととぎすか、二た声も三声も、――しまいには珍しくもなくなった程啼きしきった。津村はこの歌を読むと、ふと、あの時は何でもなく聞いたほととぎすの声が、急にたまらなくなつかしいものに想(おも)い出された。そして昔の人があの鳥の啼く音を故人の魂になぞらえて、「蜀魂(しょっこん)*」と云い「不如帰(ふじょき)」と云ったのが、いかにも尤(もっと)もな連想であるような気がした。

しかし老婆(ろうば)の手紙について津村が最も奇(あや)しい因縁を感じたことが外にあった。と云うのは、この婦人、――彼の母方の祖母にあたる人は、その文の中に狐のことをしきりに説いているのである。「…………ずいぶんずいぶんこれからは御屋しろの稲荷さまと白狐(びゃくこ)の命婦之進(みゃうぶのしん)*とをまいにちまいにちあさあさは拝むべし左(さ)候へばそちの知ておる通りととさんがよべば狐のあのよふにそばへくるよふになるもみないつしん*の有る故なり…………」とか、「それゆへこの度のなんもまつたく白狐さまのお蔭とぞんじ〱是からは其御内の武運長久あしきやまいなきよふのきとう毎日毎日致し〱随分随分と信心可被成……」とか、そんなことが書いてあるのを見ると、祖母の夫婦は余程稲荷の信仰に凝り固まっていたことが分る。察するところ「御屋しろの稲荷さま」と云うのは、屋敷のうちに小さな祠でも建てて勧進してあったのではないか。そしてその稲荷のお使いである「命婦之進」と云う白狐も、何処かその祠の近くに巣を作っていたのではないか。「そちの知ておる通りととさんがよべば狐のあのよふにそばへくるよふになるも」とあるのは、本当にその白狐が祖父の声に応じて穴から姿を現わすのか、それとも祖母になり祖父自身になり魂が乗り移るのか明かでないが、祖父なる人は狐を自由に呼び出すことが出来、狐は又この老夫婦の蔭に附添い、一家の運命を支配していたように思える。

津村は「此かみもかかさんとおりとのすきたる紙なりかならずかならずはだみはなさず大せつにおもふべし」とあるその巻紙を、ほんとうに肌身につけて押し戴いた。少くとも明治十年以前、母が大阪へ売られてから間もなく寄越された文だとすれば、もう三四十年は立っている筈のその紙は、こんがりと遠火にあてたような色に変っていたが、紙質は今のものよりもきめが緻密で、しっかりしていた。津村はその中に通っている細かい丈夫な繊維の筋を日に透かして見て、「かかさんもおりとも此かみをすくときはひびあかぎれに指のさきちぎれるよふにてたんとたんと苦ろふいたし候」と云う文句を想い浮かべると、その老人の皮膚にも似た一枚の薄い紙片の中に、自分の母を生んだ人の血が籠っているのを感じた。母も恐らくは新町の館でこの文を受け取った時、矢張自分が今したようにこれを肌身につけ、押し戴いたであろうことを思えば、「昔の人の袖の香ぞする」*その文殻は、彼には二重に床しくも貴い形見であった。

その後津村がこれらの文書を手がかりとして母の生家を突きとめるに至った過程については、あまり管々しく書く迄もなかろう。何しろその当時から三四十年前と云えば、ちょうど維新前後の変動に遭遇しているのだから、母が身売りをした新町九軒の粉川と云う家も、輿入れの前に一時籍を入れていた今橋の浦門と云う養家も、今では共に亡びてしまって行くえが分らず、奥許しの免状に署名している茶の湯、生け花、琴三味線等の師匠の家筋も、多くは絶えてしまっていたので、結局前に挙げた文を唯一の手がかりに、大和の国吉野郡国栖村へ尋ねて行くのが近道であり、又それ以外に方法もなかった。それで津村は、自分の家の祖母が亡くなった年の冬、百ケ日の法要を済ますと、親しい者にも真の目的は打ち明けずに、ひとり飄然と旅に赴く体裁で、思い切って国栖村へ出かけた。

大阪と違って、田舎はそんなに劇しい変遷はなかった筈である。まして田舎も田舎、行きどまりの山奥に近い吉野郡の僻地であるから、たとい貧しい百姓家であっても僅か二代か三代の間にあとかたもなくなるようなことはあるまい。津村はその期待に胸を躍らせつつ、晴れた十二月の或る日の朝、上市から俥を雇って、今日私たちが歩いて来たこの街道を国栖へ急がせた。そしてなつかしい村の人家が見え出したとき、何より先に彼の眼を惹いたのは、此処彼処の軒下に乾してある紙であった。恰も漁師町で海苔を乾すような工合に、長方形の紙が行儀よく板に並べて立てかけてあるのだが、その真っ白な色紙を散らしたようなのが、街道の両側や、丘の段々の上などに、高く低く、寒そうな日にきらきらと反射しつつあるのを眺めると、彼は何がなしに涙が浮かんだ。此処が自分の先祖の地だ。自分は今、長いあいだ夢に見ていた母の故郷の土を蹈んだ。この悠久な山間の村里は、大方母が生れた頃も、今眼の前にあるような平和な景色をひろげていただろう。四十年前の日も、つい昨日の日も、此処では同じに明け、同じに暮れていたのだろう。津村は「昔」と壁一と重の隣りへ来た気がした。ほんの一瞬間眼をつぶって再び見開けば、何処かその辺の籬の内に、母が少女の群れに交って遊んでいるかも知れなかった。

最初の彼の予想では、「昆布」は珍しい姓であるから直きに分ることと思っていたのだが、窪垣内と云う字へ行って見ると、そこには「昆布」の姓が非常に多いので、目的の家を捜し出すのに中々埒が明かなかった。仕方がなく車夫と二人で昆布姓の家を一軒々々尋ねたけれども、「昆布助左衛門」を名乗る者は、昔は知らず、今は一人もいないと云う。ようようのことで、「それなら彼処かも知れない」と、とある駄菓子屋の奥から出て来た古老らしい人が縁先に立って指さしてくれたのは、街道の左側の、小高い段の上に見える一と棟の草屋根であった。津村は車夫を菓子屋の店先に待たして置いて、往来からだらだらと半町ばかり引っ込んだ爪先上りの丘の路を、その草屋根の方へ登って行った。めっきりと冷える朝ではあったが、そこはうしろになだらかな斜面を持った山を繞らした、風のあたらない、なごやかな日だまりになった一廓で三四軒の家が孰れも紙をすいていた。坂を登って行く津村は、それらの丘の上の家々から若い女たちがちょっと仕事の手を休めて、この辺に見馴れない都会風の青年紳士が上って来るのを、珍しそうに見おろしているのに気づいた。紙をすくのは娘や嫁の手業になっているらしく、庭先に働いている人たちは殆ど皆手拭いを姐さん被りにしていた。津村はその、紙や手拭いの冴え冴えとした爽やかな反射の中を、教えられた家の軒近く立った。見ると、標札には「昆布由松」とあって、助左衛門と云う名は記してない。母家の右手に、納屋のような小屋が建っていて、そこの板敷の上に十七八になる娘がつくばいながら、米の研ぎ汁のような色をした水の中へ両手を漬けて、木の枠を篩ってはさっと掬い上げている。枠の中の白い水が、*蒸籠のように作ってある簾の底へ紙の形に沈澱すると、娘はそれを順繰りに板敷に並べては、やがて又枠を水の中へ漬ける。表へ向いた小屋の板戸が明いているので、津村は一と叢の野菊のすがれた*垣根の外に佇みながら、見る間に二枚三枚と漉いて行く娘のあざやかな手際を眺めた。姿はすらりとしていたが、田舎娘らしくがっしりと堅太りした、骨太な、大柄な児であった。その頰は健康そうに張り切って、若さでつやつやしていたけれども、それよりも津村は、白い水に浸っている彼女の指に心を惹かれた。成る程、これでは「ひびあかぎれに指のさきちぎれるよふ」なのも道理である。が、寒さにいじめつけられて赤くふやけている傷々しいその指にも、日増しに伸びる歳頃の発育の力を抑えきれないものがあって、一種いじらしい美しさが感じられた。

その時、ふと注意を転じると、母家の左の隅の方に古い稲荷の祠のあるのが眼に這入った。津村の足は思わず垣根の中へ進んだ。そしてさっきから庭先で紙を乾していたこの家の主婦らしい二十四五の婦人の前へ寄って行った。

主婦は彼から来意を聞かされても、あまりその理由が唐突なので暫く遅疑*する様子であったが、証拠の手紙を出して見せると、だんだん納得が行ったらしく、「わたしでは分りませんから、年寄に会って下さい」と、母家の奥にいた六十恰好の老媼を呼んだ。それがあの手紙にある「おりと」――津村の母の姉に当る婦人だったのである。

この老媼は彼の熱心な質問の前にオドオドしながら、もう消えかかった記憶の糸を手繰り手繰り歯の抜けた口から少しずつ語った。中には全く忘れていて答えられないこと、記憶ちがいと思われること、遠慮して云わないこと、前後矛盾していること、何かもぐもぐと云うには云っても息の洩れる声が聞き取りにくく、いくら問い返しても要領を摑めなかったことなどが沢山あって、半分以上は此方が想像で補うより外はなかったが、兎に角そう云う風にしてでも津村が知り得た事柄は、母に関する二十年来の彼の疑問を解くに足りた。母が大阪へやられたのは、たしか慶応頃だったと婆さんは云うのだけれども、ことし六十七になる婆さんが十四五歳、母が十一二歳の時だったそうであるから、明治以後であることは云う迄もない。それゆえ母は僅か二三年、多くも四年ほど新町に奉公しただけで、直きに津村家へ嫁いだことになる。おりと婆さんの口吻から察するのに、昆布の家は当時窮迫こそしていたものの、相当に名聞を重んずる旧家で、そんな所へ娘を勤めに出したことを成るべく隠していたのであろう。それで娘が奉公中は勿論のこと、立派な家の嫁になった後までも、一つには娘の耻、一つには自分たちの耻と思って、あまり往き来をしなかったのであろう。又、実際にその頃の色里の勤め奉公は、芸妓、遊女、茶屋女*、その他何であるにしろ、一旦身売りの証文に判をついた以上、きれいに親許と縁を切るのが習慣であり、その後の娘は所謂「喰焼奉公人」*として、どう云う風に成り行こうとも、実家はそれに係り合う権利がなかったでもあろう。しかし婆さんのおぼろげな記憶に依ると、妹が津村家へ縁づいてから、彼女の母は一度か二度、大阪へ会いに行ったことがあるらしく、今では大家の御料人様に出世した結構ずくめの娘の身の上を驚異を以て語っていた折があった。そして彼女にも是非大阪へ出て来るようにと言づてを聞いたけれども、そんな所へ見すぼらしい姿で上れる筈もなし、妹の方もあれなり故郷を訪れたことがなかったので、彼女はついぞ成人してからの妹と云うものを知らずにいるうち、やがてその旦那様が死に、妹が死に、彼女の方の両親も死に、もうそれからは猶更津村家との交通が絶えてしまった。おりと婆さんはその肉親の妹、――津村の母のことを呼ぶのに「あなた様のお袋さま」と云う廻りくどい言葉を用いた。それは津村への礼儀からでもあったろうが、事に依ると妹の名を忘れているのかも知れなかった。「おえいは日々雪のふる山に葛をほりに行き候」とあるその「おえい」と云う人を尋ねると、それが総領娘で、二番目がおりと、末娘が津村の母のおすみであった。が、或る事情から長女のおえいが他家へ縁づき、おりとが養子を迎えて昆布の跡を継いだ。そして今ではそのおえいもおりとの夫も亡くなって、この家は息子の由松の代になり、さっき庭先で津村に応待した婦人がその由松の嫁であった。そう云う訳で、おりとの母が存生の頃はすみ女に関する書類や手紙なども少しは保存してあった筈だが、もはや三代を経た今日となっては、殆どこれと云う品も残っていない。――と、おりと婆さんはそう語ってから、ふと思い出したように、立って仏壇の扉を開いて、位牌の傍に飾ってあった一葉の写真を持って来て示した。それは津村も見覚えのある、母が晩年に撮影した手札型*の胸像で、彼もその複写の一枚を自分のアルバムに所蔵しているものであった。

「そう、そう、あなた様のお袋さまの物は、――」

と、おりと婆さんはそれから又何かを思い出した様子で附け加えた。

「この写真の外に、琴が一面ございました。これは大阪の娘の形見だと申して、母が大切にしておりましたが、久しく出しても見ませぬので、どうなっておりますやら、………」

津村は、二階の物置きを捜したらあるだろうと云うその琴を見せて貰うために、畑へ出ていた由松の帰りを待った。そしてその隙に近所で昼食をしたためて来てから、自分も若夫婦に手を貸して、埃の堆い嵩張った荷物を明るい縁先へ運び出した。どうしてこんな物がこの家に伝わっていたのであろう、――色褪せた覆いの油単*を払うと、下から現れたのは、古びてこそいるが立派な蒔絵の本間の琴*であった。蒔絵の模様は、甲*を除いた殆ど全部に行き亘っていて、両側の「磯*」は住吉*の景色であるらしく、片側に鳥居と反橋とが松林の中に配してあり、片側に高燈籠と磯馴松(まつ)*と浜辺の波が描いてある。「海」*から「龍角(りゅうかく)」*「四分六」*のあたりには無数の千鳥*が飛んでいて、「荻布(おぎぬの)」*のある方、「柏葉(かしわば)」*の下に五色の雲*と天人の姿が透いて見える。そしてそれらの蒔絵や絵の具の色は、桐の木地(きじ)が時代を帯びて黒ずんでいるために、一層上品な光を沈ませて眼を射るのである。津村は油単の塵(ちり)を拭って、改めてその染め模様を調べた。地質は多分塩瀬(しおぜ)*であろう、表は上の方へ紅地に白く八重梅の紋を抜き、下の方に唐美人が高楼に坐して琴を弾じている図がある。楼の柱の両側に「二十五絃弾月夜(げんだんげつや)」「不堪清怨却飛来(たえずせいえんかえってひらい)」*と、一対の聯(れん)*が懸っている。裏は月に雁(かり)の列を現わした傍(かたわら)に「雲みちによそへる琴の柱をはつらなる雁とおもひける哉」*と云う文字が読めた。

しかしそれにしても、八重梅は津村家の紋でないのであるが、養家の浦門家の紋か、或(あるい)はひょっとすると、新町の館(やかた)の紋ではなかったのであろうか。そして津村家へ嫁ぐについて、不用になった色町時代の記念の品を郷里へ贈ったのではないか。恐らくその時分、実家の方に年頃の娘かなんぞがいて、その児のために田舎の祖母が貰い受けたと云うことも考えられる。又そうでもなく、嫁いでからも長く島の内の家にあったのを、彼女の遺言か何かに依(よ)って国元(くにもと)へ届けたとも想像される。が、おり

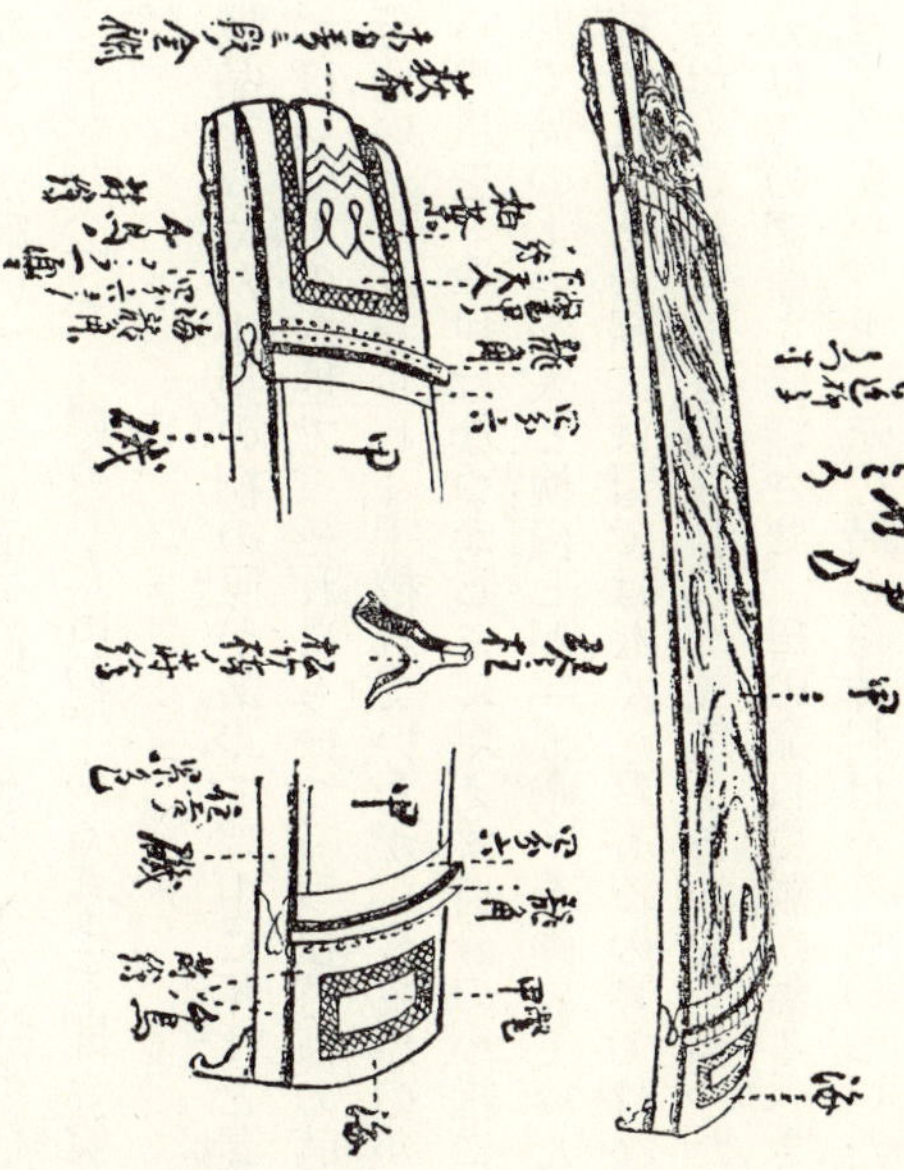

と婆さんも若夫婦も、一向その間の事情に関して知るところはなかった。たしか手紙のようなものが附いていたと思うけれども、今ではそれも見あたらない、ただ「大阪へやられた人」から譲られたものであることを聞き覚えている、と云うのみであった。

別に、附属品を収めた小型の桐の匣(はこ)があって、中に琴柱(ことじ)と琴爪(ことづめ)*とが這入(はい)っていた。琴柱は黒っぽい堅木(かたぎ)*の木地で、それにも一つ一つ松竹梅の蒔絵がしてある。琴爪の方は、大分使い込まれたらしく手擦れていたが、嘗(かつ)て母のかぼそい指が箝(は)めたであろうそれらの爪を、津村はなつかしさに堪えず自分の小指にあててみた。幼少の折、奥の一と間で品のよい婦人と検校(けんぎょう)とが「狐噲(こんかい)」を弾いていたあの場面が、一瞬間彼の眼交(まなかい)を掠(かす)めた。その婦人は母ではなく、琴もこの琴ではなかったかも知れぬけれども、大方母もこれを掻(か)き鳴らしつつ幾度かあの曲を唄ったであろう。もし出来るならば自分はこの楽器を修繕させ、母の命日に誰か然(しか)るべき人を頼んで「狐噲」の曲を弾かせてみたい、と、その時から津村はそう思いついた。

庭の稲荷の祠については守り神として代々祭って来たのであるから、若夫婦たちもその手紙にあるものに相違ないことを確かめてくれた。尤(もっと)も現在では家族の内に狐を使う者はいない。由松が子供の頃、お祖父さんがよくそんなことをしたと云う噂（うわさ）を聞いたが、「白狐の命婦之進」とやらはいつの代にか姿を現わさないようになり、祠のうしろにある椎（しい）の木の蔭（かげ）にむかし狐が棲（す）んでいた穴が残っているばかりで、そこへ案内をされた津村は、穴の入口に今は淋しく注連縄（しめなわ）が渡してあるのを見た。

――以上の話は、津村の祖母が亡（な）くなった年のことであるから、宮滝の岩の上で彼が私に語った時からは又二三年前に溯（さかのぼ）る事実である。そして彼がこの間中から私への通信に「国栖の親戚（しんせき）」と書いて来たのは、このおりと婆さんの家を指すのであった。と云うのは、何と云ってもおりと婆さんは津村に取って母方の伯母であり、彼女の家は母の実家に違いないのだから、そののち彼は改めてこの家と親類の附き合いを始めた。そればかりでなく、生計の援助もしてやって、伯母のために離れを建て増したり、紙すきの工場を拡（ひろ）げたりした。そのお蔭で昆布の家は、ささやかな手工業ではあるけれども、目立って手広く仕事をするようになったのである。

その六　入の波

「で、今度の旅行の目的と云うのは？――」

二人はあたりが薄暗くなるのも忘れて、その岩の上に休んでいたが、津村の長い物語が一段落へ来た時に、私が尋ねた。

「――何か、その伯母さんに用事でも出来たのかい？」

「いや、今の話には、まだちょっと云い残したことがあるんだよ。――」

眼の下の岩に砕けつつある早瀬の白い泡が、ようよう見分けられる程の黄昏ではあったが、私は津村がそう云いながら微かに顔を赧くしたのを、もののけはいで悟ることが出来た。

「――その、始めて伯母の家の垣根の外に立った時に、中で紙をすいていた十七八の娘があったと云っただろう？」

「ふむ」

「その娘と云うのはね、実はもう一人の伯母、――亡くなったおえい婆さんの孫なんだそうだ。それがちょうどあの時分昆布の家へ手伝いに来ていたんだ」

私の推察した通り、津村の声は次第に極まり悪そうな調子になっていた。

「さっきも云ったように、その女の児は丸出しの田舎娘で決して美人でも何でもない。あの寒中にそんな水仕事をするんだから、手足も無細工で、荒れ放題に荒れている。けれども僕は、大方あの手紙の文句、『ひびあかぎれに指のさきちぎれるよふにて』と云う――あれに暗示を受けたせいか、最初に一と眼水の中に漬かっている赤い手を見た時から、妙にその娘が気に入ったんだ。それに、そう云えばこう、何処か面ざしが写真で見る母の顔に共通なところがある。育ちが育ちだから、女中タイプなのは仕方がないが、研きように依ったらもっと母らしくなるかも知れない」

「成る程、ではそれが君の初音の鼓か*」

「ああ、そうなんだよ。――どうだろう、君、僕はその娘を嫁に貰いたいと思うんだが、――」

お和佐と云うのが、その娘の名であった。おえい婆さんの娘のおもとと云う人が市田なにがしと云う柏木附近の農家へ縁づいて、そこで生れた児なのである。が、生家の暮らし向きが思わしくないので、尋常小学を卒えてから五条の町へ下女奉公に出たりしていた。それが十七の歳に、実家の方が手が足りないので暇を貰って家に帰り、そののちずっと農事の助けをしているのだが、冬になると仕事がなくなるところから、昆布の家へ紙すきの手伝いにやらされる。ことしももう直き来る筈だけれど、多分まだ来ていないであろう。それよりも津村は、先ずおりと伯母さんや由松夫婦に意中を打ち明けて、その結果に依っては、至急に呼び寄せて貰うなり、訪ねて行くなりしようと思うと云うのである。

「じゃあ、巧く行くと僕もお和佐さんに会える訳だね」

「うん、今度の旅行に君を誘ったのも、是非会って貰って、君の観察を聞きたかったんだ。何しろ境遇があまり違い過ぎるから、その娘を貰ったとしても果して幸福に行けるかどうか、多少その点に不安心がないこともない、僕は大丈夫と云う自信は持っているんだが」

私は兎に角津村を促してその岩の上から腰を擡げた。そして、宮滝で俥を雇って、その晩泊めて貰うことにきめてあった国栖の昆布家へ着いた時は、すっかり夜になっていた。私の見たおりと婆さんや家族たちの印象、住居の様子、製紙の現場等は、書き出すと長くもなるし、前の話と重複もするから、ここには略すことにしよう。ただ二つ三つ覚えていることを云えば、当時あの辺はまだ電燈*が来ていないで、大きな炉を囲みながらランプの下で家族達と話をしたのが、いかにも山家らしかったこと。炉には樫、櫟、桑*などをくべたが、桑が一番火の保ちがよく、熱も柔かだと云うので、その切り株を夥しく燃やして、とても都会では思い及ばぬ贅沢さに驚かされたこと。炉の上の梁や屋根裏が、かつかつと燃え上る火に、塗りたてのコールター*のように真っ黒くてらてら光っていたこと。そして最後に、夜食の膳に載っていた熊野鯖と云うものが非常に美味であったこと。それは熊野浦で獲れた鯖を、笹の葉に刺して山越しで売りに来るのであるが、途中、五六日か一週間程のあいだに、自然に風化されて乾物になる、時には狐にその鯖の身を浚われることがある、と云う話を聞いたこと。――などである。

翌朝、津村と私とは相談の上、暫くめいめいが別箇行動を取ることに定めた。津村は自分の大切な問題を提げて、話をまとめて貰うように昆布家の人々を説き伏せる。私はその間ここにいては邪魔になるから、例の小説の資料を採訪すべく、五六日の予定で更に深く吉野川の源流地方を究めて来る。第一日は国栖を発し、東川村に後亀山天皇の皇子小倉宮*の御墓を弔い、五社峠を経て川上の荘に入り、柏木に至って一泊。第二日は伯母ケ峰峠を越えて北山の荘河合に一泊。第三日は自天王の御所跡である小橡の龍泉寺*、北山宮の御墓*等に詣で、大台ケ原山に登り山中に一泊。第四日は五色温泉を経て三の公の峡谷を探り、もし行けたらば八幡平、隠し平までも見届けて、木樵りの小屋にでも泊めて貰うか、入の波まで出て来て泊まる。第五日は入の波から再び柏木に戻り、その日のうちか翌日に国栖へ帰る。——私は昆布家の人々に地理を尋ねて、大体こう云う日程を作った。そして津村との再会を約し、彼の成功を祈って出発したのであったが、津村は事に依ると、自分も柏木のお和佐の家まで出向くような場合があろう、それで私が柏木へ戻って来たら念のためにお和佐の家へ立ち寄って見てくれるように、それはしかじかの所だからと、出がけにそんな話があった。

私の旅はほぼ日程の通りに捗った。聞けばこの頃はあの伯母ケ峰峠の難路にさえ乗合自動車が通うようになり、紀州の木の本*まで歩かずに出られるそうで、私が旅した時分とは誠に隔世の感がある。が、幸い天候にも恵まれ、予想以上に材料も得られて、四日目迄は道の嶮しさも苦しさも「なあに」と云う気で押し通してしまったが、ほんとうに参ったのはあの三の公谷へ這入った時であった。尤も彼処へかかる前から「あの谷はえらい処です」とか「へえ、旦那は三の公へいらっしゃるんですか」とか、たびたび人に云われたので、私も予め覚悟はしていた。それで四日目には少し日程を変更して五色温泉に宿を取り、*案内者を一人世話して貰って明くる日の朝早く立った。

路は、大台ケ原山に源を発する吉野川の流れに沿うて下り、それがもう一本の渓流と合する二の股と云う辺へ来て二つに分れ、一つは真っすぐに入の波へ、一つは右へ折れて、そこからいよいよ三の公の谷へ這入る。しかし入の波へ行く本道は「道」に違いないが、右へ折れる方は木深い杉林の中に、纔かにそれと人の足跡を辿れるくらいな筋が附いているだけである。おまけに前夜降雨があって、二の股川の水嵩が俄かに殖え、丸木橋が落ちたり崩れかかったりしていて、激流の逆捲く岩の上を飛び飛びに、時には四つ這いに這わないと越えることが出来ない。二の股川の奥に「オクタマガワ」があり、それから地蔵河原を渡渉して、最後に三の公川に達するまで、川と川との間の路は、何丈と知れぬ絶壁の削り立った側面を縫うて、向う或る所では両足を並べられない程狭く、或る所では路が全く欠けてしまって、の崖から此方の崖へ丸太を渡したり、桟を打った板を懸けたり、それらの丸太や板を宙で繋ぎ合わして、崖の横腹を幾曲りも迂廻したりしている。こんな所を歩くのは、山岳家なら朝飯前の仕事であろうが、私は元来中学時代に機械体操が非常に不得手で、鉄棒や棚や木馬*にはいつも泣かされた男なのである。その頃は年も若かったし、今程太ってもいなかったから、平地を行くのなら八里や十里は歩けたけれども、こう云う難所は四肢を使って進むので、足の強弱の問題でなく、全身の運動の巧拙に関する。定めし私の顔は途中幾たびか青くなり赤くなりしたことであろう。正直のところ、もし案内者が一緒でなかったら、私はとうにあの二の股の丸木橋の辺で引っ返したかも知れなかった。案内者の手前きまりが悪いのと、一歩進んだら後へ退くのも前へ出るのと同じように恐ろしいのとで、仕方がなしに顫える足を運んだのであった。

そう云う訳で、その谷あいの秋色は素晴らしい眺めであったけれども、足もとばかり視詰めていた私は、おりおり眼の前を飛び立つ四十雀の羽音に驚かされたくらいのことで、耻かしながらその風景を細叙する資格がない。だが案内者の方はさすがに馴れたもので、刻み煙草を煙管の代りに椿の葉に巻いて口に咬え、嶮しい道を楽

に越えながら、あれは何と云う滝、あれは何と云う岩、と、遥かな谷底を指して教えたが、

「あれは『御前申す』と云う岩です」

と、或る所でそんなことを云った。それから又少し行くと、

「あれは『べろべど』と云う岩です」

と云った。私はどれがべろべどで、どれが御前申すと云う岩やら、こわごわ谷底を覗いただけではっきり見届けなかったが、案内者の云うのに、昔から王の住んでいらしった谷には、必ず御前申すと云う岩と、べろべどと云う岩がある、だから四五年前に東京から或る偉いお方、――学者だったか、博士だったか、お役人だったか、兎に角立派なお方がこの谷を見に来られて、矢張自分が案内をした時、そのお方が「此処に御前申すと云う岩があるか?」とお尋ねになったから「へい、ございます」と云って自分があの岩を示すと、「ではべろべどと云う岩はあるか?」と、重ねてお尋ねになったので、「へい、ございます」と、又その岩を見せて上げたら、「成る程、そうか、それなら此処は自天王のいらしった所に違いない」と、感心してお帰りになった、――などと云う話をしたが、その奇妙な岩の名の由来は分ら

なかった。この案内者は外にもまだいろいろの口碑を知っていた。昔、京方の討手がこの地方へ忍び込んだとき、どうしても自天王の御座所が分らないので、山又山を捜し求めつつ、一日偶然この峡谷へやって来て、ふと渓川を見ると、川上の方から黄金が流れて来る、そこで、その黄金の流れを伝わって遡って行ったら、果して王の御殿があったと云う話。王が北山の御所へお移りになってから、毎朝顔をお洗いになるのに、御所の前を流れている北山川の川原へ立たれるのが例であったが、いつも影武者が二人お供していて、どれが王様か見分けがつかない。討手の者がたまたま其処を通り合わせた村の老婆に尋ねると、老婆は、「あの、口から白い息を吐いていらっしゃるのが王様だ」と教えた。そのために討手は襲いかかって王の御首を挙げることが出来たが、老婆の子孫にはその後代々不具の子供が生れると云う話。――

私は午後一時頃に八幡平の小屋に行き着き、弁当箱を開きながらそれらの伝説を手帳に控えた。八幡平から隠し平までは往復更に三里弱であったが、この路は却って朝の路よりは歩きよかった。しかしいかに南朝の宮方が人目を避けておられたとしても、あの谷の奥は余りにも不便すぎる。「逃れ来て身をおくやまの柴の戸に月と心をあはせてぞすむ」*と云う北山宮の御歌は、まさか彼処でお詠みになったとは考えられない。要するに三の公は史実よりも伝説の地ではないであろうか。

その日、私と案内者とは八幡平の山男の家に泊めて貰って、兎の肉を御馳走になったりした。そして、その明くる日、再び昨日の路を二の股へ戻り、案内者と別れてひとり入の波へ出て来た私は、ここから柏木までは僅か一里の道程だと聞いていたけれど、ここには川の縁に温泉が湧いていると云うので、その湯へ浸りに川のほとりへ行ってみた。二の股川を合わせた吉野川が幾らか幅の広い渓流になった所に吊り橋が懸っていて、それを渡ると、すぐ橋の下の川原に湯が湧いていた。が、試みに手を入れると、ほんの日向水ほどのぬくもりしかなく百姓の女たちがその湯でせっせと大根を洗っているのである。

「夏でなければこの温泉へは這入れません。今頃這入るには、あれ、あすこにある湯槽へ汲み取って、別に沸かすのです」

と、女たちはそう云って、川原に捨ててある鉄砲風呂*を指した。

ちょうど私がその鉄砲風呂の方を振り返ったとき、吊り橋の上から、

「おーい」

と呼んだ者があった。見ると、津村が、多分お和佐さんであろう。娘を一人うしろに連れて此方へ渡って来るのである。二人の重みで吊り橋が微かに揺れ、下駄の音がコーン、コーン*と、谷に響いた。

私の計画した歴史小説は、やや材料負け*の形でとうとう書けずにしまったが、この時に見た橋の上のお和佐さんが今の津村夫人であることは云う迄もない。だからあの旅行は、私よりも津村に取って上首尾(じょうしゅび)を齎(もたら)した訳である。

盲目物語

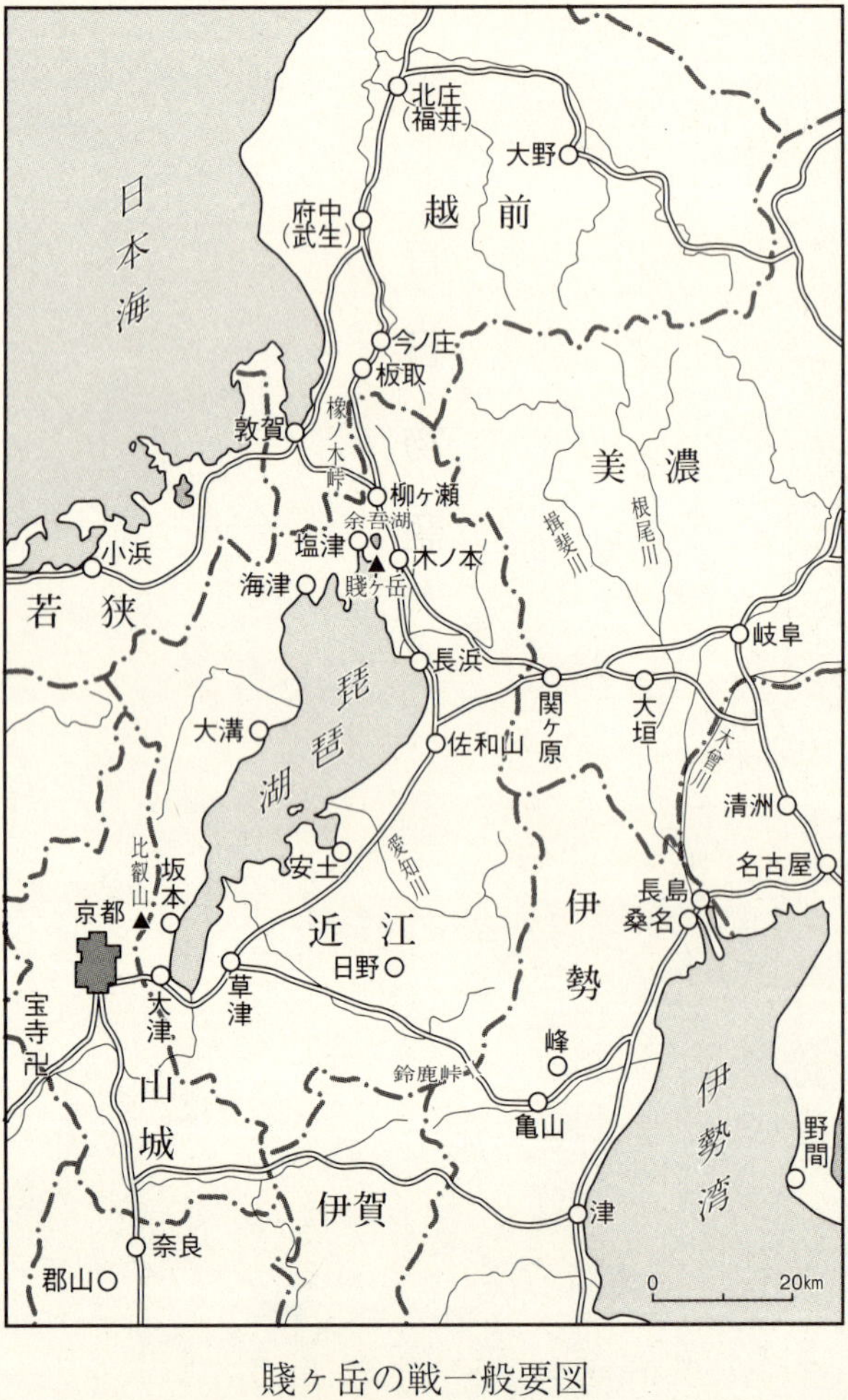

日本海
北庄
(福井)
大野
府中
(武生)
越前
今ノ庄
板取
敦賀
椽ノ木峠
柳ヶ瀬
美濃
余吾湖
塩津
木ノ本
揖斐川
根尾川
小浜
海津
賤ヶ岳
若狭
岐阜
長浜
琵琶湖
関ヶ原
大垣
大溝
佐和山
木曾川
清洲
愛知川
安土
名古屋
比叡山
坂本
伊勢
長島
京都
桑名
近江
日野
草津
大津
宝寺
峰
鈴鹿峠
山城
亀山
伊勢湾
野間
伊賀
津
奈良
郡山
0
20km

賤ヶ岳の戦一般要図

わたくし生国は近江のくに長浜*在でござりまして、たんじょうは天文にじゅう一ねん*、みずのえねのとしでござりますから、当年*は幾つになりまするやら。左様、左様、六十五さい、いえ、六さい、に相成りましょうか。左様でござります、両眼をうしないましたのは四つのときと申すことでござります。はじめは物のかたちなどほのぼの見えておりまして、おうみの湖の水の色が晴れた日などにひとみに明う映りましたのを今に覚えておりまするくらい。なれどもそののち一ねんとたたぬあいだにまったくめしいになりまして、かみしんじんもいたしましたがなんのききめもござりませなんだ。おやは百姓でござりましたが、十のとしに父をうしない、十三のとしに母をうしのうてしまいまして、もうそれからと申すものは所の衆のなさけにすがり、人のあしこしを揉むすべをおぼえて、かつかつ世過ぎをいたしておりました。とこうするうち、たしか十八か九のとしでござりました。ふとしたことから小谷*のお城へ御奉公を取り持ってくれるお人がござりまして、そのおかたの肝いりであの御城中へ住み込むようになったのでござります。

わたくしが申す迄もない、旦那さまはよう御存知でござりましょうが、小谷の城と申しましたら、浅井備前守長政公*のお城でござりまして、ほんとうにあのお方は、お歳は若うてもおりっぱな大将でござりました。おんちち下野守久政公*も御存生でいらっしゃいまして、とかくお父子の間柄がよくないと申す噂も厶りましたけれど、それもともとは久政公がお悪いのだと申すことで、御家老がたをはじめおおぜいの御家来衆もたいがいは備前どのの方へ服しておられたようでござりました。なんでも事のおこりというのは、長政公が十五におなりになったとし、えいろく二ねん*しょうがつと云うのに元服をなされて、それまでは新九郎と申し上げたのが、そのときに備前のかみながまさとお名のりなされ、江南の佐々木抜関斎*の老臣平井加賀守どのの姫君をお迎えなされました。ところがこの御縁組みは長政公の御本意でのうて、久政公が云わば理不尽におしつけられたのだと申すことでござります。下野どののお考では、江南と江北とは昔からたびたびいくさをする、今はおさまっているようなれどもいつまた合戦がおこらないとも限らないから、和議のしるしに江南とこんいんを取りむすんだら、ゆくすえ国の乱れるうれいがないであろうと、左様に申されるので厶りましたけれど、備前守どのは佐々木の家臣の聟となると云うことをどうしてもおよろこびになりませなんだ。しかし父御のおいいつけでござりますから是非なく承引なされまして、ひらい殿のひめぎみを一たんはおもらいになりましたものの、そののち江南へ出むいて加賀守と父子の盃をしてまいれと云う久政公の仰せがありましたとき、これはいかにもむねんだ、父のめいをそむきかねて平井ふぜいのむこになるさえくちおしいのに、こちらから出かけて行っておやこのけいやくをするなどとは以てのほかだ、弓馬の家にうまれたからは治乱の首尾をうかがって天下に旗をあげ、やがては武門の棟梁ともなるように心がけてこそ武士たるものの本懐だのにと仰っしゃって、とうとうその姫ぎみを、久政公へは御そう談もなしに里へかえしておしまいになりました。それはまあ、あまりと申せば乱暴な仕方で、ててごの御腹立なされましたのも御尤もではござりますけれども、まだ十五六のおとしごろでそういう大きなこころざしを持っていらっしゃると云うのは、いかにも尋常なお方でない、浅井の家をおこされた先代の亮政公に似かようて、うまれながらに豪傑の気象をそなえていらっしゃる、こういう主君をいただけばお家の御運は万々代であろう、まことにあっぱれなお方だと、御家来しゅうがみな備前どのの御器量をおしたい申して、ててごの方へは出仕するものもないようになりましたので、ひさまさ公もよんどころなく家督をびぜんどのへおゆずりになりまして、ごじしんは奥方の井の口殿*をおつれになって、竹生島*へこもっていらしったこともあるそうでござります。

けれどもこれはわたくしが御奉公にあがりました以前のことでござりまして、当時は父子のおんなかもいくぶんか和ぼくなされ、下野どのもいのくちどのもちくぶ島からおかえりになりまして、お城でくらしていらっしゃいました。長政公は二十五六さいのおとしでござりましたろうか、もうそのときは二度めの奥方をおむかえになっていらっしゃいましたが、そのおくがたと申されますのが、もったいなくも信長公*のおん妹君、お市*どのでござります。この御えんぐみは信長公が美濃のくにより御上洛のみぎり、いま江州できりょうのすぐれた武将と申せば、歳はわかくてもあさいびぜんのかみに越すものはあるまじ、ひとえに味方にたのみたいとおぼしめされて、なにとぞわが縁者となってくれぬか、それを承引あるうえは浅井と織田とちからをあわせて観音寺城*にたてこもる佐々木六角を攻めほろぼして都へ上り、ゆくゆくは天下の仕置*きも両人で取りおこなおう、みののくにも欲しくばそちらへ進ぜよう、またえちぜんの朝倉*は浅井家とふかい義理のある仲だから、決して勝手に取りかかるようなことはしませぬ、越前一国はそちらの指図(さしず)通りと申す誓紙を入れようなどと、それはそれは御ていねいなお言葉がござりましたので、その儀ならばと申すことで、御縁がまとまったのでござります。それにつけても佐々木の家臣の姫君をおもらいなされて抜関斎の下風にお立ちなさるところを、きつくおことわりなされたばかりに、当時しょこくを切りなびけてとぶとりをおとす信長公からさほどまでにお望まれなされ、織田家のむこにおなりなさろうとは。それもまあ、武略がすぐれていらしった故(ゆえ)とは申しながら、人は出来るだけ大きな望みを持つべきものでござります。不縁におなりなされました前のおくがたは、ものの半年と御一緒におくらしはなかったそうで、そのおかたのことは存じませぬが、お市御料人(ごりようにん)*はまだお輿入(こしい)れにならぬうちから世にも稀(まれ)なる美人のきこえの高かったお方でござります。御夫婦なかもいたっておむつまじゅうござりまして、お子たちも年子(としご)のようにお生れなされて、もうそのときに、若君、姫君、とりまぜて二三にんはいらっしゃいましたかと存じます。いちばんうえの姫君はお茶々(ちゃちゃ)*どのと申し上げて、まだいたいけなお児(こ)でござりましたが、このお児が後に太閤(たいこう)*殿下の御ちょうあいをおうけなされ、かたじけなくも右だいじん秀頼(ひでより)公のおふくろさまとおなりなされた淀(よど)のおん方であらせらりょうとは、まことに人のゆくすえはわからぬものでございます。でもお茶々どのはその時分からすぐれてみめかたちがおうつくしく、お顔だち、鼻のかっこう、めつきくちつきなど奥方に瓜(うり)二つだと申すことで、それは盲もくのわたくしにもおぼろげながらわかるような気がいたしました。

ほんとうにわたくしふぜいのいやしいものが、なんの冥加(みょうが)であゝ云うとうと(貴)いお女中*がたのおそばちこう仕えますことができましたのやら。はい、はい、左様でござります、まえにちょっと申し上げるのをわすれましたが、最初はわたくし、さむらい衆の揉みりょうじをいたすということでございましたけれども、城中たいくつのおりなどに、「これ、これ、坊主、三味せんをひけ」と、みなの衆に所望されまして、世間のはやりうたなどをうとうたことがございますので、そんな噂が御簾中(ごれんちゅう)*へきこえたのでございましょう、唄の上手なおもしろい坊主がいるそうなが、いっぺんその者をよこすようにとのお使いがございまして、それから二三ど御前へうかがいましたのがはじまりだったのでございます。はい、はい、いえ、それはもう、あれだけのお城でございますから、武士の外にもいろいろのひとが御奉公にあがっておりまして、猿楽(さるがく)の太夫(たゆう)*なども召しかかえられておりましたので、わたくしなどが御きげんを取りむすぶまでもござりませぬけれども、ああ云う高貴なお方には却ってしもざまのはやりうたのようなものがお耳あたらしいのでござりましょう。それにそのころはまだ三味線がいまのようにひろまってはおりませんで、*ものずきな人がぽつぽつけいこをするというくらいでござりましたから、そのめずらしい糸のねいろがお気に召したのでござりましょう。さようでござります、わたくし、このみちをおぼえましたのは、べつにさだまった師しょうについたのではござりませぬ。どういうものか生来おんぎょくをきくことをこのみ、きけばじきにそのふしを取って、おそわらずともしぜんにうたいかなでるという風でござりまして、しゃみせんなぞもただおりおりのなぐさみにもてあそんでおりましたのが、いつしか身についた能となったのでござります。なれどももとよりしろうとの手すさびでござりまして、人にきいていただくほどの芸ではござりませなんだのに、つたないところがあいきょうになりましたものか、いつもおほめにあずかりまして、お前へ出ますたびごとにけっこうなかずけ物*を下されました。まあその時分は、戦国のこととて彼方にかっせんのたえまはござりませなんだが、いくさがあればそれだけにたのし此方いこともござりまして、殿様が遠く御出陣あそばしていらっしゃいますと、お女中がたはなんの御用もないものですから、つい憂さはらしに琴などを遊ばしますし、それから又、ながの籠城のおりなどは気がめいってはならぬと云うので、表でも奥でも、ときどきにぎやかな催しがあったりいたしまして、そう今のひとが考えるほどおそろしいことばかりでもございませなんだ。とりわけおくがたは琴をたんのうにあそばしまして、つれづれのあまりに掻きならしていらっしゃいましたが、そう云うおりにふとわたくしが三味線をとって、どのような曲にでもそくざにあわせて弾きますと、それがたいそう御意にかなったとみえまして、器用なものじゃと云うおことばで、それからずっと奥むきの方へつとめるようになりました。お茶々どのも「坊主、坊主」とまわらぬ舌でお呼びになって、あけくれわたくしを遊び相手になされまして、「坊主、瓢簞のうたをうたっておくれ」と、よくそんなことを仰っしゃって下さりました。ああ、そのひょうたんのうたと申しますのは、

忍ぶ軒端に*
瓢たんはうえてな
おいてな
這わせてならすな

こころにつれてひょひょら
ひょひょめくに
と、こう唄うのでござります。
あら美しの塗壺笠や＊
これこそ河内陣みやげ
えいころえいと
えいとろえとな
傷口がわれた
心得て踏まえて
とどら
えいとろえいと
えいとろえとな
まだこのほかにもいろいろあったのでござりますが、ふしはおぼえておりましても詞をわすれてしまいまして、いやもう年をとりますとたわいのないものでござります。

そうするうちに信長公と長政公と仲たがいをなされまして、両家のあいだにいくさがはじまりましたのは、あれはいつごろでござりましたか。ああ、姉川の合戦が、元亀がんねんでござりますか。こういうことは旦那さまのようにものの本を読んでいらっしゃるおかたの方がよく御存知でござります。なんでも御奉公に出ましてから間もないことでござりまして、不和のおこりと申しますのは、のぶながこうが浅井どのへおことわりもなしに、えちぜんの朝倉どのの領分へおとりかけなされたのでござります。いったい浅井のお家と申すのは、先々代すけまさ公のとき、あさくらどのの加勢によって御運をおひらきなされまして、それ以来あさくらどのには恩ぎをうけておられます。さればこそ織田家と御えんぐみのときにも越前のくにには手をつけぬと、信長公よりかたいせいしをおとりになったのでござりましたが、わずか三ねんとたたないうちにたちまち誓紙をほごにして、当家へいちごんのあいさつもなく手入れをするとはけしからぬ、信長という奴は軽薄ものだと、だい一に御隠居の下野どのが御りっぷくで、長政公の御殿へおいでになりまして、近習と外様の者までもおあつめになって、のぶながの奴、いまにえちぜんをほろぼしてこのしろへ攻めてくるであろう、えちぜんのくにの堅固なあいだに、朝倉と一味して信長を討ちとってしまわねばならぬと、えらいけんまくでござりましたところが、長政公もごけらいしゅうも、しばらくはことばもござりませなんだ。それはまあ、やくそくをほごにすると云うのは信長公もわるうござりますけれども、あさくらどのも両家のあいだにやくそくのあるのをよいことにして、織田家へぶれいなしうちをしている。ことに信長公たびたびの御上洛にもかかわらず、一ども使節をさし上げられたこともない*ので、それでは禁裏(きんり)さま*や公方(くぼう)さ*まにも恐れ多い。しょせん織田どのを敵にまわしてはたとい朝倉と一つになっても打ちかつ見込みはござりませぬから、いまの場合はえちぜんの方へ申しわけに千人ばかりも加せいを出して、織田家の方はなんとか巧(うま)くつくろっておいたらいかがでござりますと、そう申す人たちが多いのでござりましたが、それをきかれると御いんきょはなお怒られて、おのれら、末座のさむらいとして何を申す、いかに信長が鬼神なればとて、親の代からの恩をわすれ、あさくら家の難儀をみすててよいとおもうか、そんなことをしたら末代までの弓矢の名折れ、あさい一門の耻辱(ちじょく)ではないか、わしはたった一人になってもさような義理しらずのおくびょうものの真似(まね)はせぬと、まんざをねめつけて威丈(いたけ)だかになられますので、まあまあ、そう御たんりょに仰せられずによくよく御分別なされましてはと、老臣どもが取りつきましても、おのれら、みながこの年寄りを邪魔にして、皺腹を切らせるつもりじゃなと、身をふるわせて歯がみをなされます。総じて老人と云う者は義理がたいものでございますから、そう仰っしゃるのも一往はきこえておりますけれども、まえまえから家来どもがじぶんをばかにするという僻みをもっていらっしゃるところへ、長政公がせっかく自分の世話してやった嫁をきらってお市どのを迎えられたということを、いまだにふくんでいらしって、それみたことか、おやのいいつけをそむいたればこそこんな仕儀になったではないか、この期におよんであのうそつきの信長になんの遠慮をすることがある、こうまであなどられながらだまって引っ込んでいるというのは、おおかた女房のかあいさにほだされて、織田家へ弓がひけぬとみえた、と、いくぶん長政公へあてつける気味もあったのでござります。びぜんのかみどのは御いんきょと御けらいしゅうとのあらそいを無言できいていらしって、そのときにほっとためいきをなされ、なるほど、ちちうえの仰せはお道理じゃ、自分はのぶながの聟だけれども先祖以来の恩にはかえられぬ、こちらへ取ってある誓紙は明日さっそく使者にもたせて織田家へかえしてしまいましょう、信長いかに虎狼のいきおいにほこっておってもえちぜんぜいと力をあわせて無二の一戦をいたすならば、やわか彼を討ち取れぬことがござろうぞと、きっぱりと仰せになりましたので、そのうえは仕方なく、みなが決心をかためたのでござります。

しかしそののちも、いくさ評定のたびごとに御いんきょとながまさ公との御料簡がちごうて、とかくしっくりいかなんだようでござりました。ながまさ公は名将のうつわでいらっしゃいますし、ゆうきりんりんたる日ごろの御きしょうでござりますから、出足のはやい信長をてきに廻してこうゆるゆるとしていてはならぬ、こちらから逆にせめのぼって一とかっせんした方がよいと、そう云うおかんがえでござりましたけれども、御いんきょは年よりのくせで、なにごとにも大事をとろうとなされますので、かえって不利をまねくようになりました。信長公がえちぜんから都へ引きとられましたときにも、このあいだに朝倉ぜいと一手になって、美濃へきり込んで、岐阜をせめおとしてしまおう。さすれば信長さっそくに馳せくだろうとするであろうが、江南には佐々木ろっかくの一族がいるからやすやす通すはずはあるまいし、そのまに岐阜から取ってかえして、佐和山*おもてにまちかまえてかっせんすれば、のぶながのくびはわがものになると、長まさ公がごふんべつをめぐらされ、あさくらどのへ使者をおつかわしになりましたけれども、一乗の谷の館（やかた）にもやはり気ながな人たちがそろっていまして、はるばるみのへ出かけていってあとさきを敵につつまれたら難儀になろうと、義景公をはじめだれも同心するものがござりませなんだ。それで御返事には、いや、それよりも、いずれ信長が小谷のお城へおしよせてまいりましょうから、そのとき当国のにんずをもよおしてお味方に参じましょうと、そういうごあいさつでござりましたので、あたら（可惜）ごけいりゃくがむやくになったのでござります。長政公はそのへんじをきかれると、ああ、朝倉もそんな悠長なことを申しておるのか、それで義景のじんぶつもわかった、そのようなのろまなことであのすばしっこい信長に勝つみこみなど、十に一つもあろうとはおもわれぬ、父上の仰（おお）せがあったばかりによしない人に組みしたのが運のつきだと、しみじみ述懐あそばしたそうでござりますが、もうそのときから浅井の家もわがいのちも長いことはあるまいと、かくごをきめられたらしゅうござります。

それから姉川、さかもとの合戦*がござりまして、いちどは扱い*になりましたけれども、たちまち和議もやぶれてしまいまして、織田ぜいのためにじりじりと御りょうぶんを削られてゆきました。まことに名将の仰（お）っしゃったことにまちがいはなく、長政公のおことばがおもいあたるのでござります。わずか二三ねんのあいだに、佐和やま*、よこやま*、大尾*、あさづま*、宮部*、山本*、大嵩*の城々をおいおいにせめ抜かれて、小谷の本城ははだか城にされ、その麓まで敵がひしひしと取りつめてまいったのでござります。よせては六万余騎のぐんぜいをもって蟻のはいでるすきまもなく十重二十重に打ちかこみ、のぶなが公をそうだいしょうとして、柴田しゅりのすけ*、にわ五郎ざえもん*、佐久間うえもんのじょう*など、きこゆるゆうしが加わっておりました。太閤でんかも当時は木のした藤きちろうと申されて、おしろから八丁ばかりの虎御前山*にとりでをきずいて、城内のようすをうかがっておられました。あさいどのの御けらいにもずいぶんりっぱな大将たちがおられましたけれども、これはとたのみきったる者もこころがわりがいたしまして、だんだん織田どのへ降人*に出まして、味方のいきおいは日にまし弱るばかりでござります。おしろの中は、人質のおんな子供をとりこめてありますし、ほうぼうの小城から落ちてまいった侍どもがおりますし、つねよりもおおぜいの人数でござりましたから、さいしょはなかなか気が立っておりまして、「憂きも一と時うれしさも思いさませば夢候よ*」と、小唄まじりに日ごと夜ごとのせりあいをつづけておりましたが、そのうちに、御いん居ひさまさ公の丸と長政公の丸のあいだの、中の丸をあずかっておられた浅井七郎どの、おなじく玄蕃のすけ＊どのなどが、藤吉郎どのにないつうしまして、てきをその丸の中へ引き入れましたので、俄かにじょうちゅうが火のきえたようになりました。そのときのぶなが公のお使者がみえて申されますのに、その方と仲たがいをしたというのも元はといえば朝倉のことからだ、しかしこちらはすでに越前をきりなびけ、義景をうちとってしまったから、その方にたいしなんの意趣もいだかぬし、又そのほうもこのうえ義理をたてるところもないであろう。しろをあけわたして立ちのくならば、えんじゃのよしみもあることだからこちらも如在＊には存ぜぬ、このうち織田家のきかに＊ぞくして忠節をぬきんでてくれるなら、大和一国をあておこのうてもよいとおもうがと、ねんごろな御諚＊でござりました。おしろの中ではよいところへ扱いがはいったと云ってよろこぶ者もあり、いやいや、これは織田どののほんしんではあるまい、妹御のおいちどのを助けだしておいてから、殿にお腹をめさせようと云う所存であろうと申す者もあり、評議はまちまちでござりましたが、ながまさ公は使者にたいめんあそばして、おこころざしのほど忝く存じますけれども、かようになりはてて何を花香＊と世にながらえましょう、ただ討死をとげるつもりでござりますから、御前へよきなにお伝え下されと仰っしゃって、いっこうに承引なされませなんだ。のぶなが公は、さては自分を疑うとみえる、こちらはしんじつに申すのだから、ぜひ討死をおもいとまって、こころやすく立ちのくようにと、さいさん使者をよこされましたが、いったん覚悟をきわめたうえは、いかに申されてもおきき入れがござりませなんだ。それで、八月二じゅうろくにちの宵に、御菩提寺の雄山わじょうをおまねきになりまして、小谷のおくの曲谷のいしきりに石塔をお切らせになり、徳勝寺殿天英宗清大居士とかいみょうをえりつけられ、その石とうのうしろをくぼめて御自筆の願書をおこめになりました。それから二十七日のあさはやくろうじょうの侍どもをおあつめになり、ゆうざんわじょうを導師にたたせて、長政公はせきとうのそばにおすわりなされ、御けらいしゅうの焼香をおうけになりました。みなのしゅうはさすがに辞退されましたけれども、たってのおことばゆえ焼香したのでござります。さてその石塔は、しのんで城からはこび出しまして、みずうみのそこふかく、竹生しまから八丁ばかりひがしの沖へしずめましたので、それを見ました城中のものどもは一途に討ちじにを心がけるようになったのでござります。

おくがたはちょうどそのとしの五月に若君をおうみなされ、さんごのおつかれで一と月あまりひきこもっていらっしゃいましたので、わたくしがしじゅうごかいほう申し上げ、お肩やお腰をさすりましたり、せけんばなしのお相手をつとめましたりいたしましまして、おなぐさめ申しておりました。左様でござります、ながまさ公は御きしょうはたけくいらっしゃいましたが、おくがたにはいたっておやさしゅうござりまして、ひるはいちにち命をまとにはげしい働きをなさりながら、おくごてんへおこしになりますと御きげんよく御酒をきこしめされ、何くれとおくがたをいたわってお上げなされて、お女中がたやわたくしどもへまでじょうだんを仰っしゃったりしまして、いくまんの敵がしろのぐるりをかこんでいることもとんとお心にとまらぬようでござりました。なにぶん大名がたの御夫婦仲のことは、おそばにつかえておりまする者にもなかなかわかりかねますけれども、おくがたはおん兄君と殿さまのなかにはさまれて胸をいためていらしったのでござりましょうし、ながまさ公の方はまた、それをいとおしゅう、いじらしゅうおぼしめされ、かたみのせまいおもいをせぬようにと、つとめておくがたの気をひきたてていらしったのではござりますまいか。そう云えばあのじぶん、御前にひかえておりますと、「これ坊主、三味せんもう面白うない、酒のさかなにもっとうきうきしたことはないか、あの棒しばり*を舞ってみせぬか」などと殿のおこえがかかりまして、

　十七八は
竿にほした細布*
とりよりや
いとし
たぐりよりや
いとし
糸よりほそい
腰をしむれば
たんとなおいとし

と、つたないまいをごらんにいれては御座興をつとめたものでござります。それはわたくし、じぶんでかんがえ出しました道化たまいでござりまして、「糸よりほそい腰をしむれば」と、所作をしておめにかけますと、たいていのかたは腹をかかえてわらわれますので、めくらのくせに妙なてつきで舞いますところがおかしみなの

でござりましたが、なみいるかたがたの賑(にぎ)やかなおこえにまじって、おくがたのおわらいなさるおこえがきこえますときは、「ああ、すこしはごきげんがよいのだな」とおもいまして、どんなにわたくしも勤めがいがありましたことか。なれどもたいへん悲しいことには、おいおい日がたつにつれまして、いくらわたくしが新しい手をかんがえましておもしろおかしくまってごらんにいれましても、「ほほ」とかすかにえまれるばかりで、やがてそれさえもきこえないことがおおくなってまいりました。

あるひのこと、あまり肩がこってならぬから、すこしりょうじをしてほしいと仰っしゃいますので、おせなかの方へまわりまして揉(も)んでおりますと、おくがたはしとね*のうえにおすわりなされ、脇息(きょうそく)*におよりあそばして、うつらうつらまどろんでいらっしゃるのかと思われましたが、そうではなくて、ときどきほっといきをついていらっしゃいます。こういうおりに、いぜんにはよくお話相手をいたしましたのに、ちかごろはめったにお言葉のさがることなどもござりませんので、ただかしこまってりょうじをいたしておりましたけれども、それがわたくしにはなんとのう気づまりでなりませなんだ。ぜんたいめしいと申すものは、ひといちばんかんのよいものでござります。ましてわたくしは、ひごとよごと奥がたのあんまを仰せつかりまして、おからだの様子がおおよそ分っておりますので、おむねのなかのことまでがしぜんと手先へつたわってまいりますせいか、だまって揉んでおりますうちに、やるせないおもいがいっぱいにこみあげてまいるのでござります。当時おくがたは二十をふたつみつおこえなされ、四人にあまるお子たちの母御でいらっしゃいましたけれども、根がおうつくしいおかたのうえに、ついぞいままでは苦労という苦労もなされず、あらいかぜにもおあたりなされたことがないのでござりますから、もったいないことながら、そのにくづきのふっくらとしてやわらかなことと申したら、りんず*のおめしものをへだてて揉んでおりましても、手ざわりのぐあいがほかのお女中とはまるきりちがっておりました。もっともこんどは五たびめのお産でござりましたから、さすがにいくらか窶れていらっしゃいましたものの、おやせになればおやせになるで、その骨ぐみの世にたぐいもなくきゃしゃでいらっしゃることはおどろくばかりでござりました。わたくし、じつに、このとしになりますまで、ながねんのあいだもみりょうじを渡世にいたし、おわかいお女中さまがたをかずしれず手がけてまいりましたが、あれほどしなやかなからだのおかたをいろうたことがござりませぬ。それに、おんはだえのなめらかさ、こまかさ、お手でもおみあしでもしっとり露をふくんだようなねばりを持っていらしったのは、あれこそまことに玉の肌と申すものでござりましょうか。おぐしなども、お産をしてからめっきりと薄うなったと、ごじしんでは仰っしゃっていらっしゃいましたが、それでもふさふさとうしろに垂らしていらっしゃるのが、普通のひとにくらべたらうっとうしいくらいたくさんにおありになって、一本々々きぬいとをならべたような、細い、くせのない、どっしりとおもい毛のたばが、さらさらと衣にすれながらお背なかいちめんにひろがっておりまして、お肩を揉むのにじゃまになるほどでござりました。なれども、このとうとい上臈のおみのうえもおしろがらくじょうするときはどうなるだろうか。このたまのおんはだえも、たけなすくろかみも、かぼそいほねをつつんでいるやわらかい肉づきも、みんなおしろのやぐらといっしょにけぶりになってしまうのだろうか。ひとのいのちをうばうことがせんごくの世のならいなればとて、こんないたいけなおうつくしいかたをころすという法があるものだろうか。のぶなが公もげんざい血をわけたいもうと御を、たすけておあげなさろうというおぼしめしはないものか。まあわたくしのようなものが、そんなしんぱいをしましたからとておよばぬことでござりますけれども、えんあっておそばにおつかえ申し、なんのしあわせかめしいと生れましたばかりにこのようなおかたのおんみに手をふれ、あさゆうおこしをもませていただいておりまして、ただそれのみをいきがいのある仕事とぞんじておりましたのに、もうその御奉公もいつまでだろうかとかんがえましたら、このさきなんのたのしみもなくなりまして、にわかに胸がくるしゅうなってまいりました。するとおくがたが又ほっとためいきをあそばして、

「弥市」

と、およびになるのです。わたくし、おしろの中では、「坊主、坊主」といわれておりましたが、「ただ坊主ではいけぬ」と仰っしゃって、おくがたから「弥市」という名をいただいておったのでござります。

「弥市、どうしたのだえ」

と、そのときかさねてのお言葉に、

「はっ」

と申して、おどおどいたしておりますと、

「いっこう力がはいらぬではないか、もそっときつうもんでおくれ」

と仰っしゃるのでござります。わたくしは、

「おそれいりました」

と申しあげて、さてはいらざる取りこしくろうに手の方がおろそかになったかと、気を入れかえてせっせともんでおりました。なれどもきょうはとくべつにお肩がこっていらしって、おんえりくびのりょうがわに手毬（てまり）ほどのまるいしこりがおできになっておりまして、もみほごすのがなかなかなのでござります。まあ、ほんとうに、これではさぞかしおつらかろう、こんなにおこり（凝）になるというのは、きっといろいろなものあんじをあそばして、よるもろくろくおやすみにならぬせいではないか、おいたわしいことだわいと、お察し申しあげておりますと、

「弥市」

と仰っしゃって、

「お前、いつまでこのしろのなかにいるつもりなのだえ」

と、仰っしゃるのでした。

「はい、わたくしは、いつまでも御奉公をいたしておりとうござります。ふつつかなものでござりますから、おやくにはたちませぬが、ふびんにおぼし下されまし

て召しつかっていただけましたら有りがたいことでござります」

そう申しあげましたら、

「そうかえ」

と仰っしゃったなり、しばらくしずんでいらしって、

「それでもお前、知ってのとおりおおぜいの者がいつのまにか一人へり二人へりして、もうおしろにはいくにんも残っていないのですよ。りっぱな武士でさえ主(しゅう)をみすてておちてゆくのに、さむらいでもないものがたれにえんりょをすることがあろう。ましておまえは眼がふじゆう(不自由)なのだから、まごまごしているとけがをしますよ」

と仰っしゃるのです。

「おおせはありがとうござりますが、おしろを捨てるのもふみとどまるのも、それはひとびとのこころまかせでござります。まなこさえあいておりましたら、夜(よる)にまぎれておちのびることもできましょうけれども、このように四方をかこまれておりましてはたといおいとまをいただきましてもわたくしには逃げるみちがござりませぬ。どうせ数ならぬめくら法師ではござりますが、なまなかてきにとらえられてな

さけを受けるのはいやでござります」

すると、なんともおことばはなくて、そっとおんなみだをおふきになったらしゅう、ふところからたとうがみ*をお出しになるおとがさらさらときこえました。わたくし、じぶんの身よりもおくがたはどうあそばすおつもりか、いずこ迄もながまさ公とごいっしょにおいであそばすのか、五人のお子たちをいとおしゅうおぼしめしたら、また御りょうけんもおありになりはしないかと、こころではやきもきいたしましたが、そんなことをさしでがましゅう伺うわけにもまいりませぬし、それきりおこえもかかりませぬので、ついつぎほがなくて、ひかえてしまったのでござりました。それが、あのせきとうの御供養のありました二日ほどまえのことでござりまして、八がつ二十七日のあけがた、さむらいがたの焼香をおうけになりますと、こんどはおくがたや、お子たちや、腰元衆や、わたくしどもまでをそこへおめしになりまして、「さあ、おまえたちも回向をしておくれ」と仰っしゃるのでござりました。なれどもいざとなりますと、お女中がたのかなしみは又かくべつでござりまして、あ あ、それではいよいよお城のうんめいがきわまって、とのさまはうちじにあそばすのかとどなたも途方にくれるばかりで、一人もしょうこうの席へすすもうとはなさりませぬ。このにさんにち寄せ手は一そうはげしくせめてまいりまして、ひるもよるも合戦のたえまはござりませなんだが、けさはさすがに敵もいくらか手をゆるめたとみえまして、お城のうちもそともしんとして、大ひろまの中は水をうったようにしずかでござります。おりふし秋もなかば＊のことでござりまして、おうみの国もほっこくにちかい山の上の、夜もあけきらぬほどの時こくでござりますから、まつざにひかえておりますと、肌さむいかぜがひえびえと身にしみ、お庭の方でくさばにすだくむしのねばかりがじいじいときこえるのでござります。と、ふいに広間のすみの方で、どなたか一人しくしくとすすりなきをはじめましたら、それまでじっとこらえていらしったおおぜいの衆が、あちらでもこちらでも、いちどにしくしくと泣き出されましたので、がんぜないお子たちまでがこえをあげてお泣きになりました。「これ、これ、そなたはいちばんとしかさのくせに泣くということがありますか、かねがね云うてきかせたのはここのことではありませぬか」と、おくがたはこんなときにも取りみだした御様子がなく、しっかりしたおこえでお茶々どのをお叱り(しか)になって、「さあ、和子(わこ)＊から先に嫡男(ちゃくなん)万福丸どのの乳母(うば)をお呼びになりまして、「さあ、和子から先にしょうこうをするのですよ」と仰っしゃるのです。それでいちばんに万福丸どの、

二ばんには当歳の若*が御焼香をすまされますと、「お茶々、そなたの番ですよ」と仰せられましたが、

「いや、姫よりもそなたはなぜしないのだ」と、ながまさ公がきっとなって仰せられるのでした。おくがたはただ「はいはい」と口のうちで仰っしゃるばかりで、なかなか承引なされませぬので、

「あれほど申しきかせたことがなぜ分らぬ。この期におよんで云いつけにそむくつもりか」と、つねづねおくがたにはおやさしいおかたが、ことさらあらあらしく仰っしゃるのでござりますけれども、

「おぼしめしはかたじけのうござりますが」

と、かたくけっしんをあそばして、座を立とうとはなさりませなんだ。そのときながまさ公はだいおんをおあげになって、

「やあ、その方おんなのみちを忘れたか。わがなきあとの菩提をとむらい、子どものせいじんをみとどけるこそ、つまたるものの勤めではないか。そこの道理がわからぬようではみらいえいごう妻とはおもわぬ、夫とも思ってもらわぬぞ」

と、するどくお叱りになりました。そのおこえがひろまのすみずみへりんりんとひ

びきわたりましたので、いちどうはっといたしまして、どうなることかといきをころしておりますと、しばらくなんのものおともございませなんだが、やがてさやさやと畳のうえにお召しもののすれるけはいがいたしましたのは、こころならずも奥がたがごしょう香をなされたのでござりました。それから一のひめぎみのお茶々どの、二の姫ぎみのおはつどの、三のひめ君の小督(こごう)どのと、しだいに御えこうをなされましたので、そのよのかたがたもとどこおりなく済まされたのでござります。

さてその石とうをはこび出してこすいにしずめましたことは、せんこく申し上げたとおりでござります。おくがたはひとびとの手まえ、いったんはおききいれになりましたものの、殿が御しょうがい*あそばすのに、わがみひとり世にながらえてなんとしようぞ、あれこそ浅井のにょうぼうよと人にうしろゆびをさされるのはくちおしゅうござります、ぜひ死出のみちづれをさせて下されと、よもすがら掻(か)きくどかれて、いっかな御しょういんなさるけしきもなかったそうにござります。するとあくる二十八にちの巳(み)の刻*ごろに、織田どののおんつかい不破河内(ふわかわち)のかみ*どのが三度目におこしになりまして、いま一ぺんかんがえなおして降人に出る気はないかと、のぶなが公のおことばをつたえましたのでござります。ながまさ公はかさねがさねのおぼしめし、しょうじょう世々(せぜ)*わすれがたくは存じますが、じぶんはどうあってもこのしろにおいてはらを切ります、ただし妻とむすめどもはおんなのことなり、のぶなが公にちすじのつながるものどもでござれば、申しふくめてあとより送りとどけます、せっかくのおなさけにあのものたちのいのちをゆるして、あとあとのせわを見てやって下さればありがとう存じますと、いんぎんにおたのみなされまして、一とまずかわちの守どのをおかえしになり、それから又おくがたへだんだんと御いけんをなされたらしゅうござります。もとよりながまさ公とても、あれほどおむつまじいおん語らいでござりましたから、死なばもろともと覚悟をなされたおくがたのおんこころねを何しに憎く思(おぼ)しめしましょう。おもえばおふたりが御えんぐみをあそばしてから、ことしで足かけ六ねんと申すみじかいおんちぎりでござります。そのあいだしじゅう世の中がさわがしく、あるときはとおく都や江南の御陣へお出かけになったりしまして、いちにちとしてあんらくにおすごしあそばしたこともないのでござりますから、おなじはちすのうてなの上で*いつまでも仲ようくらしたいとおのぞみになるのも、決してごむりではござりませぬ。なれどもながまさ公は勇あるおかたのつねとしてひとしおおん憐(あわ)れみがふこうござりまして、おとしのわかいおくがたをむざむざころしてしまうことがあまりおいたわしく、なんとかしていのちをたすけてあげたいとおぼしめされ、ことにはお子たちのゆくすえなども御あんじあそばしたのでござりましょう。まあいろいろにしなをかえて道理をおときになったものとみえまして、ようようおくがたも御とくしんあそばし、ひめぎみばかりをおつれになっておさとへお帰りあそばすことにきまったのでござります。おとこのお子たちはまだいとけのうござりましたけれども、敵の手におちてはあやういと申されて、総りょうのまんぷく丸どのはえちぜんのくに敦賀郡のしるべをたよりに、二十八日の夜おそく、きむら喜内之介と申す小姓をつけてそっとおしろからお出しになり、すえの若ぎみは、当国の福田寺*へあずけられることになりまして、これもその夜のうちに、小川伝四郎中島左近と申すさむらい二人に乳母がつきそうて、ふくでん寺のちかくの湖水のきしに船をよせられ、しばらく蘆のしげみのあいだにひそんでおられたと申すことでござります。

おくがたは二じゅうはち日の夜ひとよ、ながまさ公とおんわかれの盃をおかわしになりましたが、つきぬおん名残りにさまざまのおんものがたりをあそばすうちに、秋の夜ながもいつのまにかあけてしまいましたので、それではと申されて、ひがしの方がもうしらじらとあかるい時分、おしろの門からおのりものにおめしになりました。つづく三つのお乗りものにはさんにんの姫たちが乳母とごいっしょにお召しになりまして、藤掛三河守（みかわのかみ）*と申す、お輿入（こしい）れのおり織田家からついてまいりました奥向きの御けらいが、てぜいをつれて前後をおまもり申し上げ、そのほかに二三十人のお女中がたがおともをいたして小谷をあとになされました。ながまさ公は御のりもののきわまでおみおくりに出られまして、そのあさはもうこれを最後の御しょうぞくで、くろいとおどし*のおんよろいにきんらんの袈裟（けさ）*をかけていらしったそうでござります。いよいよおのりものをかき上げますとき、「ではあとをたのんだぞ、たっしゃでくらせよ」とおことばをおかけになりましたのがゆうきのはりきったさわやかなおこえでござりました。おくがたも「おこころおきのう御りっぱなおはたらきを」と、気じょうにおっしやって、おんなみだをおみせにならずに、じっとがまんをなされましたのはさすがでござります。すえのおふたりのひめぎみたちは西もひがしもおわかりにならぬほどでござりましたから、お乳（ち）の人の手におだかれになって、なんのこととも夢中でいらっしゃいましたけれども、おちゃちゃどのはててご（父御）の方をふりかえりふりかえり、いやじゃいやじゃときつうおむずかりになりましては、なかなかなだめすかしてもお泣きやみになりませんので、お供のひとびとはそれをみるのが何よりつろうござりました。この姫たちが三人ながらのちに出世をあそばして、お茶々どのが淀のおん方、おはつどのが京極さいしょうどののおん奥方常高院どの、いちばんすえの小督どのが忝くもいま将軍家のみだいでおわしますことを、だれがそのときおもいましたでござりましょう。かえすがえすも御運の末はわからぬものでござります。

のぶなが公はおいちどのや姪御たちをお受けとりになりますと、たいそうおよろこびになりまして「ようふんべつして出て来てくれた」と、ねんごろに仰っしゃって、「あさいにもあれほどことばをつくして降参をすすめたのに、どこまでもきき入れないのは、あっぱれ名をおしむ武士とみえた、あれを死なすのはじぶんのほんいでないけれども、ゆみやとる身の意地であるからかんにんしてもらいたい、そなたもながのろうじょうでさぞくろうをしたことだろう」と、そこは骨肉のおんあいだがらゆえ御じょうあいもかくべつで、わけへだてないおものがたりがござりまして、すぐに織田こうずけの守どのへおあずけなされて、よくいたわってとらせるようにとの御諚でござりました。

いくさの方は二十七にちのあさからやんでおりましたが、おいちどのをわたしたうえはもはや猶予することはない、しろをひといきにもみつぶして浅井おやこに腹をきらせるばかりだと、のぶなが公おんみずから京極つぶら尾*というところへおのぼりになってそうぐんぜいに下知*をなされ、ひらぜめにせめおとせとおっしゃいましたので、えい、えい、おう、と、寄せ手はすさまじい鬨のこえをあげて責めにかかったのでござります。このとき御いんきょ久政公の丸にはぞうへい*八百ばかりこもっておりまして、四方の持ちくち*をかためておりましたけれども、てきは眼にあまる大軍のうえに、しばた修理のすけどのがさきにたって塀に手をかけ、ひたひたと乗りこんで来られましたので、ごいんきょもいまはこれまでとおぼしめされ、いのくちえちぜんの守*どのにしばらく寄せ手をささえさせて、そのまに御しょうがいなされました。御かいしゃく*は福寿庵どのでござります。鶴松太夫と申す舞のじょうずもおりましたが、いつもお供をおおせつかっておりましたおなさけにこんども御しょうばん*をさせていただきますと申して、おさかずきをいただいて、ごさいごをみとどけてから、ふくじゅ庵どのの介錯をつとめ、じぶんはお座敷よりいちだん下の板じきへさがって腹をきりましたそうにござります。そのほか井口どの、赤尾与四郎どの、千田うねめのしょうどの、脇坂久ざえもんどの、みなさま自害なされました。この御いんきょはおとしをめしていらしったのにお気のどくなてんまつでござりましたけれども、かんがえてみればすべて御自分がわるいのでござります。こう云うはめにならないうちに、はやく長政公のおことばにしたがわれて朝倉どのをおみかぎりなされたらようござりましたのに、おだどのの御うんせいをみぬく御がんりきもなく、よしないぎりをおたてになってあえなくおはてになりましたのは、たれをうらむことがござりましょう。それればかりか、かっせんの駈（か）けひき、出陣のしおどきについても、御いんきょらしく引っこんでいらっしゃればよいものを、いちいち出しゃばって長政公のごけいりゃくをじゃまなされ、勝つべきいくさにおくれをとって、みすみす御運をにがしたこともいくたびだったでござりましょう。おだどのがてんまはじゅん（天魔波旬）*のいきおいを持っておられたからとて、ながまさ公のさいはいにおまかせになっていらしったら、これほどのことはござりませなんだ。さればば浅井のお家は、一代のすけまさ公、三代のながまさ公、ともにぶそう*のめいしょうでいらっしゃいましたのに、二代の久政公の御りょうけんがつたなく、御思慮があさかったばっかりにめつぼうをまねきました。それをおもえば長政公こそおいたわしゅうございます。あわよくば信長公にとってかわりてんがのしおきをなさる御器量をもちながら、おやごのいいつけをおまもりなされて、御じぶんで御じぶんのうんせいをおちぢめなされました。わたくしどもが考えましてさえ歯がゆうて歯がゆうて、あきらめきれないのでございますものを、おくがたのおむねのなかはどれほどでございましたことか。なれどもそれも御孝心のおふかいせいでございましたので、まことにぜひがございませぬ。

御隠居のまるのおちましたのは二十九にちの午（うま）のこく*ごろでございまして、それからは、柴田、木下、前田、*佐々（さっさ）*の手のものどもが一つになって御ほんまるへおしよせました。ながまさ公はお手まわりの小姓五ひゃくばかりできってでられさんざんにてきをなやましてさっとお引きになりましたので、よせてはくろけむりをたてて無二むさんにせめましたけれども、塀へとりつこうとするものを突きおとしはねおとし、てきを一人も丸のなかへ入れませなんだ。それで二十九にちのよるは寄せ手もせめあぐんできゅうそくいたしまして、あくる九月ついたちにまたせめてまいりました。ながまさ公はそのときまで父の御さいごを御存じなく、「下野守どのはどうなされた」と小姓におたずねなされましたところに、「ごいんきょはさくじつ御しょうがいでござります」と申しあげるものがおりましたので、「そうとはゆめにも知らなんだ、それをきくからはこの世になんのみれんがあろう、ちちうえの弔いがっせんをしていさぎよくおあとを追うばかりだ」と、巳の刻ごろに二ひゃくばかりで切って出られ、むらがるてきをきりふせきりふせ一とあしもひかずたたかわれましたが、柴田木下のぐんぜいがとうまちくい（稲麻竹葦）*と取りかこみ、味方はわずか五六十人になりましたので、一文字にかけちらし、御ほんまるへ馳（は）せいろうとなされますうちに、敵は御ほんまるをのっとって中から門をかためてしまいましたので、御門の左わきにある赤尾美作守（みまさかのかみ）*どのの屋形（やかた）へおのがれになりまして、やがてお腹を召されました。御かいしゃくは浅井日向守（ひゅうがのかみ）。お供をいたしたひとびとは、日向のかみをはじめとして、なかじましん兵衛、なかじま九郎次郎、きむらたろじろう、木むら与次、浅井おきく、わきざかさすけ、などのかたがたでござります。てきは信長公のおおせをうけて、なんとかしてながまさ公を生けどりにしようとしたのだそうでござりますけれども、きこゆる剛将がひっしのはたらきのゆえにそんなすきはござりませなんだので、あとから屋形へふみこんでおん首ばかりを戴（いただ）いたのでござります。

いけどりと云えば、あさい石見守(いわみのかみ)、赤尾みまさかのかみ、おなじく新兵衛、この三人のかたがたは武運つたなく縄目のはじをおうけになって御前へひきすえられました。そのときのぶなが公が、「そのほう共、しゅじん長政にぎゃくしんをおこさせ、としごろひごろようも己(おのれ)をくるしめたな」とおっしゃりましたので、石見どのは強情な仁(じん)でござりますから、「わたくし主人あさいながまさは織田どののような表裏ある大将ではござりませぬ」と申しあげますと、のぶなが公かっと御りっぷくあそばされ、「おのれ、ふかくにも生けどりになるほどの侍として、もののひょうりが分るか」と、鑓(やり)のいしづき*で石見どののあたまを三度おつきになりました。なれどもひるむけしきもなく、「手足をしばられているものをちょうちゃくなされてお腹がいえますか、おん大将のこころがけはちがったものでござりますな」とにくまれぐちをたたかれましたので、ついにお手うちになりました。美作どのはおとなしくしておられましたところが、「その方じゃくねんのみぎりより武勇のほまれたかく、おにがみのようにうたわれながらなんとしておくれを取ったるぞ」との仰(おお)せに、「とかく老もういたしましてこの通りのしまつでござります」と申され、「いちめいを許して取りたててつかわそう」という御諚でござりましたけれども、「このうえはなんの望みもございませぬ」と申されてひたすらおいとまをねがわれました。「しからばせがれの新兵衛を世話してやろう」とかさねて御じょうがございましたときに、美作どの御子息しんべえどのをかえりみられ、「いやいや、御辞退申した方がよいぞ、殿にだまされてわるびれてはならぬぞ」と申されましたので、からからとおわらいなされ、「老いぼれめ、己をうたがっているな、そんなに己がうそつきに見えるか」と仰っしゃって、そののちほんとうに新兵衛どのをお取りたてになりました。

小谷のおくがたは夫ながまさ公御しょうがいとおききあそばしてから、一とまにとじこもられたきりにちにち御回向をあそばしていらっしゃいますと、或る日のぶなが公がお見まいにおいでなされ、「たしかそなたには男の子が一人あったはずだ、その子がたっしゃならわたしが引きとってよういくをして長政のあとをつがせてやりたいが」と仰っしゃるのでございました。おくがたは最初、兄ぎみのこころをはかりかねて、「若はどうなりましたことやら存じませぬ」と申されましたが、「ながまさこそかたきだけれども子どもになんの罪があろう、わたしには甥になるのだからいとおしゅうてたずねるのだ」と仰っしゃりますので、さてはそれほどにおもって下さるのかとだんだん御あんどあそばされ、これこれのところにおりますと、万福丸どののかくれがをおもらしになりました。それでえちぜんの国つるがごおりへお使者が立ちまして、木村喜内介(きないのすけ)へ、わかぎみをつれてまいるように仰せつかわされましたけれども、きないのすけは思案をいたし、わかぎみは自分いちぞんを以(もっ)て斬(き)ってすてましたとおこたえ申しましたところが、その後もさいさいおつかいがござりまして、兄うえがああまで云われるものをなまじかくしては折角のなさけにそむく、わがみも和子(わこ)のぶじな顔をみたいほどに一日もはやくつれてきておくれと、しきりにおくがたがせつかれるものでござりますから、きないのすけもこころえがたくおもいながら、とてもありかを知られたうえはと、万福丸どののお供をして、九がつ三日にごうしゅう木之本(きのもと)*へまいりました。すると木下藤きちろうどのがむかえに出られて若君をうけとられ、のぶなが公へそのむねを言上いたされますと、「その方その子を討ちはたし、くびを串(くし)ざしにしてさらしものにしろ」と仰っしゃりますので、さすが藤吉郎どのもとうわくいたされ、「それまでのことは」と云われましたなれども、かえってお叱(しか)りを蒙(こうむ)りまして、よんどころなく御諚のとおりになされました。ながまさ公のお首も、あさくら義景どののお首といっしょに、肉をさらし取って朱塗りにあそばされ、よくねんの正月、それを折敷(おしき)*にすえてさんがの大名しゅうへおさかなに出されました。のぶなが公も浅井どののためにはたびたびあやうい目におあいなされ、よほどおにくしみが深かったのでござりましょうけれども、もとはと云えば御じぶんの方がせいしを反古(ほご)になされたのでござります。せめて妹御のおんなげきをさっしておあげなされたら、えんじゃのよしみもあるおかたをあれほどになさらないでもようござりましたろうに。とりわけにくしんのなさけをかりてお市どのをあざむかれ、がんぜないお子をくしざしになさるとは、あまりむごたらしいなされかたでござります。されば天正じゅうねんの夏、ほんのう寺においてひごうにおはてなされましたのも、あけちがぎゃくしんばかりではなく、おおくのひとのつもるうらみでござりましょう。いんがのほどはおそろしゅうござります。

のちの太閤殿下、きのした藤吉郎どのがりっしんなされましたのもこのころからでござりました。こんどの城ぜめには柴田どののはじめみなみな手柄をきそわれましたなれども、なかについて藤吉郎どののはばつぐんの功をおたてなされ、のぶなが公もななめならずおよろこびになりまして、小谷のおしろと、あさい郡(ごおり)*と、坂田ごおりのはんぶんと、いぬがみ郡とを所領にくだされ、江北のしゅごとなされました。そのおり藤吉郎どのは、小谷のおしろは小ぜいにてはまもりがたいと仰せられ、わたくしのこきょう長浜へうつられまして、当時あそこは今浜と申しておりましたのを、このとき長浜とおあらためになったのでござります。

それはとにかく、ひでよし公が小谷のおくがたに懸想なされましたのはいつごろからでござりましたか。わたくしはおくがたがお城をおたちのきなされましたとき、「いっしょにつれて行ってやりたいが、いったんここをおちのびてからたよっておいで」と、有りがたい仰せがござりましたものですから、この身はすでになきものとかくごいたしておりましたのがまよいのこころをしょうじまして、おのりもののあとからまぎれ出で、かっせんのしじゅうを見とどける迄いちにちふつかは町かたにかくれておりましたけれども、またおそばをしとうて上野守どのの御陣へあがりましたところ、気にいりの座頭であるからとおこえがかりがござりましたので、さいわいにきびしいおとがめもござりませんで、ふたたび御用をつとめておったのでござります。されば秀吉公がおこしなされましたおりにもたびたびお次にひかえておったのでござりますが、はじめて御たいめんのときは、御前へ出られますとはるかにへいふくされまして、「わたくしが藤吉郎にござります」とうやうやしい御あいさつでござりましたので、おくがたもつつましやかに御えしゃくを返され、せんじんの骨折をおねぎらいなされました。ひでよし公は、「わたくし、このたびさせる軍功もござりませぬのに御褒美（ほうび）としてあさいどのの所領をたまわり、もったいなくも長政公のおんあとをつぎますことは弓矢とってのめんぼくでござります、ただこのうえは何事も古きおしおきにしたがって江北をとりしずめ、亡（な）きおん大将の武ゆうにあやかりとうぞんじます」と申され、「陣中のことゆえさぞ御不じゆうでござりましょう、なんぞお手まわりのしなにても御不足のものはござりませぬか、おこころおきのうお申しつけくださりませ」などと、それはそれは如在（じょさい）のないおことばで、おどろくばかりあいそのよいお方でござりました。ことにひめぎみたちにまで何くれと御あいきょうを振りまかれ、御きげんをとられまして、「お姫（ひい）さまがいちばんの姉（あね）さまでいらっしゃいますか、どれどれ、わたくしに抱っこなさりませ」と、お茶々どのをひざの上へおのせなされおぐしをかいておあげなされて、「おとしはいくつ、おなまえは」などとおたずねになるのでござりました。お茶々どのははかばかしい御へんじもなさらずにしぶしぶ抱かれていらっしゃいましたが、このひとが父御のしろをせめおとした一方の旗がしらかと、おさなごころにもにくくおぼしめしましたものか、ふと秀吉公のかおをおさしなされ、「そなたは猿に似ているのかえ」とおっしゃりましたものですから、ひでよし公もすこし持てあまされまして、「さようでござります、わたくしは猿に似ておりますが、お姫さまはお袋さまにそっくりでいらっしゃいますな」と申され、はっ、はっ、はっと、わらいにまぎらされました。その後もおいそがしいなかをぬけめなくおみまいにおいでなされ、何やかやとひめぎみたちにまで御しんもつをなされまして、ひとかたならぬおこころぞえでござりましたから、おくがたも、「藤きちろうはたのもしいものじゃ」と仰っしゃって、気をゆるしていらっしゃいましたけれども、わたくし、いまからかんがえますのに、お市どのの世にたぐいない御きりょうにはやくも眼をおつけなされ、ひとしれず思いをよせていらしったのではござりますまいか。もっとも主人のぶなが公のいもうと御であらせられ、けらいの身ではおよびもつかぬ高嶺の花でござりましたからまさかそのときにどうというおつもりもござりますまいが、なにぶんこのみちにかけましたらゆだんのならぬ秀吉公でござります。みぶんのちがいと申しましても、ういてんぺん*は世のつねのこと、とり分けえいこせいすいのはげしくいのは戦国のならわしでござります。さればながい月日のうちにいつかはこのおくがたをと、ひそかにのぞみをおかけなされましたやら、なされませなんだやら、えいゆうごうけつのこころのうちは凡夫にははかりかねますけれども、あながちこれはわたくしの邪推ばかりでもないような気がいたします。

そう云えば万福丸どのを討ちはたすように仰せがござりましたとき、ひでよし公のとうわくなされかたは尋常でなかったと申します。あればかりのわかぎみ一人おゆるされになりましたとて何ほどの事がござりましょうや、それより浅井どののみょうせきをおつがせなされ、おんをおきせになりました方がかえって天下せいひつのもとい、仁あり義あるなされかたかとぞんじますと、さまざまにおとりなしあそばされましたが、おきき入れがござりませなんだので、「しからばなにとぞこのやくを余人におおせつけくださりますよう」と、いつになくさからわれましたところ、のぶなが公ははなはだしく御きげんを損ぜられ、「その方こんどの功にほこってまんしんいたしたか、いらざるかんげんだてをなし、あまつさえわがいいつけをしりぞけて余人にたのめとは何ごとだ」と、きびしくおとがめなされましたものですから、しおしおと退出されまして、けっきょく若君を御せいばいなされたのだときいております。かれこれおもいあわせますのに、ひでよし公はまんぷくまるどのを害されて、のちのちまでもおくがたのうらみをお受けなさることがおつらかったのでござりましょう。それもなみなみのころしかたでなく、くしざしにしてさらしものにせよとの御じょうとありましては、なおさらのことでござります。この役まわりがえりにえって秀吉公にわりあてられましたのは、笑止*と申しましょうか、おきのどくと申しましょうか。こうねん柴田どのとこのおくがたの取りあいをなされ、こいにはおやぶれになりましたけれども、ついに勝家公御夫婦をせめほろぼされ、生々よよのかたきとなられましたのもこのときからのいんねんでがなござりましょう。当時わかぎみの御さいごのことはおくがたのお耳へいれぬようにと、のぶなが公のおこころづかいがござりましたので、たれいちにんも申しあげたものはないはずでござりますけれども、さらしくびにまでなりまして、しょにんのまなこ*にふれましたことゆえ、うすうす世上(せじょう)のとりさたをおききこみになりましたか、またはむしがしらせたと申しますものか、いつからともなくけはいをおさとりあそばしてきっと御しあんなされたらしゅう、それからは秀吉公がおこしになりますとかえってみけしきがすぐれぬようでござりました。なれども或る日、「えちぜんからはあれきりなんのたよりもないが、若はどうしたことかしらん、とかく夢みがわるいので気になります」と、ひでよし公へおたずねになりましたので、「さあ、いっこうに承知いたしませぬが、いまいちどおつかいをお出しなされましては」と、さあらぬていで申されますと、「でも、そなたが若をうけとりに行ったというではないか」と仰っしゃりましたのが、しずかなうちにもするどいおこえでござりました。こしもと衆のはなしでは、そのときばかりはお顔のいろまでがまっさおにかわって、ひでよし公をはったとおねめつけなされたそうにござります。そんなことから秀よし公は御前のしゅびがわるくなりまして、だんだん遠のかれましたのでござります。

さて信長公はわずかのあいだに数箇国をきりなびけられ、ことごとくわがりょうぶんにくわえられまして、しょうし*への御ほうび、こうにんのおしおきなど、それぞれ御さたあそばされ、九がつ九日にはもはや岐阜のおしろにおいて菊の節句をおいわいあそばされました。重陽*のえんはまいねんのことでござりますけれども、べっしてそのみぎりは大小名*がよそおいをこらしてお礼にまいられ、ごんごどうだん*のぎしきのありさま、めをおどろかすばかりであったともっぱらのうわさでござりました。おくがたはしょろう*と申しふれられてしばらく江北におとどまりなされまして、どなたにもたいめんあそばされず引きこもっておられましたが、おなじ月のとおかごろ、いよいよ尾州清洲（びしゅうきよす）*のおさとかたへおかえりあそばすことになりました。当時信長公はぎふの稲葉やま*を本城になすっていらっしゃいましたので、おくがたには閑静なきよすのおしろのほうが御つごうがよかったのでござります。もっとも途中ちくぶしまへさんけいなさりたいと云う仰せでござりましたから、お女中がたやわたくしどももおつきそい申しあげまして、長浜よりお船にめされました。おりふし、伊吹（いぶき）やま*にはもう雪がつもっておりまして、みずうみのうえはひとしおさむうござりましたけれども、さえわたった朝のことでござりましたので、とおくちかくの山々まではっきり見えたのでござりましょう、お女中がたはみなみなふなばたにとりついて、ながねんすみなれた土地にわかれを惜しまれ、そらをわたるかりがねのこえ、かもめの羽ばたきにもなみだをながされ、かぜにそよぐあしの葉のおと、なみまにおどる魚のかげにもあわれをもよおされましたことでござります。ふねが竹生（ちくぶ）しまの沖あいへまいりましたとき、「しばらくここでとめておくれ」というおことばでござりまして、いちどう何事かと不しんにぞんじておりますと、やがて舳（へさき）に経づくえをおなおしなされ、水のおもてにむかってたなごころを合わされしずかに御ねんじゅあそばされましたのは、おおかたそのあたりのみなぞこにかの石塔がしずめてあったのでございましょう。さてはちくぶしまへまいりたいと御意なされたのもそういう仔細がおありになったのかと、そのときわれわれもおもいあたりましたのでございます。ふねが波のまにまにゆられて一つところにただようておりますあいだ、おくがたは香をおたきあそばして南無徳しょう(勝)寺殿天英宗清大居士と、いっしんにおんまなこを閉じられ、あまりながいこと合掌なされていらっしゃいますので、もしやこのまま、ふなばたよりおん身をひるがえし、おなじみなぞこのもくずにおなりあそばすのではないかと、おそばのかたがたはしんぱいしまして、そっとおめしもののすそをとらえていたそうでございますが、わたくしにはただ、おくがたのお手のうちで鳴るじゅずのおとがきこえ、たえなる香のかおりがにおってまいったばかりでございます。

それよりしまへおあがりなされて一と夜参籠あそばされ、あくる日佐和やまへおわたりになりまして、いちにちふつか御きゅうそくなされましてから御ほっそくあそばし、どうちゅうつつがなく清洲のおしろへ御あんちゃくになりました。おさとかたではけっこうな御殿をしつらえてお迎え申し、「小谷のおん方」とおよび申しあげて至極たいせつなおとりあつかいでござりましたから、なに御不自由のないおみのうえでござりましたけれども、姫ぎみたちの御せいじんをたのしみにあさゆう看経をあそばすほかにはこれと申すお仕事もなく、おとなうお方もござりませんので、もうまったくの世すてびとのような侘びしいおくらしでござりました。それにつけても、いままではおおぜいの人目もござりますし、なにやかやとおまぎれになることもござりましたのに、ひねもすうすぐらいお部屋のおくにとじこもっていらしってしょざいなくおくらしなされましては、みじかい冬の日あしでさえもなかなか長うござります。しぜんおむねのなかには亡き殿さまのおすがたがおもいうかべられ、ああいうこともあった、こういうこともあったと、かえらぬむかしをおしのびなされて悲歎にくれていらっしゃいました。いったいおくがたは武門のおうまれでいらっしゃいますから、なにごとにも御辛抱づようござりまして、めったと人にふかくのなみだをおみせになることはござりませなんだが、もはやその頃はおそばの衆と申しましてもわたくしどもばかりでござりましたので、はりつめたおこころもいっときにおゆるみなされたのでござりましょう。いまこそほんとうのかなしみにおん身をゆだねられ、ひとけのない奥の間で何をおもい出されましてかしのびねに泣いていらっしゃるのが、ふとお廊下を通りますときに耳についたりいたしまして、とかくお袖のしめりがちな日がおおいようでござりました。そういう風にして一とせ二たとせはゆめのようにすぎましたなれども、そのあいだ、春は花見、あきはもみじがりのお催しなど、お気ばらしにおすすめいたしましても、「わたしはやめます、おまえたちで行っておいで」と仰っしゃいまして、御じぶんは浮世のほかのくらしをなされ、ただひめぎみたちをお相手になされますのがせめてものお心やりと見えまして、御きげんのよいおわらいごえのきかれますのはそんなときばかりでござりました。さいわい三人のお子たちはどなたもおたっしゃにおそだちなされ、おんみのたけも日ましにおのびになりまして、いちばんおちいさい小督どのなども最早やおひとりであんよをなされたり、かたことまぜりにものを仰っしゃったりなされましたので、それをごらんあそばすにつけても亡き夫が御ぞんしょうであられたならばと、またおんなげきのたねでござりました。べっしておふくろさまとしましては、まんぷく丸どのの御さいごのことをお忘れなく、いつまでもおいたみなされていらっしゃいましたが、なにぶん御自分のあさはかさから現在のお子を敵におわたしなされまして、ああいうおかあいそうなことになったのでございますから、だました人もうらめしく、だまされたわが身もくちおしく、なかなかおあきらめになれなかったらしゅうございます。それに福田寺へおあずけなされた末の若君もいまはどうしていらっしゃるやら。よいあんばいに信長公はこのお子のことを御存知なされませんでしたので、いったんはおのがれになりましたものの、乳児(ちご)のおりにおわかれなされましたきりその後(ご)の安否をおききにならないのでございますから、口に出しては仰っしゃりませんでも、雨につけ風につけ、いちにちとしておあんじあそばさないときはなかったでございましょう。そんなことから一そうひめぎみたちを世にないものにおぼしめしまして、ふたりの若君の分までもかあいがってお上げなされました。

京極さいしょう(宰相)殿高次公*は、ちょうどそのじぶん十三四さいでいらっしゃいましたでしょうか。のちには信長公の小姓をつとめられましたけれども、お元服まえはきようすにあずけられていらっしゃいまして、ときどきおくがたの御殿へおこしなされたことがございました。申すまでもございませぬが、もとこのお児は浅井どののお家にとっては御主筋(おしゅうすじ)にあたられる江北のおん屋形、佐々木高秀公*のおわすれがたみでございます。さればがんらいはこのお児こそ近江はんごくのおんあるじでござりますけれども、御先祖高清入道*のとき伊ぶきやまのふもとに御いんたいなされましてから、御りょうないは浅井どのの御威勢になびいてしまいまして、御じぶんたちはほそぼそとくらしていらっしゃいましたところ、せんねん小谷(おだに)らくじょうのみぎり、のぶなが公が江北に恩をきせようとの御けいりゃくからわざわざこのお児をおよび出しになりまして、小姓におとりたてなされたのでござります。こうねん、天正十年のろくがつ惟任(これとう)ひゅうがのかみのはんぎゃく*にくみして安土(あつじ)万五郎*のともがらと長浜のしろをおせめなされ、まった慶ちょう五年の九月関ケ原かっせんのおりには、大坂がたに裏ぎりをなされて大津にろうじょうあそばされ、わずか三千人をもって一まん五千の寄せ手をひきうけられましたのはこのお方でござりますが、まだそのころは、そういう横紙やぶり*の御きしょうともみえませなんだ。おとしから云えばわんぱくざかりの時分でござりましたけれども、貴人のおうまれでありながら幼いときよりひかげもの(日陰者)のようにおそだちなされ、どこかにこころぼそそうなあわれな御様子がおありになって、御前へ出られてもおくちかずがすくなく神妙にしていらっしゃいましたので、わたくしなどには、いらっしゃるのかいらっしゃらないのか分らないくらいでござりました。もっともこのお児のおふくろさまは長政公のいもうと御でござりましたから、ひめぎみたちとはいとこ同士、おくがたは義理の伯母御におなりなされます。それで万ぷく丸どののことをしのばれるにつけてもこのお児をいとしがられまして、「わたしが母御のかわりになって上げますよ、用のないときはいつでもここへあそびにおいで」と仰っしゃって、なさけをかけてお上げなされ、「あの児はだまっているけれども腹にしっかりしたところがある、きっと利発ものにちがいない」とおほめになっていらっしゃいました。さようでござります、おはつ御料人と御えんぐみをなされましたのは、それよりずっとのち、七八ねんもさきのことでござりまして、当時は姫ぎみもおちいそうござりましたから、そんなおはなしはござりませなんだ。なれどもこのお児は、おはつどのよりもお茶々どのに人知れずのぞみをかけておいでなされ、それとなくお顔をぬすみ見にいらしったのではござりますまいか。もちろんどなたもそう気がついたかたはござりませなんだが、子供のくせに大人のようにおちついていらしって、むっつりとおだまりなされ、いつまでも御前にかしこまっておいでなされたのは、何かいわくがおありになったのかとおもわれます。そうでなければ、かくべつおもしろいこともないのにしばしば御殿へおこしなされて、窮屈なおもいをあそばしながらじっとすわっていらっしゃる訳もござりますまい。わたくしだけはなんとなく無気味なようにかんじまして、うすうす嗅ぎつけておりましたので、「あのお児はお茶々さまに眼をつけているらしい」と、こしもとしゅうに耳うちをしたことがござりましたけれども、めくらのひがみだと申されましてみなさまがおわらいなされ、まじめにきいて下すったかたはござりませなんだ。

さあ、おくがたが清洲にいらっしゃいましたあいだは、小谷のおしろのおちましたのが天しょうがんねん*の秋のこと、それよりのぶなが公御逝去のとしの秋ごろまででござりますから、あしかけ十年、ざっとまる九ねんの月日になります。まことに光陰は矢のごとしとやら、すぎ去ってみればなるほどそうでござりますけれども、天下のみだれをよそにおながめあそばされ、いつどこに合戦があったとも御存知ないようなひっそりとしたくらしをなされましては、九年というものはずいぶんながうござります。さればおくがたもいつとはなしに次第にかなしみをおわすれなされ、つれづれのおりにはまた琴などのおなぐさみをあそばすようになりました。それにつれましてわたくしも、すきなみちではござりますし、お気散じにもなりますことゆえ、御ほうこうのあいまには唱歌*やしゃみせんのけいこをはげみ、わざをみがきましていよいよ御意にかないますように出精いたしましたことでございます。唱歌と申せば、あの隆達節*という小唄のはやり出しはたしかそのころでございまして、

さてもそなたは*
しもかあられか初ゆきか
しめてぬる夜の
きえぎえとなる

などと申すのや、それからまた、

りんきごころに*
枕な投げそ
なげそまくらに
とがはよもあらじ

と申すうた、もっとおかしな文句のものでは、

帯をやりたれば*
しならしの帯とて
非難をしやる

帯がしならしなら
そなたの肌もしならし

などと、よくみなさまにうたってきかせたことがござります。ちかごろはこのりゅうたつぶしもすたれましたけれども、一時はあれが今の弄斎節(ろうさいぶし)*のように大はやりをいたしまして、きせん上下のへだてなくうたわれたものでござります。太閤でんかが伏見のおしろで*お能を御らんなされましたときは、隆達どのをおめしになって舞台でうたわせられまして、幽斎公*がそれにあわせて小つづみをお打ちになりました。わたくしがきよすにおります時分は、ようよう流行しはじめたころでござりましたから、最初はほんの腰元しゅうの憂さはらしに、扇で拍子をとりながら小ごえでそっとうたいまして、節をおしえて上げたりしたのでござりますが、お女中がたは今申し上げたおかしな文句のうたがおすきで、あれをうたわせてはころころとおわらいになるものですから、いつしかおくがたのお耳にとまりまして、「わたしにもうたってきかせておくれ」と仰っしゃるのでござりました。「なかなか、あなたがたにおきかせ申しますようなものでは」と、御じたい申し上げましても、「ぜひにうたえ」と御意なされますので、それからはたびたび御前へ出ましてうたったことがございます。「おもしろの春雨や、花のちらぬほどふれ」*と申す、あの文句をたいそうおこのみなされ、あれをいつでも御所望あそばされまして、いったいにうきうきとしたものよりは、しんみりとした、あわれみのふかいものの方がおすきのようでございました。よくわたくしがおきかせ申しましたのは、

しぐれも雪も*
おりおりにふる
君故(ゆえ)なみだは
いつもこぼるる

とか、

おもうとも*
そのいろ人に
しらすなよ
おもわぬふりで
わするなよ

というような唄でございます。この二つのうたの文句は何かしらわたくしの胸のお

もいにかよいますせいか、これをいっしんにうたいますときは、腹のそこより不思議なちからがあふれいで、おのずから節まわしもこまやかになりこえさえ一そうのつやを発しましたので、おききになるかたもつねにかんどうあそばされ、又自分でも自分のうたのたくみさにききほれまして、こころの中のわだかまりがいっときに晴れるのでござりました。それにわたくしはしゃみせんの曲をかんがえまして、文句のあいだにおもしろい合いの手などをくわえて、いちだんと情のふかいものにいたしました。こんなことを申しますと何やら自慢めきますけれども、こういう小唄に三味せんを合わせますのは、わたくしなどのいたずらが始めなのでござりまして、まえにも申しましたように、当時は鼓で拍子をとりますのが普通だったのでござります。

とかくはなしが遊芸のことにわたりますようでござりますが、わたくしいつもかんがえますのに、うまれつきおんせいがうつくしく、唄をきようにうたうことが出来ますものはこのうえもなく仕合わせかとぞんじます。隆達どのも元は堺のくすりあきゅうどでござりましたのに、うたが上手なればこそ太こう殿下のお召しにもあずかり、ゆうさい公につづみを打たせていちだいの面目をほどこされました。もっともあのかたはみずから一流をはつめいなされましたほどの名人、それにくらべたらわたくしなどはもののかずでもございませぬが、清洲のおしろで十年の春秋(はるあき)をすごしまするあいだ、あけくれおくがたのおそばをはなれず、月ゆき花のおりにふれて風流のお相手をつとめまして、ひとかたならぬ御恩をこうむりましたのも、いささかおんぎょくをたしなみましたがゆえでございます。人の望みはいろいろでござりまして、何がいちばんの果報とも申されませぬから、わたくしのようなきょうがいをあわれとおぼしめすかたもございましょうなれども、じぶんの身にとりこの十ねんのあいだほどたのしいときはございませなんだ。さればなかなか隆達どのをうらやましいともおもいませぬ。それを何ゆえかと申しますのに、おくがたのおことにあわせて三味線のひじゅつをつくし、または御しょうもうの唄をおききに入れて御しんちゅうのうれいをやわらげ、いつもいつもおほめのおことばをいただいていたのでございますから、たいこうでんかのぎょかんにあずかりましたよりもずっとほんもうでございます。これもめしいにうまれましたおかげかとおもえば、このとしになりますまで自分のかたわをくやんだことは*一ぺんもございませぬ。

世のことわざに、蟻(あり)のおもいも天までとどくと申します。はかない盲法師(めくらほうし)でもちゅうぎは人とかわりませぬから、すこしでも御しんろうが癒えますように、せいぜい御きげんうるわしゅうおくらしなされますようにと、こころをこめておつかえ申し、しんぶつにきがんをかけましたせいか、いや、あながちに、そのせいばかりでもござりますまいが、そのころおくがたはおいおいにお肥えあそばされ、いちじはずいぶんやつれていらっしゃいましたのに、又いつのまにかむかしのようにみずみずしゅうおなりなされました。おさとへおかえりになりました当座は、お肩のほねといちばんうえのあばらとのあいだに凹みが出来、それがだんだんふかくなりまして、おくびのまわりなどひとしきりの半分ほどにおなりなされ、やせほそられるばかりでござりましたので、りょうじを仰せつかりますたびになみだにくれておりましたところ、三年目、四ねんめあたりから、うれしや日に月にわずかずつ肉がおつきなされ、七八ねん目には小谷のころよりもなまめかしゅうつやつやとおなりなされて、これが五人のお子たちをお産みあそばしたおかたとはおもえぬほどでござりました。こしもとしゅうにききましても、丸顔のおかおがひとところほそおもてになられましたのに、このころはまた頰のあたりがふっくらとしもぶくれにおなりあそばし、それにおくれ毛のひとすじふたすじかかりました風情はたとえようもなくあだめいて、おんなでさえもほれぼれしたと申します。お肌のいろがまっしろでいらっしゃいましたのはもとより天品でござりますけれども、ながのとしつき日の眼のとどかぬおくのまに寝雪(ねゆき)*のようにとじこもっておくらしなされ、すきとおるばかりにおなりあそばして、たそがれどきにくらいところでものおもいにしずんでいらっしゃるお顔のいろの白さなど、ぞうっと総毛(そうけ)だつようにおぼえたそうでござります。もっとも物のあやめは、かんのよいめくらにはおおよそ手ざわりで分るものでござりまして、わたくしなども、どんなにいろじろでいらっしゃいますかはひとのうわさをきくまでもなくしょうちいたしておりましたが、おなじ白いと申しましても御身分のあるおかたのしろさは又かくべつでござります。ましておくがたは三十路(みそじ)にちかくおなりあそばし、お年をめすにしたがっていよいよ御きりょうがみずぎわ立たれ、ようがんますますおんうるわしく、つゆもしたたるばかりのくろかみ、芙蓉(ふよう)*のはなのおんよそおい*、そのうえふくよかにお肥えなされたおからだのなよなよとしてえんなることと申したら、やわらかなきぬのおめしものがするするすべりおちるようでござりまして、きめのこまかさなめらかさはお若いときよりまたひとしおでござりました。それにしてもこれほどのおかたが早くから不縁におなりなされ、つつむにあまる色香をかくしてあじきないひとりねのゆめをかさねていらっしゃるとは、なんということか。深山(しんざん)の花は野のはなよりもかおりがたかいと申しますが、春はお庭にきて啼(な)くうぐいす、あきは山の端(は)にかたぶく月のひかりよりほかにうかがうもののない玉簾(たまだれ)のおくのおすがたを、もし知るひとがありましたら、ひでよし公ならずとも煩悩(ぼんのう)のほのおをもやしたことでござりましょうに、とかくよのなかの廻りあわせはこうしたものでござります。

そんなぐあいで、そのころのおくがたは、花さく春のふたたびめぐりくるときをお待ちあそばす御様子も見えましたが、やはりむかしのおつらかったこと、くやしかったことを、きれいにお忘れにはならなかったらしゅうござります。それと申しますのは、わたくし、あんなことはあとにもさきにもたった一遍でござりますけれども、ある日御りょうじをつとめながらお話のお相手をしておりましたとき、何かのはずみで、おもいがけないおことばを伺ったことがあるのでござります。その日は最初れいになく御きげんのていでござりまして、小谷のころのこと、長政公のおんこと、そのほかいろいろ古いことをおもい出されておきかせ下さいましたついでに、ひととせ佐和やまのおしろにおいてのぶなが公とながまさ公と初めて御たいめんな*

されたおりのおものがたりがござりました。なんでもそれはおくがたが御えんぐみなされましてから間もなくのこと、おおかた永ろく年中でござりましたろう、当時さわやまは浅井どのの御りょうぶんでござりましたから、のぶなが公はみののくによりおこしなされ、ながまさ公はすりはり峠*までお出むかえあそばされ、やがておしろへ御あんないなされまして、しょたいめんの御あいさつののち、善をつくし美をつくしたるおもてなしがござりました。さてあくる日は、ただいま天下の大事をひかえてあなたこなたと日をついやすもいかがであるから、今度はそれがしがこのしろをお借り申し、自分が主人役となって御へんれいをいたそうと、のぶなが公より仰せいだされ、ながまさ公と御いんきょとをおなじしろにおいておふるまいにおよばれまして、おだどのよりの引出物(ひきでもの)には、一文字宗吉*のおん太刀をはじめおびただしき金子(きんす)銀子(ぎんす)馬代*を御けらいしゅうへまでくだしおかれ、あさいどのよりの御かえしには、おいえ重代(じゅうだい)の備前かねみつ*、定家卿(きょう)の藤川にてあそばされました近江名所づくしの歌書*、そのほかつきげ*の駒(こま)、おうみ綿*などけっこうなしなじなをととのえられ、お供のかたがたにも御めいめいへあらみの太刀やわきざしをおくられました。またおくがたも久々にておん兄ぎみに御たいめんのため小谷よりおこしなされましたので、のぶなが公のおんよろこびひとかたならず、あさいどのの老臣がたを御前へおめしになりまして、みなみなきかれよ、その方どもの主人びぜんのかみがかくそれがしの聟になるうえは、にほんこくちゅうは両家の旗になびくであろう、されぱそのつもりでずいぶん粉骨をぬきんでてくれたら、きっとおのおのを大名にとりたててつかわすぞと仰せられ、ひねもす御しゅえんがござりまして、夜は御きょうだい三人にてむつまじくおくのまへおん入りあそばし、ひきつづいて十日あまりも御たいりゅうなされました。そのあいだの御ちそうには、さわ山の浦に大あみをおろしまして、鯉やら、ふなやら、湖水のうおを数しれずとってさしあげましたところ、これもことごとく御意にかない、美濃のくにではとても見られぬ名物である故、ぜひかえりにはみやげに持ってゆきたいとおおせられ、いよいよ御帰じょうのまえの日にふたたびおんなごりの御しゅえんなどがござりまして、上々のしゅびにて御ほっそくなされましたとのこと。「あのときは内大臣どのも徳勝寺殿さまもほんとうに仲がよさそうににこにこしていらしって、わたしもどんなにうれしかったことか」などと、そんなおはなしをこまごまとあそばされまして、「おもえばあの十日ばかりのあいだがわたしのいちばんしあわせなときでした。それにつけても一生のうちにたのしいおりというものはそうたくさんはないものだね」と仰っしゃるのでござりました。さればそのときはおくがたは申すまでもなく、御けらいたちも両家が不和になろうなどとは考えてもみませぬことで、みなみなせんしゅうばんざいを祝われたのでござりますが、ながまさ公が兼光のおん太刀を引出物になされましたについて、のちに兎や角申すものがありましたそうにござります。それはなぜかと申しますのに、右のおん太刀は御せんぞ亮政公御ひぞうのお打ち物でござりました由にて、いかにたいせつな御しゅうぎのばあいとはいえ、ああいう重代のたからを他家へつかわされる法はないのに、そういうことをあそばしたのが、あさいのお家の織田どのにほろぼされる前表だったのだと申すのでござります。なれども理窟はつけようでござります。長政公がそれほどの品をおゆずりなされましたのも、つまりはおくがたや義理の兄上をなみなみならずおぼしめしたからでござりましょう。そのためにお家がほろびたのなんのと、それは世間のなまものしりがたまたま事のなりゆきを見てそういう風に云いたがるのではござりますまいか。わたくしがさように申し上げましたら、

「それはおまえのいう通りです」

と、おくがたもおうなずきあそばして、

「舅（しゅうと）となり聟となりながら、ほろぼすのほろぼされるのと、そんなことを気にするほうがまちがっています。内大臣どのにしたところで、そのじぶん敵か味方かわからない土地をお通りなされて、わずかのにんずでみののくにからはるばるおこしになるというのは、容易のことではなかったのです。そのこころざしにたいしても、徳勝寺殿さまがあれだけのことをしてあげるのは、ひごろの御きしょうとしてあたりまえだとおもいます」

と仰っしゃって、それからまた仰っしゃいますのに、

「でもおおぜいのけらいの中には不こころえなものもいました。たしか遠藤喜右衛（きえ）門尉（もんのじょう）という者だったか、あのときわたしたちが小谷へかえると、あとから馬でおいかけて来て、こよい織田どのはかしわばら*で御一宿なされます、よいついででござりますから討ち果たしておしまいなされませと、わたしには内証で、そっと殿さまにみうちをしたことがありました。おろかなことをいう奴（やつ）だとのさまはお笑いなされて、おとりあげにはならなかったけれど」

と、そんなおはなしがございました。

そのみぎり、長政公はすりはり峠までお送りなされ、そこでお別れになりまして、えんどう喜えもんのじょう、あさい縫殿助、なかじま九郎次郎の三人をもって、柏原までのぶなが公のお供をおさせなされたよしにござります。おだどのはかしわばらへおつきになりますと、常菩提院のおんやどへお入りなされ、ここはながまさの領分だからすこしも心配はないと仰っしゃって、御馬廻りのさむらいたちを町かたへおあずけになり、お近習の小姓しゅうと当番役のものだけをおそばへお置きなされました。えんどう殿はそのありさまを見てとって急にひきかえし、馬にむち打ちもろあぶみにて小谷へはせつき、人をとおざけてながまさ公へ申されますようは、それがしつくづく信長公の御ようだいをうかがいますのに、ものごとにお気をつけられることは猿猴のこずえをつたうがごとく、御はつめいなことは鏡にかげのうつるがごとく、すえおそろしいおん大将でござりますゆえとてもこののち殿さまとの折り合いがうまく行くはずはござりませぬ、こよいのぶなが公はいかにも打ちとけておいでなされ、お宿にはほんの十四五人がつめているだけでござりますから、しょせん今のまにお討ちとりなされるのが上分別かとぞんじます、いそぎ御決心なされて御にんずをお出しあそばされ、おだどの主従をことごとく討ち取って岐阜へらんにゅうなされましたなら、濃州尾州はさっそくお手にはいります、そのいきおいにて江南の佐々木をおいはらい、都に旗をおあげなされて三好*をせいばつあそばされるものならば、てんがを御しはいなされますのはまたたくうちでござりましょうと、しきりに説かれましたそうでござります。そのときにながまさ公の仰せに、およそ武将となる身にはこころえがある、はかりごとをもって討つのはよいが、こちらを信じて来たものをだまし討ちにするのは道でない、のぶなが今こころをゆるしてわが領内にとどまっているのに、そのゆだんにつけ入って攻めほろぼしては、たとい一たんの利を得てもついには天のとがめをこうむる、討とうとおもえばこのあいだじゅう佐和山においても討てたけれども、おれはそんな義理にはずれたことはきらいだと仰っしゃって、どうしてもおもちいになりませなんだので、遠藤どのもそれならいたし方がござりませぬが、あとでかならず後悔あそばされるときがござりますぞと申されて、またかしわばらへおもどりなされ、なにげないていで御馳(ごち)走(そう)*申しあげまして、あくる日無事にせきがはらまでお見おくりなされましたとやら。おくがたはこのいきさつをくわしくおきかせくださりまして、

「しかし遠藤の云ったことにも、いまかんがえれば尤(もっと)もなふしがあるようにおもわ

れる」

と、そうおっしゃるのでござりましたが、そのときふいにおこえがふるえて、異様にきこえましたので、なにかわたくしもはっといたしてうろたえておりますと、

「一方がいくら義理をたてても、一方がたててくれなかったらなんにもならない。てんがを取るにはちくしょうにもおとったまねをしなければならないのかしら」

と、ひとりごとのように仰っしゃって、それきりじっといきをこらえていらっしゃるではござりませんか。わたくし、これはとおもいまして、お肩をもんでおりました手をやすめて、

「はばかりながら、おさっし申しあげております」

と、おぼえずへいふくいたしました。するとおくがたはもう何事もなかったように、

「御苦ろうでした」

と仰っしゃって、

「よいからあちらへ行っておくれ」

というおことばでござりますので、いそいでおつぎへさがりましたけれども、そのときはやくはなをすすっていらっしゃるおとがふすまをへだててきこえたのでござ

ります。それにしてもついさっきまでは御きげんがようござりましたのに、いつのまにかみけしきがおかわりなされ、いまのようなことを仰っしゃったのはどうしたわけか。はじめはただ、なつかしいむかしがたりをあそばしていらっしゃるうちに、だんだんお話に身がいりすぎて、おもい出さずともよいことまでおもい出されたのでござりましょうか。はしたない奉公人なぞに御心中をおもらしなされますようなおかたではござりませなんだのに、しじゅうおむねのおくふかくこらえてばかりおすごしなされましたのが、御自分でもおもいもうけぬときにはからずお口へ出たのかもしれませぬ。なれども小谷のころのことを十とせにちかい今となってもおわすれなさらず、これほどつよく根にもっておいでなされ、とりわけおん兄のぶながへそれまでのおにくしみをかけていらっしゃいましたとは。夫をうばわれ子をうばわれた母御のうらみはなるほどこういうものだったかと、わたくしそれをはじめて知りまして、もったいなさとおそろしさとにそのあとしばらくからだのふるえが止まなかったくらいでござります。

まだこのほかにもきよすにいらしった時分のことはおもいではなしがかずかずござりますけれども、あまりくだくだしゅうござりますからこれほどにいたしておきまして、それよりのぶなが公のふりょの御さいごをきっかけに、このおくがたがふたたび御えんぐみあそばすようになりました始終を申し上げましょう。もっとも信長公御せいきょのことはかくべつ申し上げませいでもあなたがたはよく御ぞんじでいらっしゃいます。あの本のう寺の夜討ちのござりましたのが天正じゅう年*みずのえうまどしのろくがつ二日。なにしろかようなへんじ(変事)が出来(しゅったい)いたそうとはたれいちにんもゆめにもおもいつかなんだことでござります。そのうえおん子城介(じょうのすけ)*どのまでがおなじく二条の御所においてあけちが兵に取りこめられて御せっぷくあそばされ、御父子いちどに御他界と知れましたときはまったく世の中がわきかえるようなさわぎでござりました。おりふし御次男きたばたけ中将*どのは勢州(せいしゅう)に御座あそばされ、御三男三七*どのは丹羽(にわ)五ろざえもんどのと御いっしょに泉州堺の津においでなされ、しばた羽柴のかたがたもそれぞれとおくへ御出陣でござりまして、あずちのおしろにはお留守居役の蒲生(がもう)右兵衛大夫(だゆう)*どのが手うすのにんずで御台(みだい)やお女中さまがたをしゅごしておいでなされました。それで侍をはだか馬にのせて御城下へふれあるかせ、「さわぐなさわぐな」と取りしずめて廻られましても、まちかたの者はいまにもあけちが攻めて来ると申して泣くやらわめくやらのうろたえ方でござります。右兵衛だゆうどのも最初は安土にろうじょうのかくごでおられましたけれども、ここではこころもとないとおもわれましたか、また急に模様がえになりまして、御台やお局さまがたを早々におつれ申し上げて御自分の居城日野谷*へたちのかれました。それが三日の卯の刻*だそうで、五日には早や日向守があずちへまいりなんなくおしろを乗っとりまして、けっこうなお道具類やきんぎんのたからがそのままになっておりましたのをことごとく己れのものになし、家来たちにもわけあたえたと申すうわさでござりました。あずちがそんなふうでござりますから、岐阜でもきよすでも、さあもう今にあけちが寄せて来はせぬかと上を下へのそうどうをいたしておりますと、そのさいちゅうに前田玄以斎*どのが岐阜のおしろから城介どのの御台やわかぎみをおつれなされて清洲へにげてこられました。このわかぎみはのぶなが公の御嫡孫にあたらせられる後の中納言*どの、当時は三法師どのと申し上げてわずか三つにおなりなされ、おふくろさまがたといなば山の居城にいらっしゃいましたが、あのものたちをぎふに置いてはあやういから早くきよすへ逃がすようにと、城介どのの御自害のとき玄以斎どのへ御ゆいごんがござりましたので、玄以斎どのはただちにみやこをのがれ出てぎふへまいられ、御自分でわかぎみを抱きかかえて逃げてこられたのでござります。そうするうちにあけちのぐんぜいは佐和やま長浜の諸城をおとしいれて江州をいちえんに切りなびけ、蒲生どののたてこもる日野じょうへとりつめてまいりました。勢州からは北畠中将どのがそれをすくおうとおぼしめされ近江路へ打って出られましたけれども、途中ここかしこに一揆がおこってなかなかすすむどころではござりませんので、一時はまったくどうなることかとおもっておりますと、やがて三七のぶたか公と五郎ざえもんのじょうどのと一手になって大坂へ馳せのぼられ、ひゅうがのかみの聟織田七兵衛*どのを討ちとったと申すしらせがござりました。ひゅうがのかみもそれをききますと日野をあけち弥平次*にまかせて十日に坂本*へ帰陣いたし、十三日にやまざきのかっせん*、十四日にはもはやひでよし公三井でら*に着陣あそばされ、ひゅうがのかみの首としがいとをつなぎあわせて粟田口*においてはりつけになされました。さあそのかちいくさのひょうばんが又たいへんでござりまして、このかっせんには三七どの、五郎ざえもんどの、いけ田きいのかみ*どののめんめんひでよし公とちからをあわせておはたらきでござりましたけれども、なかんずく秀吉公は毛利ぜいとのあつかい*をさっそくに埒あけ、十一日の朝にはあまがさきへとうちゃくあそばされまして、そのかけひきのすみやかなることはまことに鬼神をあざむくばかり。ひゅうがのかみは最初すこしもそれをしらずにやまざきへじんを取りましたが、のちにひでよし公ちゃくじんときましてあわててにんずをたてなおしたと申します。そんなしだいで自然ひでよし公がそうだいしょうにおなりなされかようにじんそくにしょうぶが決しましたので、にわかに御いせいがりゅうりゅうとして御一門のうちに肩をならべるものもないようになられました。

きよすのおしろへもおいおい上方から知らせがまいりまして、まあともかくもひとあんしんとみなみなよろこんでおられましたが、そのうちにおんこの大名小名がたがだんだんに駈けつけて来られました。もうその時分、あずちのおしろはあけちの余類が火をつけて焼いてしまいましたし、ぎふにはどなたもいらっしゃいませんし、なんと申しても清洲がもとの御本城でござりまして三法師ぎみもいらっしゃることでござりますから、まず一往はどなたもここへ御あいさつにおこしなされます。わけてもしゅりのすけ勝家公は越中おもてでほんのう寺の変事をおききなされ、かげかつ公と和睦なされていそぎ弔いがっせんのためみやこへ上られますところに、はやくも日向守うちじにのよしを柳ケ瀬において御承知あそばされまして、それよりただちにこちらへおいでなされました。そのほか北ばたけのぶかつ公、三七のぶたか公、丹羽五ろざえもんのじょうどの、いけだ紀伊守どの御父子、はちや出羽守*どの、筒井じゅんけい*どのなど、十六七日ごろまでにみなさま御あつまりでござりまして、ひでよし公も京都において亡君のお骨をひろわれましてから、いったん長浜の御本領へおたちよりあそばして、ほどなくおこしなされました。のぶなが公御在世のみぎりは、きよすより岐阜、ぎふよりあずちと御本城をおすすめあそばされ、めったにこちらへおかえりなされますこともござりませず、ながいあいだひっそりいたしておりましたので、かくおれきれきの御けらいしゅうがおそろいあそばすのはほんとうにひさしぶりでござりました。それに柴田どのをはじめ先君(せんくん)と御苦ろうをともになされました旧臣のかたがたがいまではいずれも一国一じょうのおんあるじ、おおきは数ケ国の大々名におなりなされ、きらをかざり美々しき行列をしたがえて引きもきらずに御ちゃくとう(着到)なされますので、御城下はきゅうにこんざついたしまして、しめやかなうちにもたのもしい気がいたしたことでござります。

さて御城内におきましては、十八日からひろまにおより合いなされまして御ひょうじょう*がござりましたが、くわしいことは存じませぬけれども、亡君のおん跡目相続のこと、明地闕国の始末についての御談合ござりました。それが何分にも御めいめいに御りょうけんがちがいますこととて、なかなかまとまりがつきませんで、引きつづき毎日のように夜おそくまでおあつまりなされ、ときにはけんかこうろんにも及ばれましたときいております。まあじゅんとうに申しますれば三法師ぎみが御嫡流でいらっしゃいますけれども、御幼少のことでござりますから、いまのばあいは北畠どのをおあとへすえようと仰っしゃる方々もござりますし、そんなことで何やかやとむずかしくなったのでござりましょう。しかしけっきょく御家督の儀は三ぼうしぎみにきまりましたものの、柴田どのとひでよし公とがはじめから折りあいがあしく、ことごとにあらそわれたようでござりました。それと申しますのが、秀吉公はこんどの功労第一のお方でござりまして、ないないこころをお寄せなさるかたがたがおられますところに、かついえ公はお家の長老でいらっしゃいますから、御連枝さまをのぞいてはいちばんの上席におつきあそばし、万事につけて列座の衆へ威をふるおうとなされます。ことに御知行わりにつきかついえ公専断をもって秀よし公へ丹波のくにをおあたえなされ、御じぶんはひでよし公の御本領たる江州長浜六まんごくの地をおとりなされましたのが、双方の意趣をふかめるもとになったと申します。なれどもこれはまあおもてむきでござりまして、まったくのところは、御両人ながら小谷のおん方にけそう*しておいでなされ、どちらもおくがたをわが手に入れようとあそばしたのが事のおこりかとぞんじます。これより先にかついえ公は、きよすにおつきなされますとおくがたへお目どおりあそばされましてねんごろな御あいさつでござりましたが、そののち三七どのへみつにおたのみなされましたとみえ、或る日三七どのおくがたの御殿へおこしなされましてかついえ公へ御さいえんの儀をおすすめなされたらしゅうござります。おくがたも、そこはなんと申しましてもおん兄ぎみにたよっていらっしゃいましたことゆえ、御ぞんしょうのうちこそおにくしみもござりましたけれども、やはり今となりましてはひとかたならずおなげきあそばし、むかしのうらみもおわすれなされてひたすら御えこう*をつとめていらっしゃいました折柄、このさき御自分の身はともかくも、三人のひめぎみたちのゆくすえをおもわれますと、だれをちからになされてよいか途方にくれていらしったのでござりましょう。さればかついえ公の浅からぬこころをおききになりまして、にくからずおぼしめしましたか、まあそれほどでないまでも、あながちおいやではなかったらしゅうござりますが、一つには徳勝寺でんさまへみさおをおたてなさりたく、一つには小谷どのの後室としておだ家の臣下へおくだりなされますことゆえ、そのへんのおかんがえもござりまして、さしあたりとこうの御ふんべつもつかずにいらっしゃいましたところ、ほどなくひでよし公よりもおなじおもいを申しこされたようにござります。もっともそれはどなたが仲だちをなされましたか、おおかた北畠中将どののあたりでござりましたろうか。なににいたせ北畠どのは三七どのと腹ちがいの御きょうだいでいらっしゃいまして、どちらも御れんしであらせられながらおもしろからぬおん間柄でござりましたから、一方がかついえ公の肩をもたれましたにつけ、一方がひでよし公のしりおしをなされたのでもござりましょう。もとよりふかく立ち入ったことはしかと申しあげかねますけれども、お女中がたがよりよりにひそひそばなしをなされますのを、わたくし小耳にはさみまして、さてはひでよし公、小谷のときよりれんぼなされていらしったのだ、あの時そうとにらんだことはやっぱり邪推ではなかったわいと、ひそかにおもいあたりましたことでござります。それにしても十年以来、たえずせんぐんばんばのあいだを往来あそばし、あしたに一塁をぬきゆうべに一城をほふられるおはたらきをなされながら、そのおいそがしいさなかにあってなおおくがたのおんおもかげを慕いつづけていらしったのでござりましょうか。昔をいえば身分の高下もござりましたものの、このたびやまざきの一戦に亡君のうらみを晴らされ、あわよくば天下をこころがけていらしったお方のことでござりますから、いまこそ御執心をいろにお出しになりましたものとおもわれます。しかし、ひでよし公はそうとしましても、武強いっぺん*のおかたとばかりみえましたかついえ公までがやさしい恋をむねにひそめていらっしゃいましたとは、ついわたくしも存じ寄らなんだことでござります。ひょっとしましたら、これはいろこいばかりではなく、三七どののとしばたどのとがしめし合わされ、とくよりひでよし公の御心中を見ぬかれまして、わざとじゃまだてをなされたのでもござりましょうか。まあいくぶんかそういう気味がござりましたかもしれませぬ。

なれどもひでよし公へ御さいえんの儀は、じゃまがありましてもありませいでもまとまる道理はござりませなんだ。おくがたはその御そうだんをお受けになりましたとき、「藤きちろうはわたしを妾めかけにするつもりか」と仰おっしゃって、もってのほかのみけしきでござりましたとやら。なるほど、ひでよし公には朝日どの*と申すおかたがまえからいらっしゃいますから、そこへおかたづきなされましては、いくら御本妻同様と申してもやはりお妾でござります。それにのぶなが公御他界ののちとなりましては、小谷のおしろぜめのときいちばんに大功をあらわして浅井どのの御りょうぶんを残らずうばい取ったものも藤吉郎、まんぷく丸どのをだまし討ちにして串ざしにしたものも藤吉郎、一にも二にも、にくいのは藤きちろうのしわざだと、おん兄ぎみへのうらみをうつしてひでよし公へいしゅ*をふくんでいらしったかとぞんじます。まして織田家のおん息女たるお方が、ちかごろきゅうに羽ぶりがよいとは申しながら氏もすじょうもさだかにしれぬ俄分限者*のおめかけなどに、なんとしてなられましょうや。どうせ一生やもめをおとおしになれぬものなら、ひでよし公よりはかついえ公をとおぼしめすのは御もっともでござります。そういう次第で、まだはっきりと御決心がついたわけではござりませなんだが、うすうすそれが御城中へ知れわたったものでござりますから、なおさら御両人の不和が昂じてしまいました。ぜんたいかついえ公の方には、御自分が亡君のあだをむくいるべきおん身として、その手がらをよこどりされたそねみがござります。ひでよし公には恋のねたみ、りょう地を取られたいこんがござります。されば御列座のせきにおいてもたがいにそれを根におもちなされ、一方がこうとおっしゃれば、一方がいやそれはならぬと、眼にかどたててあらそわれまして、御れんし御きょうだいをはじめその余のだいみょう衆までが柴田がたと羽柴がたとにわかれるというありさまでござりました。そんなことから、御ひょうじょうのさいちゅうに柴田三左えもん勝政*どのが勝家公をそっとものかげへまねかれまして、いまのまにひでよしを斬っておしまいなされませ、生かしておいてはおためになりませぬとささやかれましたけれども、さすが勝いえ公は、こんにちわれわれ御幼君をもりたててまいるべきばあいに、どうし討ちをしては物わらいのたねになるからと仰っしゃって、おゆるしにならなかったと申します。それかあらぬか、ひでよし公も御用心あそばされ、夜中しばしば厠へ立って行かれましたところ、丹羽五ろざえもんのじょうどのお廊下において秀吉公をよびとめられ、天下にのぞみを持たれますならかついえを斬っておしまいなされと、おなじようなことを申されましたが、何しにかれを敵としようぞと、これも御しょういんなさらなかったそうにござります。なれども長居は無用とおぼしめされましたか、御ひょうじょうがおわりますと、夜半にきよすをしのんでおたちのきあそばされ、みののくに長松*をすぎてながはまへおかえりなされまして、一旦は無事におさまりましたことで厶り升。

そののち三法師ぎみは安土へおうつりなされまして、はせ川丹波守*どの、まえだ玄以斎どのがお守り申し上げ、御成人のあかつきまで江州において三十万石をお知行あそばし、きよすのおしろには北畠ちゅうじょうどの、岐阜には三七のぶたか公がおすまいあそばすことになりまして、大名しゅうもみなみなかたく誓紙をかわされ御帰国におよばれましたが、おくがたの御さいえんの儀がさだまりましたのはそのとしの秋のすえでござりました。この御えんだんは三七どののおとりもちでござりますから、おくがたはきよすより、かついえ公はえちぜんより岐阜のおしろへおこしなされ、かの地において御祝言（しゅうげん）がござりまして、それより御夫婦御同道にて姫ぎみたちをおつれあそばし、ほっこくへおくだりなされました。その前後のことにつきましては、人によっていろいろに申し、さまざまなうわさがござりますけれども、わたくしはそのみぎりお行列のなかにくわわりましてえちぜんへお供いたしましたこととて、あらましは存じております。当時、ひでよし公がこのお輿入（こしい）れのことをききおよばれ、かついえ公をえちぜんへかえさぬと仰っしゃって長浜へ御出陣あそばされ、おとおりを待ちかまえていらっしゃると申す取り沙汰（ざた）がもっぱらでござりましたが、いけだ勝入斎どののおあつかい*にておもいとまられましたとも、またそんなことは根もない世上の風説であったとも申します。もっともひでよし公の御名代として御養子羽柴秀勝公*ぎふのおしろへおこしなされ、御祝儀を申しのべられまして、このたび父ひでよしこと、さしさわりのため参賀いたしかねますについては、追って柴田どの御帰国のさい路次においておまち申しあげ、おんよろこびのしるしまでに一こんさしあげたくと、そういう御口上でござりましたので、かついえ公もこころよく御承引なされ、ひでよし公の御饗応（きょうおう）をおうけあそばすおやくじょうになっておりました。しかるところ急にえちぜんよりお迎えのかたがたがにんずを引きつれて駈けつけて来られまして、何かものものしい御そうだんがござりましたが、秀勝公へは使者をもっておことわりにおよばれ、夜中（やちゅう）にわかに北国おもてへ御ほっそくなされました。さればひでよし公の御けいりゃくがござりましたかどうか、わたくしのぞんじておりますところは右のとおりでござります。

それにしても、おくがたはどのようなおこころもちで御下向（ごげこう）なされましたか。とかく再縁となりますと、いくらおりっぱな御こんれいでもさびしい気がするものでござります。おくがたも浅井家へおこしいれのみぎりは儀式ばんたんきらびやかなことでござりましたろうが、いまはおとしも三十をおこえなされ、かずかずの御くろうをあそばしたすえに、三人の連れ子をともなわれて雪ふかき越路へおもむかれるのでござります。それが、またどうしたいんねんか、おみちすじまでがこのまえとおなじ駅路をたどってせきがはらより江北の地へおはいりなされ、なつかしいおだにのあたりをおとおりになるではござりませんか。けれどもこのまえはえいろく十一ねん辰どしの春だったそうでござりますが、こんどはそれより十五六ねんのとしつきをすぎ、秋とはいいながらもう北国はふゆの季節でござります。まして夜中にあわただしい御しゅったつでござりましたから、なんの花やかなこともなく、中にはまた、ひでよし公のぐんぜいが途中でおくがたをいけどりに来るなどと、あらぬうわさにまどわされておさわぎになるお女中がたもおられました。のみならず道中のなんじゅうなことと申したら、おりあしくいぶきおろしがはげしく吹きつけ、すすむにしたがってさむさがきびしく、木の本柳ケ瀬あたりよりみぞれまじりのあめさえふってまいりけんそな山路に人馬のいきもこおるばかりでござりまして、ひめぎみたちや上臈がたのおこころぼそさはさぞかしとさっせられました。わたくしなども旅にはわけて不自由な身でござりますからつらさはひとしおでござりましたが、しかしそんなことよりは、このさむぞらに山また山をおこえなされて見もしらぬ国へおいであそばすおくがたのさきざきをおあんじ申し上げ、なにとぞ御夫婦仲がおんむつまじくまいりますように、このたびこそは幾久敷お家もさかえ、共白髪のすえまでもおそいとげなされますようにと、ただそればかりをおいのり申しておりました。なれども、さいわいなことにかついえ公はおもいのほかおやさしいおかたでござりまして、亡君のいもうとごということをおわすれなく御たいせつにあそばされましたし、人の恋路をさまたげてまでおもらいなされただけあって、ずいぶんかあいがってお上げなされましたので、北の庄のおしろにつかれましてからは、おくがたも日々に打ちとけられ、殿のおなさけをしみじみうれしゅうおぼしめしていらっしゃいました。そういう風でおもてはさむくとも御殿のうちはなんとなく春めいたここちがいたし、まあこれならば御えんぐみあそばしたかいがあったと、しもじもの者も十年ぶりでうれいのまゆをひらきましたのに、それもほんの束の間でござりまして、もうその年のうちにかっせんがはじまったのでござります。

最初、かついえ公はこの中のことを水にながして仲直りをなさろうとおぼしめされ、御こんれいがござりましてから間もなく、のちの加賀大納言さま利家公、不破の彦三*どの、かなもり五郎八*どの、ならびに御養子伊賀守*どのをお使者になされてかみがたへおつかわしになり、ほうばい同士矛盾*におよんでは亡君の御位牌(いはい)にたいしてももうしわけなくぞんずるゆえ、こんごはじっこん*にいたしたいと申されましたので、そのときはひでよし公もたいそうおよろこびあそばされ、それがしとても同様に存じておりましたところ、わざわざおつかいにてかたじけのうござります、しゅりのすけどのは信長公の御老臣のことでもござれば、なんで違背いたしましょうや、これからは万事おさしずをねがいますと、れいのとおり如在(じょさい)ない御あいさつでござりまして、お使者のかたがたを至極にもてなされておかえしになりました。それで殿さまがたは申すまでもなく、わたくしどもまでも御両家おんわぼくの儀をうかがいまして、もうこのうえはいやなしんぱいもなくなるであろう、おくがたのおん身にもまちがいはなかろうと、ほっとむねをなでおろしておりますと、それから一と月とたちませぬうちに、ひでよし公すうまん騎をひきいて江北へ御しゅつじんなされまして、ながはまじょうを遠巻きになされました。なんでもこれには仔細(しさい)のありましたことらしく、ひでよし公が北の庄のごけいりゃくの裏をかかれたのだと申すおかたもござります。なぜかと申しますなら、ほっこくは冬のあいだは雪がふこうござりまして、ぐんぜいをくり出すことができませぬから、とうぶんは和ぼくのでいにとりつくろい、らいねんの春ゆきどけを待って岐阜の三七どのとしめしあわされ上方へせめのぼるように、御そうだんがととのっておったのだと申すことでござります。まあどちらがどうやらわたくしどもにはわかりませぬが、当時ながはまには御養子いがのかみどのがこもっていらっしゃいましたのに、ひごろ勝家公にたいしうらみをふくんでおられましたよしにて、たちまち羽柴がたに同心なされ、おしろをあけわたしてしまわれましたので、上方ぜいはうしおのごとくみののくににらんにゅういたし、岐阜のおしろにせめよせたのでござります。北の庄へもしきりに知らせがまいりまして、櫛（くし）の歯をひくような注進*でござりますけれども、十一月という極寒の折柄、そとはいちめんのおおゆきでござりまして、かついえ公はまいにちくちおしそうに空をおにらみあそばされ、おのれ、猿めがだましおったか、この雪でさえなくば、わが武略をもって卵を石になげるよりもやすく上方ぜいをもみつぶしてくれようものをと、お庭のゆきをさんざんに蹴（け）ちらして歯がみをなされますので、おくがたははらはらあそばしますし、おそばの者はおそろしさにふるえあがるばかりでござりました。羽柴がたのぐんぜいはそのまに破竹のいきおいをもってみののくにをたいはん切りなびけ、岐阜をはだかしろにしましたのがわずか十五六にちのあいだのことでござりまして、三七どのもよぎなく丹羽どのをおたのみなされ降参を申し出られましたところ、なにぶん先君の御連枝のことでござりますから秀吉公もかんにんあそばされ、しからば御老母をひとじちにいただきますと仰っしゃって、おふくろさまを安土のおしろへおうつし申し、かちどきをあげて上方へお引きとりなされました。

そうこうするうちに天正じゅうねんのとしもくれまして正月をむかえましたけれども、ほっこくはまだかんきがはげしく、雪は一向にきえそうもござりませぬし、かついえ公は「小癪な猿めが」と仰っしゃるかとおもえば、「にくらしい雪めが」と雪を目のかたきにあそばされ、いらいらなされておられますので、初春の御祝儀も型ばかりでござりましてそれらしい気もいたしませなんだ。ひでよし公の方では、この雪のあいだに柴田がたの大名しゅうを御せいばつなさるおぼしめしとみえ、年があらたまりますとふたたびたいぐんをもって勢州へ御しんぱつなされまして滝川左近将監どのの御りょうぶんを切り潰され、しきりにかっせんのさいちゅうと申すしらせがござりました。されば ほっこくも今はしずかでござりますけれども、雪がきえしだいかみがたぜいとの取り合いになるのは必定でござりますので、おしろの中はその御用意にいそがしく、みなさまがそわそわしておられます。わたくしなどはこんなばあいになんのお役にもたちませぬから、手もちぶさたにしょんぼりといたして炉ばたにすくんでおりましたが、それにつけてもあけくれむねをいためますのは、おくがたのことでござります。ああ、ほんとうに、このありさまではおちおち殿さまとおものがたりをあそばす暇もないであろう、せっかくおちつかれたのにこのようなことになるのだったら、きよすにいらしった方がよかったかもしれない、どうか味方が勝ってくれればよいが、またしてもこのおしろがしゅら（修羅）のちまたと化して小谷のようなまわりあわせになるのではないかと、そうおもうのはわたくしばかりでなく、お女中がたもよるとさわるとそのはなしでござりまして、いやいや、それでもまさかうちのとのさまがお負けになることはあるまいから、とりこしくろうはせぬものだなどと、たがいになぐさめあっておりましたことでござります。

すると、ちょうどこのおりからに、ある日きょうごく高次（たかつぐ）*公がおくがたをたよって北の庄へにげていらっしゃいました。むかし、きよすにおいでなされたころは御元服まえでござりましたが、いつのまにかおりっぱな冠者（かじゃ）*におなりなされ、世が世ならばもういいまじぶんはひとかどのおんたいしょうでござりますけれども、のぶなが公の御おんにそむいてぎゃくぞくこれとう日向守の味方をなされましたばかりに天地もいれぬ大罪人におなりなされ、ひでよし公の御せんぎがきびしく近江のくにをあちらへのがれこちらへのがれしておられましたところ、このたび江北がさわがしくなるにつれていよいよ身のおきどころがなくなられまして、ぎりの伯母御のおそでにすがろうとおぼしめしたのでござりましょう。わずかにひとりふたりの供をつれられて、みのかさにすがたをかくしおおゆきのなかを山ごしに逃げていらっしゃいまして、おしろへおつきなされたときは見るかげもなくおやつれなされていらしったと申すことでござります。それからおくがたの御前へ出られまして、「おそれながらおちゅうど(落人)の身をかくまってくださりませ、わたくしのいのちを生かすもころすも伯母うえのおこころひとつでござります」と申されましたが、おくがたはその御ようすをつくづくと御らんあそばし、「そなたはまあ、あさましいことをしてくれました」とおっしゃったきり、しばらくなんのおことばもなく、ただおんなみだでござりました。しかしそののちどういう風にかついえ公へおとりなしをなされましたか、ほかならぬおくがたのお口ぞえでござりますし、あけちのざんとうとは申しながら、ひでよし公に追われて来たというところに、とのさまもふびんをおかけなされましたか、ではまあゆるしてつかわそうと仰っしゃりまして、おしろにすまわせておかれました。たかつぐ公がおはつどのと内祝言*をなされましたのはこのときのことでござりまして、わたくし、それにつきましては、うそかほんとうか、或るお女中からおもしろいはなしをうかがっております。と申しますのは、たかつぐ公のおのぞみはやはりお茶々どのでござりましたけれども、お茶々どのが「浪人ものはいやです」と仰っしゃっておきらいなされましたので、不本意ながらおはつどのをもらわれたのだそうでござります。いったいおちゃちゃ御料人（ごりようにん）はおちいさいときから気ぐらいのたかいところがおありなされ、ことにはやくよりおふくろさまのお手一つで成人なされましたせいか、なかなかわがままでいらっしゃいましたから、そのようなこともおっしゃったであろうとおもわれますが、「浪人もの」とあなどられた高次公はさだめし御むねんでござりましたろう。のちにせきがはらのかっせんのみぎり、かんとうがたへうらぎりなされましたのも、このときのちじょくをおわすれなく、淀（よど）のおんかたへうらみをふくんでいらしったからではござりますまいか。こんなことも邪推でござりましょうけれども、もともと北の庄へ逃げていらっしゃいましたのが、伯母御にたよられるというよりも、きよすのころにおみそめなされたお茶々どのをしたわれて来られたのかとさっせられます。そうでなければ、若狭(わかさ)の太守武田どのには実のいもうと御がかたづいていらっしゃいましたのに、なにしにえちぜんへおいでなされましょう。こちらのおくがたは伯母御と申しても義理のおんあいだがら、ことにいまではさいえんのお身のうえと申し、あけちのよるいとして柴田どのをたよられるすじはないのみか、ひとつまちがえばさらしくびにもなりかねませぬ。それをおかして、あのゆきのふるなかをこちらへ逃げていらっしゃいましたのは、筒井づつのむかしこいしく、おちゃちゃどのゆえにいのちをまとになされましたか、まあそのへんでござりましたろうが、せっかくそれほどのおのぞみがあだになりましたのは笑止のいたりでござります。さればもともとおはつどのをおもらいなさるおぼしめしはござりませなんだのに、ときのはずみでそうなったのでござりましょうか。もっともこのおりはまだいいなずけのおやくそくばかりでござりまして、御しゅうぎと申しましてもほんのうちわのおさかずきだけでござりました。

さわがしいなかにもこんなおよろこびのありましたのが正月のすえか二がつのはじめでござりまして、もうそのころには佐久間げんばどのがかついえ公のせんぼうとして二まんよきをしたがえられ、のこんのゆきをふみしだいて江北へ打って出られました。ひでよし公は伊勢の御陣よりながはまへはせつけられますと、あくるあさはやく足軽にすがたをかえられ、十人ばかりの古老をめしつれて山の上へおのぼりなされまして、柴田がたのとりでとりでをくわしく御らんになりましたが、あの様子ではとてもたやすくやぶれそうもないぞ、味方もせいぜいしろをけんごにこしらえて気永《きなが》にかかるよりしかたがないと仰っしゃって、そなえをきびしくあそばされ、きゅうにはおせめなさりませなんだ。それで双方たいじんのまま三月がすぎ、四がつになりましてからいよいよとのさまもやながせ表へ御発向でござりました。もはやほっこくもさくらのはながちり春のなごりのおしまれる季せつでござりまして、おこしいれののちはじめての御しゅつじんでござりましたから、うちあわび、*かちぐり、*こんぶ*など、おくがたはことにこころをこめておさかなの御用意をあそばし、御主殿*においてかどでをおいわいなされました。かついえ公はごきげんよく御酒《ごしゅ》をまいられ、ただ一戦にてきをほろぼし藤吉郎めのくびを取って、月のうちにはみやこへのぼってみせようぞ、かならず吉左右《きっそう》*を待っておられよと仰っしゃって、それより中門へたちいでられ、おくがたもそこまでおみおくりなされましたが、そのときとのさまが門のほとりに弓杖(ゆんづえ)*をついておたちなされ、お馬にめそうとなされますと、お馬がいななきましたので、おくがたのおかおいろがかわったと申すことでござります。なれども、このおり、岐阜においては三七どのがふたたび上方をてきになされて柴田がたに内応あそばし、やまとの筒井じゅんけいどのも日ならずうらぎりをなさる手筈(てはず)がきまっておりましたそうでござります。それにひでよし公はちりゃくこそすぐれておられましたけれども、武勇にかけてはかついえ公の方にばつぐんのほまれがござりましたし、わけて織田どのの御家老として大名がたも帰服いたされ、としいえ公はじめ佐久間、原、*不破、金森のかたがたなど、たのもしき弓取りたちをしたがえておられましたこととて、たれがあれまではいぐんになろうとおもいましょうや。やながせ、しずがたけ*のかっせんの始終は三さいの小児までも知っていることでござりますから、いまさら何を申しましょうなれども、かえすがえすもくちおしゅうござりますのは玄蕃(げんば)どのの御油断でござります。あのときかついえ公のことばをきかれさっそくおひきとりなされまして、そなえをかためていらっしゃいましたら、そのうちには順慶どのも打って出られます、美濃の味方もうしろをつきます、そうなってくれればどうなるいくさともわかりませせなんだが、御本陣より馬上のおれきれきを七たびまでも使者にたてられ、きっとおいさめなされましたのに、叔父上はもうろく(耄碌)しているなどと申されて一向おききいれになりませなんだので、さしもの大軍も藹次(らっし)もなくくずれてしまいました。それにしても御本陣とあの砦(とりで)とのあいだはまわりみちをしましても五六里、まっすぐにまいればわずか一里でござります。かついえ公はたいそう御りっぷくなされたそうでござりますが、それほどならばなぜ御自分でひとはしりあそばされ、げんばどのを引ったてて来られませなんだか、いつものはげしい御気しょうにも似合わぬことでござります。もうろくと申すほどでなくとも、うつくしいおくがたをおもらいなされてやはりいくらかこころがのびていらっしゃいましたか。わたくしまでがあまりの無念さに、ついこんなあくたいを申してみたくなるのでござります。

北の庄では卯月(うづき)*二十日にさくま玄蕃どのがてきのとりでを攻めおとされ、なかがわ瀬兵衛尉*どのの首を討ったと申すしらせがござりまして、たいそうおよろこびあそばされ、さいさきよしとおぼしめしていらっしゃいますと、江北の方ではその夜中(やちゅう)に美濃路*よりつづく海道すじや峰々山々にたいまつのひかりがあらわれて二十日の月しろをくらますほどに空をこがし、しだいに万燈会(まんどうえ)*のごとくおびただしい数になりまして、ひでよし公が大柿*より夜どおしでお馬をかえされたらしく、二一日の暁天にあたって余吾のみずうみのかなた*がにわかにさわがしく相成、玄蕃どのの御陣もあやういと申してまいりました。その飛脚のつきましたのが同じ日の未の刻さがり*でござりましたが、そのうちにはや落ち武者がぽつぽつ逃げかえってまいりまして、味方はそういぼくにおよび、とのさまも御運のすえらしいと申すことでござりました。おしろではあまりのことにおどろきあきれ、よもやとおもっておりますと、日のくれがたに勝家公むざんのありさまにて御帰城あそばされ、しばた弥右衛門のじょう*どの、小島わかさのかみどの、中村文荷斎どの、徳菴どのなどをおめしになりまして、玄蕃もりまさがわがいいつけをまもらぬばかりに越度を取ったぞ、それがし一代のこうみょうもむなしくなったが、これも前世のいんがであろうとおっしゃって、いまはおかくごのほどもすずしく、さすがにとりしずめていらっしゃいました。きけば御子息権六*どのはどうなされましたか、らんぐんのちまたのこととて生死のほどもお分りにならず、とのさまもすでに柳ケ瀬の陣中においてうちじになされますところを、せめておしろへおかえりになってしずかに御生害あそばしませ、ここはわたくしがお引きうけいたしますと、毛受勝介*どのがたっておすすめ申しあげましたので、それではと仰っしゃって五幣のお馬じるし*を勝介どのにおあずけなされ、府中*の利家公のおしろで湯づけをめしあがられまして、それよりいそぎ北の庄へ駈け込まれたのでござります。としいえ公もお供いたしましょうと申されて御いっしょにたちいでられましたけれども、しいて御辞退なされまして途中からおかえしになりましたが、またしばらくしてよびもどされまして、その方はそれがしとちがい筑前のかみ*とかねがねじっこんにしておられる、それがしへの誓約はもはやこれまでに果たされているから、以来はちくぜんとわぼくして本領をあんど*なされたがよい、このほどじゅうの骨おりは勝家うれしくおもいますと仰っしゃってこころよくお別れになったと申します。それが二十一日のゆうこくでござりまして、あくる二十二日には堀久太郎*どのをせんじんとして上方勢がひたひたと北の庄へおしよせてまいり、ひでよし公もやがてとうちゃくなされまして愛宕山*のうえより諸軍をさしずあそばされ、おしろをすきまもなく取りまかれたのでござります。このとき御城内においてはどなたもどなたもこれを最期とおもいきわめたかたがたばかりでござりまして、そんなありさまを見ましてもさわぐけしきもござりませなんだ。かついえ公はそのまえの晩に御けらいしゅうをおめしになりまして、じぶんはこのしろで寄せ手をひきうけいまひとかっせんして腹をきるつもりだから、じぶんといっしょにとどまるものはとどまるがよいが、おやたちが存命のもののもあろうし、妻子を置いて来たものもあろう、そういうものはすこしもえんりょにおよばぬから早々に在所へ引き取ったがよい、罪なき人をひとりでもよけいころすことは本意でないと仰っしゃって、いとまを取りたいものには取らせ、人質などもそれぞれゆるしておやりになりましたので、おしろにのこりましたにんずはたといわずかでござりましても、みなみないのちよりも名をおもんずるひとびとでござります。わけても弥えもんのじょうどの、若狭守どのなど、おれきれきの衆は申すもおろかでござりますが、若狭どのの一子新五郎どのは十八歳におなりなされ、やまいの床にふせっておられましたのに、輿にかかれておしろへはせつけられまして、「小島若狭守が男新五郎十八歳因二病気一柳瀬表江出張せざる也、只今籠城いたし、全二忠孝一」と大手の御門のとびらに書きつけられました。もっとお若いおかたでは佐久間十蔵どの、これは十五歳でござりました。利家公の聟でいらっしゃいましたので、まだ御幼少のことと申し、府中のおしろにはお舅さまがおいでですから、しのんであちらへおたちのきなされませ、なにも籠城あそばさずとも苦しかるまいとぞんじますと、御けらいがいさめましたけれども、いやいや、おれは小さいときから引きとられて養育を受けているうえに莫大な領地をたまわっている、その恩義のあるのが一つ、もしとしいえのえんじゃでなければ母への孝養に生きながらえるみちもあるが、舅のえんにすがって一命をつなぐのは卑怯だとおもうことが一つ、みょうじをけがせば先祖にたいしてもうしわけのないのが一つ、この三つの道理に依ってろうじょうするのだと申されて、討死のかくごをきめられました。また御定番*の松浦九兵衛尉どのは法華の信者でござりまして、小庵をむすんで上人をひとり住まわせておかれましたところ、その上人もまつうらどのがろうじょうなさるのをきかれまして、あなたと愚僧とは現世のちぎりがふこうござりましたから、ぜひ来世へもおともをして報恩謝徳いたしましょうと申され、まつうらどののとめるのもきかずにおしろへたてこもられました。それから玄久と申すおひと、これは豆腐屋でござりました。もっとも以前はかついえ公のおさな馴染みでござりましたが、あるときかっせんにふかでを負いましたについて、このからだでは御奉公もなりかねますからおいとまをいただきます、もうわたくしも武士をやめて町人になりますと申されましたので、「そうか、それならお前は豆腐屋になれ」と仰っしゃって、大豆を年に百俵ずつ下されました。さればこんどもおともをいたし、来世でおとうふをさしあげるのだと申して、わざわざまちかたよりおしろへはいったのでございます。そのほか舞の若太夫(わかだゆう)、山口一露斎、右筆(ゆうひつ)の上坂大炊助(おおいのすけ)どの、このかたがたものこられました。なかにはみれんなものもおりまして、徳菴どのは柴田どのの法師武者*の一人といわれ、文荷斎*どのとおなじように世に知られた方でございましたのに、としいえ公のひとじちをぬすみ出されておしろをにげのび、府中へたよって行かれましたけれども、不義理な奴(やつ)だと仰っしゃってとしいえ公もみけしきをそんぜられ、おちかづけにならなかったと申します。そののちこのかたはどうなりましたやら。せけんの人がだれもあいてにしませぬので、たいそうおちぶれて都のまちをさまよっておられた姿を見たものがあるとも申します。そうかとおもえば、村上六左えもんのじょうどの*は、経かたびらを着ておしろにこもっておられましたところ、とのさまのおん姉末森殿ならびに御息女をおつれ申してたちのくようにとの御諚(ごじょう)がござりまして、余人に仰(おお)せつけくださりませと申されましても、いやいや、これはその方にたのむ、それが却(かえ)って忠義であるぞと仰っしゃりますので、よんどころなくおふたかたのおともをいたして竹田の里*へ逃げられましたが、二十四日のさるの刻*に天守にけぶりのあがるのを見られて、おふたかたと御いっしょに自害しておはてなされました。まあわたくしのおぼえておりますのはこれくらいでござりますが、このかたがたはそのころもっぱらもてはやしたことでござりますから、さだめし旦那さまも御存じでいらっしゃいましょう。いずれもいずれも、かんばしい名をのちの世にまでのこされました奇特なひとたちでござります。

ああ、わたくしでござりますか。わたくしなどはおりっぱなかたがたの真似は出来ませぬけれども、せんねんおだにのろうじょうのおりに捨てるいのちを生きのびておりましたので、いまさらこのよにおもいのこすこともないとぞんじておしろにとどまっておりましたものの、しょうじきを申せば、まだおくがたがどうあそばすともわかりませぬので、そのごせんどをみとどけてからともかくもなろうとおもっておりました。こう申しますとひきょうのようでござりますが、おくがたはこちらへ御えんづきなされましてからまるいちねんにもなりませぬ。おだにのときは六ねんのおんちぎりでござりましたのに、それでもお子たちに引かされてながまさ公とおしきわかれをあそばしたのでござりますから、このたびとてもそうならぬとは限りませぬ。それにしても殿さまからそんなおはなしはないものか。かたきの人質をさえゆるしておやりになりながら、御夫婦と申してもみじかい御えんでござりましたのに、だいおんのある先君のいもうと御と姪御(めいご)とを死出のみちづれになさるおつもりか。それともまた、いとしいおくがたをひでよし公には意地でもわたされぬとおぼしめしていらっしゃるのか。かついえ公ともあろうおかたがこの期(ご)になってめめしいこともなさるまいから、いまになんとか仰っしゃるだろうが。と、そんなふうにかんがえましたのも、じぶんがたすかりたいというこころではござりませなんだが、いきるもしぬるもおくがたしだいのいのちときめておりましたのでござります。寄せ手は二十二日のあさ一番どりの啼(な)くころよりおいおい取りつめてまいりましたが、御城下の町々、かいどうすじの在々所々を焼きたてましたので、おびただしいけぶりが空にまんまんといたしまして日のひかりもくらくらく相成、おしろから四方をながめますと、いちえんに霧のうみのようで何も見えなんだと申します。上方ぜいはこのくらやみをさいわいに、こえをしのばせものおとをころして、おもいおもいに竹たば、*たたみ、板戸などを持ちまして、そうっとちかづいてまいったらしく、そのうちにそとがすこしあかるくなりましたら、さながら蟻(あり)のはいよるがごとくお堀のきわへひたと取りついておりました。城内からはしきりに鉄炮(てっぽう)を打ちましてそのへんのてきをみなごろしにいたしましたが、あらてのぐんぜいが入れ代り入れ代りおしよせてまいりますのをひっしにふせぎましたこととて、なかなかけんごに持ちこたえまして、この様子では左右なくやぶられそうもござりませなんだ。そんなぐあいでその日はどちらも手負い死人を出しまして引きとりましたところ、あくる二十三日のあかつき、寄せ手の陣がきゅうに攻めつづみのおとをひかえてひっそりいたしましたので、何かとおもっておりますと、お堀のむこうに五六騎の武者があらわれまして、「御子息しばた権六どの、ならびにさくまげんばどのを昨夜いけどりにいたしました、おいたわしい儀でござる」とだいおんに呼ばわりましたので、おしろではそれをきくとひとしくみなさまがちからをおとされ、そののちはただ申しわけに御門をかためておりますばかりで、てっぽうなどもはかばかしくは打ちませなんだ。わたくし、じつは、そのうちにひでよし公よりなんとかお使いがありはせぬか、おくがたのことをいまもおもっていらっしゃるなら、きっと、きっと、どなたかお人がみえそうなものだがと、ないないそれにのぞみをつないでおりましたことでござりますが、あんのごとくそのときになっておあつかいがござりました。お使者にたたれましたのはなんと申されるおかたでしたか、お名まえまではわすれましたけれども、お武家ではなくてさる上人がおこしなされたとおぼえております。それでそのおかたの御口上には、ちくぜんのかみこと、昨年以来よぎないしあわせで柴田どのとかっせんにおよび、さいわい武運にめぐまれてここまでおしよせてまいりましたが、むかしをおもえば総見院*さまにおつかえ申した朋輩のあいだがらゆえ、御一命までを申しうけようとは存じませぬ。しゅりのすけどのにおかせられても、しょうはいは弓矢とる身の常、なにごともまわりあわせとおぼしめされてきょうまでのいしゅを水にながされ、このしろをあけわたして高野山のふもとへたちのいてくださらぬか。そうすれば三万石のりょうぶんをさしあげて一生御扶持申しましょうと仰っしゃるのでござりました。なれどもこれはひでよし公の御ほんしんでござりましたかどうか。ちくぜんどのはお市御料をいけどりにしたくてそろそろおくの手を出しおったと、味方はもとより敵の陣中でさえそんなひょうばんが立ったくらいでござりまして、このおあつかいをまじめにきくものはござりませなんだ。ましてとのさまは、おれにこうさんしろなどとはぶれいなことを申すやつだと、上人にむかってれっかのごとくいきどおられまして、勝つも負けるも時の運であるのは申すまでもないこと、それをおのれらにおしえられようか、世が世ならば猿面かんじゃ*めをあべこべに追いつめて腹をきらせてくれようものを、さくまげんばがおれの云いつけを守らなんだために賤ケ嶽においておくれをとり、猿奴にてがらをえさせたのは無念である、ただこのうえは天守に火をかけて自害をするから、最後の様子をのちの世の手本に見ておくがよい、もっとも城には十余年来たくわえておいた玉薬*がある、これが燃えたらおびただしい死人を出すだろうから、寄せ手はもっと陣をとおくへ引いていろ、おれはむやくのせっしょうをしたくないからそう云うのだ、かえったらひでよしにきっとそのむねをつたえておけとおっしゃって、さっさと座を立ってしまわれましたので、お使者もとりつくしまがなくて逃げだされたのでござりました。わたくしそれをききましたときは、たった一つのたのみのつなも切れましたこととて、うらめしいやらなさけないやらでござりましたけれども、こうなってはむざんやおくがたのおいのちもないにきまった、この上は三途の川のおともをしてすえながくおそばにおいていただくとしよう、どうか来世はめあきにうまれておうつくしいおすがたをおがめるようになりたいものだ、自分にとってはそれこそ真如の月のかげだと、そういうふうにかんねん*のほぞをかためましたら、それが何よりのぜんちしき*になりまして、死ぬ方がかえってたのしいくらいにおもわれて来たのでござりました。

とのさまも、かくなりはてたのはなんともくちおしいしだいだけれども、いまさらとこう云うにもおよばぬ、しょせんこよいはこころよくさけをくみかわして、あすの夜あけにはしののめの雲ともろともにきえて行こうとおっしゃってそれぞれ御用意をあそばされ、天守をはじめ要所々々へ枯れ草を山のごとくにつみかさねていざといえば火をつけるように手はずをととのえられまして、さてあるだけの名酒の樽(たる)をのこらず持ってまいれとの御諚(ごじょう)でござりました。そんなしたくをいたしますうちにはや暮れがたになりましたが、てきの陣屋も城中のかくごのほどを見てとりましたか、おいおいかこみをゆるめまして、はるかうしろの方へひきましたので、あれ、あのように寄せ手のかがり火が遠くなったぞ、さすがにひでよしはおれのこころを知っているなと、世にもすずしげにおっしゃいましたのが、いつものおこえのようではなくて、とうとくきこえましたことでござります。御しゅえんがはじまりましたのは宵(よい)の酉(とり)のこく*ごろでござりましたろうか。とのさまがたは申すまでもなく、櫓々(やぐらやぐら)へも樽をおくばりなされまして、おさかなには出来るかぎりのぜいをつくせとお料理方(かた)へお仰せつけられ、けっこうな珍味のかずかずをそえられましたので、あちらでもこちらでもおもいおもいのさかもりになりましたが、わけてもじょうちゅうのひろまにおいては、上段の間のしきがわのうえにとのさまが御座なされまして、おくがたがそれにおならびあそばされ、そのつぎにひめぎみたち、一段ひくいおざしきに文荷さいどの、若狭守どの、弥右衛門尉どのなどおれきれきのしゅうがおひかえなされ、まずとのさまよりおくがたへおさかずきでござりました。奥向きのものもみなみなまいれとの有りがたいおことばがござりましたので、こしもと衆やわたくしどもまでも御しょうばんにあずかりましておそばちかくにかしこまっておりましたが、どなたもどなたもこよいが最後でござりますから、とのさまをはじめお侍衆はいろとりどりの鎧(よろい)ひたたれ、*太刀、物具(もののぐ)に派手をきそっていぎをただされ、お女中がたもきょうをかぎりにわれおとらじと晴れの衣裳(いしょう)をおつけになりまして、中にもおくがたは、紅(べに)、おしろい、かみのあぶらなどひとしおこいめにおたしなみあそばし、しろたえのおんはだえにしら(白)あや(綾)のおん小袖(こそで)をめされ、厚板(あついた)のきんみがきのおん帯に、*きんぎん五しきの浮き模様のあるからおりの*裲襠(うちかけ)をおひきなされていらしったと申します。とのさまはおさかずきを一順おまわしになりますと、「だまってさけばかりのんでおっては気がめいるぞ、明日(あす)は浮世にひまをあける身があまりじめじめしていると寄せ手の奴ばらにわらわれる。これから夜どおし風流のあそびをして敵のじんやをおどろかしてやりたいものだ」と仰せられましたところに、はやくも遠くのやぐらの方で、ぽん、ぽん、ぽんとつづみのおとがひびきまして、

　生きてよも
　明日まで人のつらからじ*
　このゆうぐれを訪えかしな
　君を千里において
　今も酒を飲み
　われと心をなぐさむる

と、たれやら舞をまうらしく、ほがらかなうたいがきこえてまいりましたので、それ、あのものたちに先(せん)を越されたぞ、こちらでもあれに負けるなと仰(お)っしゃって、「人間五十年、*下天(げてん)のうちをくらぶれば」と御じぶんがまっさきに敦盛(あつもり)をおうたいなされました。このうたはむかし総見院さまがたいそうおこのみあそばされ、ことに桶狭間(おけはざま)*かっせんのおりにはおんみずからこれをおうたいなされ今川どのをお討ちとりになりましたよしにて、織田家にとってはめでたいものでござりましたけれど

も、「にんげん五じゅうねん、げてんのうちをくらぶれば、夢まぼろしのごとくなり、一度(いちど)生を得て滅せぬもののあるべきか」と、ろうろうたるおこえでいまとのさまがおうたいなさるのをききますと、そぞろに先君御在世のころのおんことがしのばれ、さだめなき世のうつりかわりになみだがもよおされまして、なみいる勇士のかたがたもよろいのそでをしぼられたことでござりました。

それより文荷斎どの、一露斎どのが一番ずつおうたいなされ、また若太夫どののまいなどがござりましたが、そのほかにもなかなかおたしなみのふかいおかたがいらっしゃいまして、おさかずきのかずのかさなるにつれ、みなみなこの世のまいおさめうたいおさめにたっしゃな芸を御披露におよばれ、遊興のかぎりをつくされますので、御酒宴の席は夜がふけるほどににぎやかに相成(あいなり)、いつ果てることかわかりませなんだ。そのうちに一人、「梨花一枝(りかいっし)雨を帯びたるよそおいの*、雨を帯びたるよそおいの」と、一座のかたがたがおもわず鳴りをしずめますような美音をはりあげてうたわれましたのは、朝露軒*と申される法師武者でござりました。このおかたはなにごとにも器用でおいでなされ、琵琶(びわ)、三味線などもみごとにおひきなされますところから、わたくしもかねてじっこんにねがっておりましたので、ふしまわしのたしかなことはとくよりぞんじておりましたなれども、いまの楊貴妃のうたの文句に耳をかたむけておりますと、「雨を帯びたるよそおいの、太液の芙蓉のくれない、未央の柳のみどりも、これにはいかでまさるべき、げにや六宮の粉黛の、顔色のなきもことわりや、顔色のなきもことわりや」と、そうおうたいなされるではござりませんか。もとより朝露軒どのはそんなおつもりではござりますまいけれども、きいておりますわたくしの身には、おくがたの御きりょうをうたっておられるようにしか受け取れませぬので、ああ、それほどにおうつくしい花のかんばせも、こよいをかぎりに散っておしまいなさるのかと、この期になっていまだに未練がきざしてくるのでござりました。すると朝露軒どのは、「あれ、あれにおる座頭はしゃみせんを弾きまするぞ、おくがたのおゆるしをいただいて、あれにいちばんうたわせてごらんなされ」と申されましたので、「弥市、えんりょすることはないぞ」とすぐとのさまのおこえがかりがござりました。さればわたくしとてもいまは何をか御辞退いたしましょう、これこそ自分ののぞむところと、さっそく三味線を手にとりまして、「君ゆえなみだはいつもこぼるる」とれいの小歌をうたいました。「いや、いつもながら巧者なものだな、ではそれがしも弾いてみよう」と申されて、つぎには

朝露軒どのがそのしゃみせんをおとりなされ、

　滋賀の浦とて

　しおはないが*

　顔の

　えくぼは

　十五夜の月

と、うたわれますので、わたくしそれをききながら、さてもおもしろい文句だわいと存じまして、みみをすましておりますと、ところどころにながい合いの手がはいります。朝露軒どののはそこのところをいとのねいろもうるわしくおひきなされましたが、ふと気がつきましたのは、その三味せんのうちに二度もくりかえしてふしぎな手がまじっているのでござりました。さようでござります、これはわたくしども、座頭の三味線ひきのものはみなよくぞんじておりますことでござりますが、すべてしゃみせんには一つの糸に十六のつぼがござりまして、三つの糸にいたしますなら都合四十八ござります。されば初心のかたがたがけいこをなされますときはその四十八のつぼに「いろは」の四十八文字をあてゝしるしをつけ、こころおぼえに書きとめておかれますので、このみちへおはいりなされた方はどなたも御存知でござりますけれども、とりわけめくら法師どもは、文字が見えませぬかわりには、このしるしをそらでおぼえておりまして、「い」と申せば「い」のおと、「ろ」と申せば「ろ」のおとをすぐにおもい浮かべますので、座頭同士がめあきの前で内証ばなしをいたしますときには、しゃみせんをひきながらその音をもって互のおもいをかよわせるものでござります。ところでいまの不思議な合いの手をきいておりますと、

ほおびがあるぞ
おくがたをおすくいもおすてだてはないか

と、そういうふうにきこえるのでござります。これはこころのまよいではないか、何しにいまごろそんなことを申されるかたがあるものか、よしやそら耳でないにしてからが、たまたま音の組み合わせがしぜんとそうなっているまでだと、いくたびもおもいかえしておりますうちに、又もや朝露軒どのは、

いかにせん
わがかよい路の*
関守は

関もゆるさず
　なかなかに

と、うたわれるのでござりましたが、これは三味線もまえとはすっかりちがっておりながら、やはりあの手だけがあいまあいまへ挟んであるのでござります。ああ、さては朝露軒どのは敵方のまわしものか、でなくばちかごろ急に内通なされたのか、いずれにしてもひでよし公のおおせをふくんでおくがたをてきにわたそうとしておられるのだな、おもわぬときにおもわぬたすけがあらわれたものだが、ひでよし公がまだおあきらめにならなんだとは、なんたるつよい恋だったのかと、にわかにむねをとどろかしておりますと、「さあ、弥市、いま一曲その方に所望だ」と申されて、ふたたびしゃみせんをわたくしの前へ置かれました。それにしてもこのようなめくら法師をさほどたよりになされるのはなにゆえか。おくがたのためとあらば火のなか水のなかをも辞せぬこころのおくを、はずかしくも朝露軒どのにいつか見やぶられておりましたことか。もっともわたくし、眼は見えずともお女中がたの中におりまするたったひとりのおとこでござります。それにかずかずのお座敷というお座敷、わたり廊下のすみずみまでも、眼あきよりよく勝手をそらんじておりまして、

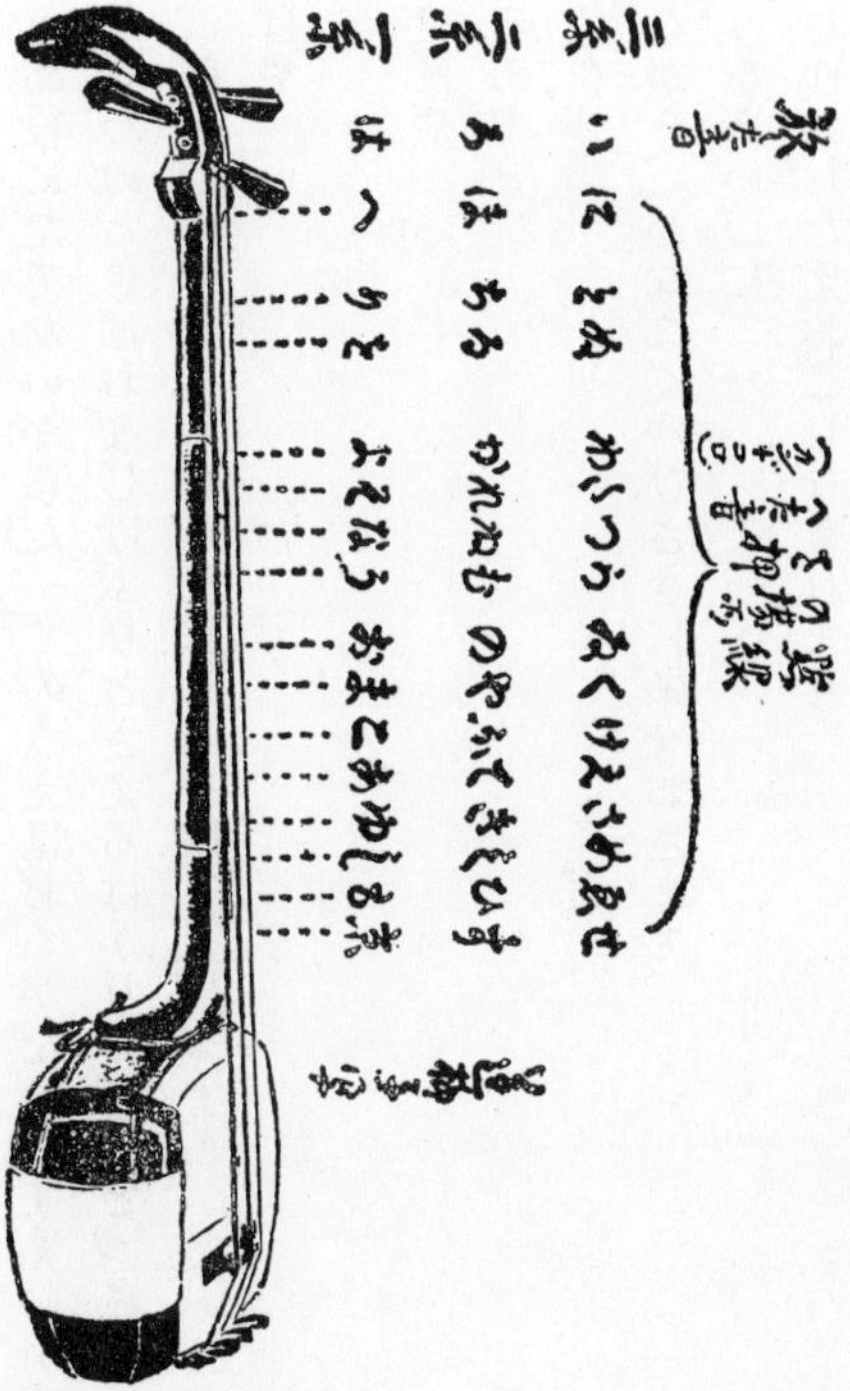
三の糸
二の糸
一の糸

まさかの時はねずみより自由にはしれます。おもえばおもえばちょうろけんどのはよくも見込んでくだされしよな、あるにかいなきいのちをながらえていたというのもこういうお役にたてたいからだ、このうえはおくがたをおすくい申す手だてをつくして、かなわぬときはおなじけぶりときえるばかりだと、とっさにしあんをさだめまして、前後のわきまえもなく三味せんを取り上げ、

見せばや
君に
知らせばや
こころの中と
袖の色を＊

とうたいながら、わななくゆびさきに糸をおさえて、
けぶりをあいづに
てんしゅのしたえおこしなされませ
と、こちらも合いの手にことよせまして、「いろは」の音をもっておこたえ申したのでござります。もちろんいちざのかたがたはただわたくしのうたといとときき

ほれてばかりおいでなされ、ふたりのあいだにこんなことばがかわされたとは知るよしもございませなんだが、そのときわたくしはおくがたをおすくい申すについて、一つのけいりゃくをおもいついたのでございました。と申しますのは、こよいとのさま御夫婦は天守の五重*へおのぼりなされてこころしずかに御自害あそばし、それより用意の枯れ草へ火をつける手はずになっておりました。されば御自害をあそばすまえに、ころあいをうかがって火をつけまして、そのさわぎにまぎれて朝露軒どのの一味をひきいれましたなら、にんずをもっておふたかたのあいだをへだてることも出来るであろうと、かようにかんがえました次第でございます。

さてもさてもわたくしは、めしいのうえにせいらい至っておくびょうでございまして、かりにもひとさまをあざむくことはよういたしませなんだが、てきがたの間者(かんじゃ)*にかたん(加担)をいたしておしろに火をかけ、あまつさえおくがたをぬすみ出そうとくわだてましたとは、われながらおそろしいこころでございましたけれども、これもひとえにおいのちをおたすけ申したいいちねんゆえでございますから、つまるところは忠義になるのだとりょうけんをきめておりました。そうこういたしますうちに、みなさまおなごりはつきませぬけれども、はつなつの夜のあけやすく、はや遠寺(とおでら)の

かねがひびいてまいりお庭の方にほととぎすのなくねがきこえましたので、おくがたは料紙*をとりよせられまして、

さらぬだにうちぬる程も夏の夜の
わかれをさそふほととぎすかな*

と、一首の和歌をあそばされ、つづいてとのさまも、

夏の夜の夢路はかなきあとの名を
くもゐにあげよやまほととぎす*

とあそばされまして、文荷さいどのがそれを一同へ御披露におよばれ、「それがしも一首つかまつります」と申されて、

ちぎりあれやすずしき道に伴ひて
のちの世までも仕へつかへむ*

とよまれましたのは、ときに取って風流のきわみと存ぜられました。それよりいずれも詰め所へおひきとりなされ切腹のおしたくでござりまして、お女中がたやわたくしはおふたかたにおつきそい申し上げ、いよいよ天守へまいりましたことでござります。もっともわれわれは四重までお供を仰せつかり、五重へは姫ぎみたちと文

荷斎どののばかりをおつれになりましたが、わたくしはいまがだいじのときとぞんじ、五重へかようはしごの中途までそっとあがってまいりまして、いきをこらしておりましたこととて、うえの御様子はもれなくうかがっていたのでござります。とのさまは先ず、

「文荷、そのへんをすっかりあけてくれ」

と仰っしゃって、四方のまどをのこらずあけさせられまして、

「ああ、この風はここちよいことだな」

と、あさかぜの吹きとおすおざしきに端坐あそばされ、

「うちわのものでいまいちど別れの酒を酌もうではないか」

と、文荷さいどのにおしゃくをおたのみなされまして、おくがたやひめぎみたちとあらためておさかずきがござりました。さてそれがすみましたところで、

「お市どの」

と、お呼びなされ、

「きょうまでのだんだんのこころづくしはたいへんうれしくおもいます。こういうことになるのだったら、去年のあきにそなたと祝言をするのではなかったが、いま

それをいい出してもせんないことだ。ついてはそれがし、いずこまでも夫婦いっしょにとおもいきわめていたけれども、しかしつくづくかんがえてみるのに、そなたはそうけんいんさまの妹御であらせられるし、そのうえここにいるひめたちは故備前守のわすれがたみのことでもあるから、やはりこれは助ける方が道だとおもう。武士たるものが死んで行くのにおんなこどもを連れるにはおよばぬことだ。ここでそなたをころしたら、かついえはいったんの意地にかられて義理にんじょうをわすれたと、世間のものは云うかも知れぬ。な、この道理をききわけてそなたはしろを出てくれぬか。あまり不意のようだけれども、これはよくよくふんべつをしたうえのことだ」

と、おもいがけないおことばでござりまして、そう仰っしゃるおむねの中はさだめしはら(腸)わたもちぎれるほどでござりましたろうけれども、おこえにすこしのくもりさえなく、よどまず云いきられましたのは、さすが剛気のおん大将でござります。わたくしもそれをききましては、ああ、もったいないことだ、なさけを知るのがまことの武士とはよく云ったものだ＊、これほどのおかたとも存ぜずにないないおうらみ申していたのは、じぶんこそ下司(げす)のこんじょうだったと、ありがたなみだにかき

くれまして、おぼえずおこえのする方を両手をあわせておがみましたが、そのときおくがたは、

「きょうというきょうになって、あまりなことをおっしゃいます」

と、言いもおわらず泣きふしておしまいなされ、

「総見院(そうけんいん)どの御存生のころでさえ、いったん他家へとつぎました身を織田家のものだとおもったことはござりませぬ。ましてたよるべき兄弟もないこんにちになりまして、おまえさまに捨てられましたら、どこへゆくところがござりましょう。死ぬべきおりに死なないと死ぬにもまさるはずかしめをうけますことは、わたくしもしみじみおぼえがござります。さればさくねんこしいれをいたしましたときから、こんどばかりはどういうことがござりましょうとも、二度とおわかれ申すまいとかくごをいたしておりました。はかない御縁でござりましたけれども、夫婦として死なしていただけますなら、百年つれそうのも一生、半としつれそうのも一生でござりますものを、出て行けとはうらめしいおことばでござります。どうかこればかりはおゆるしを」

と、そうおっしゃるのが、おんかおにお袖(そで)をあてていらっしゃるらしゅう、とぎれ

とぎれに、たえてはつづいてもれてまいるのでござります。

「しかし、そなた、この三人のひめたちをふびんとは思わぬのか。これらが死ねばあさいの血すじはたえてしまうが、それでは故備前守に義理がたたないではないか」

と、おしかえして仰っしゃいますと、

「浅井のことをさほどにおぼしめしてくださいますか」

と仰っしゃって、いっそうはげしくお泣きなされ、

「わたくしはお供をさせていただきますが、そのおこころざしにあまえ、せめてこの児たちをたすけてやって、父の菩提をとぶらわせ、またわたくしのなきあとをもとぶらわせて下さいまし」

と仰っしゃるのでござりましたが、こんどはお茶々どのが、

「いえ、いえ、おかあさま、わたくしもお供をさせていただきます」

と仰っしゃいましたので、お初どのも小督どのも、おなじように「わたくしもわたくしも」と右と左からおふくろさまにおすがりなされ、およったりがいちどにこみあげてお泣きなされました。おもえばむかし小谷のときはみなさま御幼少でござり

まして、なにごとも夢中でいらっしゃいましたなれども、いまは末の小ごうどのでさえもはや十をおこえあそばしておいでですから、こうなりましてはなだめようもすかしようもございませなんだ。さればずいぶん御辛抱づよいおくがたもかあいいかたがたのおんなみだにさそわれてただおろおろと泣かれますばかりで、わたくし、じつに、十年このかたこんなに取りみだされましたのはついぞ存じませなんだことでございます。それにしましてもおいおい時刻がうつりますことゝて、どうおさまりがつくだろうかとおもっておりますと、文荷さいどのがひざをおすすめなされまして、

「おひいさまがた、御未練でございますぞ」

と叱(しか)るように申されておふくろさまとお子たちのあいだへ割ってはいられ、

「さ、さ、それではおかあさまのおかくごがにぶります」

と、むりに引きはなそうとなされるのでございました。

わたくしはこのありさまをうかがうにつけ、まだとのさまはなんとも仰っしゃいませぬけれども、もはやゆうよしてはおられぬところだとぞんじ、はしごの下につんでありました枯れくさの束をひきぬきましてそれへともしびの灯をうつしました。

おりから四重のおへやではこしもとしゅうが死にしょうぞくをあそばされいっせいにねんぶつをとなえていらっしゃいまして、どなたもきがついたかたはござりませなんだので、それをさいわいにここかしこの枯れくさの山へ火をつけてまわり、障子、ふすまのきらいなくもえがらを投げちらしまして、われからけぶりにむせびながら、「火事でござります、火事でござります」とさけびごえをあげました。くさがじゅうぶんにかわききっておりましたところへ、五重の窓がすっかりあいておりましたこととて風が下より筒ぬけに吹きあげまして、ぱちぱちとものの干割れるおとがすさまじく、逃げ場にまよわれるお女中がたのうなりごえと悲鳴とがびゅうびゅうという火炎のいぶきといっしょにきこえ出しましたが、「やや、とのさまのお座所があやういぞ」「御用心めされい、うらぎりものがおりまする」とけぶりの下よりくちぐちに呼ばわってあまたのにんずが駈けあがって来られました。それからさきは、朝露軒どのの一味とそれを防がれるかたがたとがほのおの中に入りみだれ、たがいにあらそってせまいはしごを五重へのぼろうとなさるらしく、そのこんざつにもまれましてあちらへこづかれこちらへこづかれいたしますうちに、熱いかぜがさあっとよえん*を吹きかけてはまたさあっと吹きかけてまいり、しだいにいきが出来ないようになりましたので、おなじ死ぬならおくがたと一つほのおに焼かれたいと、しょうねつじごくのくるしみの底にもひっしにおもいきわめまして、はしごへ手をかけたときでござりました。「弥市、このお方を下へおつれ申せ」と、どなたかはぞんじませぬけれども、そう仰っしゃっていきなりわたくしの肩の上へ上臈さまをおのせになりました。「おひいさま、おひいさま、おふくろさまはどうあそばしました」と、とっさにわたくしはそう申しましたが、それというのはそのとき背中へおんぶいたしましたのはお茶々どのだということがすぐにわかったからでござります。「おひいさま、おひいさま」と、つづけてお呼び申しましても、お茶々どのはうずまくけぶりに気をうしなっていらっしゃいまして、なんとも御へんじがござりませなんだが、それにしてもいまのお侍は、なぜ御自分がひめぎみをおたすけ申さずに、めくらのわたくしへおあずけなされましたことか。おおかたそのお侍は忠義一途にとのさまのおあとをしたい、此処を御じぶんの死に場所とさだめておられたのでござりましょうか。さすればわたくしとても、おくがたの御せんどをみとどけずに逃げるという法はないと、そうおもいましたことでござりますけれども、でもこのお児をおたすけ申さなんだら、さぞやおふくろさまがおうらみあそばすことであろう、弥市、おまえはわたしのたいせつなむすめをどこへ捨てて来たのですと、あの世でおとがめをこうむったら申しわけのみちがない、こうして背中へおのせ申すようになったのはよくよくのえんというものだからと、そんなふうにもかんがえられましたし、それに、わたくし、ほんとうはそんなことよりも、せなかのうえにぐったりともたれていらっしゃるおちゃちゃどののおんいしき臀へ両手をまわしてしっかりとお抱き申しあげました刹那せつな、そのおからだのなまめかしいぐあいがお若いころのおくがたにあまりにも似ていらっしゃいますので、なんともふしぎななつかしいここちがいたしたのでござります。まごまごしていれば焼け死ぬというかきゅうの場合でござりますのに、どうしてそのようなかんがえをおこしましたやら、まことに人はひょんなときにひょんなりょうけんになりますもので、申すもおはずかしい、もったいないことながら、ああ、そうだった、自分がおしろへ御奉公にあがってはじめておりょうじを仰せつかったころには、お手でもおみあしでも、とんとこのとおりに張りきっていらしったが、なんぼうおうつくしいおくがたでもやはり知らぬまにおとしをめしていらしったのだと、ふっとそうきがつきましたら、たのしかったおだにの時分のおもいでが糸をくるようにあとからあとから浮かんでまいるのでござりました。いや、それぱかりか、お茶々どののやさしい重みを背中にかんじておりますと、なんだか自分までが十年まえの若さにもどったようにおもわれまして、あさましいことではござりますけれども、このおひいさまにおつかえ申すことが出来たら、おくがたのおそばにいるのもおなじではないかと、にわかにこの世にみれんがわいて来たのでござります。こうおはなし申しますと、たいへん長いことぐずぐずいたしておりましたようでござりますが、そのじつほんのわずかのあいだにこれだけのしあんをめぐらしたのでござりまして、そうと決心がつくよりはやくもうわたくしはけぶりのなかをくぐりぬけ、「おひいさまをおぶっておりますぞ、道をあけて下さりませ」とだいおんによばわりながら、そこはめしいでござりますからなんのえんりょえしゃくもなく人々のあたまをはねのけふみこえて、無二むさんにはしごを駈けおりたのでござります。

しかし逃げたのはわたくしばかりではござりませなんだ。おおぜいのものが火の粉をあびてぞろぞろつながってはしりますので、わたくしもそれといっしょになって、うしろからえいえい押されながらかけ出しましたが、お堀の橋をこえましたとたんに、がら、がら、がらと、おそろしいひびきがいたしましたのは、うたがいもなくてんしゅの五重がくずれおちるおとでござりました。「あれは天守がおちたんですね」と、だれにきくともなく申しましたら、「そうだ、空に火ばしらが立っている、きっと玉ぐすりに火がついたのだ」と、そばをはしっている人がそう申されるのです。「おくがたやほかのひめぎみたちはどうあそばしたでござりましょう」とたずねますと、「ひめぎみたちはみんな御無事だが、おくがたは惜しいことをしてしまった」と申されるではござりませんか。くわしいわけはあとで知れたのでござりますけれども、その人とならんではしりながらだんだん話をききますと、朝露軒どのはまっさきに五重へ上って行かれましたところ文荷さいどのがたちまちたくみを見ぬかれまして、「裏ぎり者、何しに来た」というまもあらせず斬ってすてられ、はしごのてっぺんからけおとされたと申します。それで一味のかたがたも気せいをくじかれましたうえにおいおい味方の御家らいしゅうが馳せつけてこられましたので、なかなかおくがたをうばい取るなどのだんではなく、かえってきりふせられましてやけ死んだものがおおいとのことでござりました。そのおり三人のひめぎみたちはなおもおふくろさまにしがみついていらっしゃいましたのを、ぶんかさいどのが早く早くとせきたてられまして、「このかたがたをおすくい申し敵のじんやへとどけたものは何よりの忠義であるぞ」と、むらがるにんずの中へつきはなすようになされましたので、いあわせたものがおひとかたずつお抱き申しあげて逃げたのだそうで、「だからとのさまとおくがたとはあの火の中でじがいなすったことだろう、おれはそこまではみとどけなかったが」と、そう申されるのでござります。「ではほかのひめぎみたちはどこにいらっしゃるのです」と申しましたら、「おれたちの仲間が背中に負ってひとあしさきにここを通って行ったはずだ。お前のせおっているおひいさまはいちばん強情で、しまいまでおくがたの袖をつかんではなされなかったのをむりやりに抱きあげて誰かの背中へのせたようだったが、その男はまたお前にわたしして自分は火の中へとびこんでしまった。なかなかかんしんな奴だったが、あれはおれたちの仲間ではなかったらしい」と申されるのです。いったい「おれたちの仲間」というのはなんのことかとおもいましたら、上方ぜい(かみがた)がおくがたをうけとるために天守のちかくへしのびよって、ちょうろけんどののあいずを待っておりましたのだそうで、いまこのところをこんなにぞろぞろ逃げてゆくのは、みんな裏ぎりの一味の者かそうでなければ上方ぜいのひとびとばかりなのでござりました。

「しかしちくぜんのかみどのはせっかくいくさにお勝ちになっても、めざすおくがたに死なれてしまってはなんにもなるまい。朝露軒どのもあんなしくじりをやったのだから御前のしゅびがよいはずはない。どうせ生きてはいられなかったよ」と、そのおかたはそう申されて、「それでもお前がこのおひいさまをおつれ申しているうえはいくらかめんぼくが立つわけだから、おれはおまえにくっついてゆくつもりだ」と、そんなことを云い云い手をひかんばかりになされますので、もうさっきからだいぶんつかれてはおりましたけれども、あえぎあえぎいっしょけんめいにはしっておりますと、よいあんばいに敵がたの足軽大将がお乗りものをもっておむかえにまいられまして、とりあえずそれへひめぎみをうつされ、

「座頭、おまえがおつれ申して来たのか」

と申されますから、

「さようでござります」

と申して、いちぶしじゅうをしょうじきにおはなしいたしましたところ、

「よし、よし、それならお乗りものについてまいれ」

と申されますので、かずかずのじんやのあいだを通りまして御本陣へお供いたしました。

お茶々どのはもう御気分もおよろしいようでござりましたけれども、しばらく御きゅうそくあそばされお手当てをおうけになっていらっしゃいますと、ただちにひでよし公が御たいめんの儀を仰せ出だされ、ほかのひめぎみたちと御いっしょにお座所へおよびいれなされました。それはまあよいといたしまして、わたくしまでがおめしにあずかりましたので、おざしきのそとのいたじきにかしこまってへいふくいたしますと、

「おお、坊主、おれのこえをおぼえているか」

と、いきなりおことばがかかりました。

「おそれながらよく存じております」

とおこたえ申し上げますと、「そうか、まことに久しぶりであったな」と仰っしゃって、

「その方めしいの身といたしてきょうのはたらきは神妙であるぞ。とうざのほうびになんなりとつかわしたいが、のぞみがあるなら申してみろ」

と、おもいのほかの上首尾でござりますから、わたくしはさながらゆめのここちがいたし、

「おぼしめしのほどはかたじけのうござりますけれども、ながねん御恩にあずかりましたおくがたにおわかれ申し、おめおめにげてまいりました罰あたり奴(め)がなんで御ほうびをいただけましょう。それよりけさの御さいごのことをかんがえますと、むねがいっぱいでござります。ただこのうえのおねがいは、いままでどおりふびんをおかけくださりまして、おひいさまがたに御奉公をつとめさせていただけますなら、有りがたいしあわせにぞんじます」

と申しましたら、

「尤(もっと)ものねがいだ、ききとどけてつかわす」

と、さっそくおゆるしがござりまして、

「小谷どのはおきのどくなことをしてしまったが、ここにござるひめぎみたちはこれからそれがしが母御にかわっておせわをいたそう。しかしいずれもずんと大きゅうなられたものだな。むかしそれがしの膝(ひざ)のうえに抱かれていたずらをなされたのは、たしかお茶々どのだったとおもうが」

と、そうおっしゃって御きげんよくおわらいなされるのでござりました。

こういうわけでさいわいわたくしは路頭にもまよわず、ひきつづき御奉公をいたすことになりましたけれども、じつを申せば、わたくしの一生はもうこのとき、天しょうじゅういちねん卯月二十四日と申すおくがたの御さいごの日におわってしまったのでござりまして、おだにや清洲でくらしましたようなたのしい月日はそののちついぞめぐってもまいりませなんだ。それと申しますのは、てんしゅに火をつけ裏ぎり者のてびきをいたしましたことを姫ぎみたちもおききなされましたとみえて、しだいにおにくしみがかかりまして、なんとなくよそよそしくあそばすようにおなりなされ、とりわけお茶々どのなどは、「この座頭ゆえにおしからぬいのちをたすけられて、おやのかたきの手にわたされた」と、ときにはわたくしへきこえよがしにおっしゃいますので、おそばにつかえておりましても針のむしろにすわるおもいがいたしまして、このくらいならなぜあのおりに死ななかったかと、ただもうなさけなく、とりつくしまのない身のうえをかこつようになったのでござります。もとよりこれも自分が悪事をしでかした罰でござりまして、たれをうらむべきすじもないのでござりますが、いったん死におくれましてはいまさらお跡をしとうたところでおくがたにあわせる顔もござりませぬから、諸人のつまはじきを受けながら生き耻じをさらしておりますうちに、もみりょうじも、琴のおあいても、余人に仰せつけられまして、もうわたくしにはとんと御用がないようになってしまいました。ひめぎみたちはその時分安土(あづち)のおしろに＊引きとられていらっしゃいまして、ひでよし公のおことばがござりましたばかりにいやいやながらわたくしを召しつかっておられましたので、それを知りましてはむりにお慈悲にすがりますこともこころぐるしく、もはや辛抱もいたしかねまして、或る日、こっそりと、おいとまごいの御あいさつもいたさずに逃げるようにおしろをぬけて、どこと申すあてもなくさすらい出たのでござります。

さあ、それがわたくしの三十二のとしでござりました。もっともそのおり都へのぼりまして太閤でんかにおめどおりをねがい、ことの次第を申し上げましたら、一生くうにこまらぬほどのお扶持(ふち)はいただけたでござりましょうけれども、このままつみのむくいを受けて世にうずもれてしまおうとおもいきわめまして、それよりきょうまで宿場々々をわたりあるいて旦那(だんな)さまがたの足こしをもみ、またはふつつかな芸をもって旅のつれづれをおなぐさめ申し、三十余年のうつりかわりをよそにながめてくらしながら、いんがなことにはまだ死にきれずにおりますようなわけでござります。そういえばお茶々どのは、あのときはあれほど太閤でんかをおうらみあそばされ、「おやのかたき」とまでおっしゃっていらっしゃいましたのに、まもなくそのかたきにおん身をおまかせなされ、淀のおしろ*に住まわれるようになりましたが、わたくしは北の庄のおしろが落ちました日から、いずれそうなるだろうとおもっていたことでござりました。あのみぎり、ひでよし公はお市どのをうばいそこねてたいそう御気色をそんぜられたそうでござりますけれども、わたくしが御前へ出ましたときは案に相違いたしましてすこしもそのような御様子がなかったばかりか、かえってあり難いおことばをさえいただきましたのは、お茶々どのを御らんなされましてきゅうにおぼしめしがかわったのでござります。つまりわたくしがほのおの中でかんじましたのとおなじことをおかんがえなされましたので、えいゆうごうけつのこころのうちもけっきょくは凡夫とちがわぬものなのでござりましょう。ただわたくしはいったんのあやまちから一生おそばにおられぬような境涯におちましたけれども、太閤でんかはあのお方の父御をほろぼし、母御をころし、御兄弟をさえ串ざしになされたおん身をもって、いつしかあのお方をわがものにあそばされ、親より子にわたる二代の恋を、おだにのむかしから胸にひそめていらしったおもいを、とうとうお遂げなされました。いったいひでよし公はどういう前世のいんねんでござりましたか、のぶなが公のおん血すじのかたがたをおしたいなされまして、まだこのほかにも蒲生ひだのかみどの*のおくがたにのぞみをかけていらしったと申します。このおかたは総見院さまのおんむすめ御でいらっしゃいまして、小谷どのには姪御におなりなされ、やはりお顔だちが似ていらしったと申しますから、おおかたそれゆえでござりましたろうか。わたくし、人づてにうかがいましたのには、せんねん飛騨守どのがおかくれなされましたとき、殿下より御後室さまへお使いがござりまして、おぼしめしをつたえられましたけれども、御後室さまは一向おききいれがなく、かえっておなげきあそばしておぐしをおろされましたので、蒲生どののお家が宇都宮へおくにがえ*になりましたのは、そんなことから御前のしゅびをわるくなされたせいだと申します。それはとにかく、あのお茶々どのがおとしを召すにしたがってふんべつがおつきなされまして、でんかの御いせいになびかれましたのは、まったく時代じせつとは申しながら、御自分さまのおためにもけっこうなことでござりました。さればわたくしも、淀のおん方と申されるのはあさいどのの一の姫ぎみだとききましたときは、どんなにうれしゅうござりましたことか。おふくろさまがあのようにいつも御苦労をなされましたかわりに、えいがの春がこのお子にめぐって来たのだ、どうかこのおかただけはおふくろさまのような目におあいなさらぬようと、たといわが身はあるにかいなき世すぎをいたしておりましても、こころは始終おそばにはべっておりますつもりで、そのことばかりおいのり申しておりましたところ、そのうちにわかぎみ御誕生*と申すうわさがございましたので、もうこれでゆくすえまでも御運は万々歳であろうと、あんどのむねをなでていたのでござりました。それが、旦那さまも御承知のとおり、けいちょう三ねん*の秋に太こうでんかがおかくれなされ、ほどなくせきがはらのかっせん*がござりましてから、またもや世の中がだんだんかわってまいりまして、いちにちいちにちと悲運におなりなされましたのは、なんということでござりましょう。やっぱりおやのかたきのところへ御えんぐみあそばされましたのが、亡きお袋さまのおぼしめしにそむき、不孝のばちをおうけなされたのでござりましょうか。おふくろさまもお子さまも、二代ながらおなじようにお城をまくらに御生害なされましたのも、おもえばふしぎなめぐりあわせでござります。

ああ、わたくしも、あの大坂の御陣*のときまで御奉公をいたしておりましたら、お役にはたちませぬまでも、おだにのおしろでおふくろさまをおなぐさめ申しましたように何やかやと御きげんをとりむすび、こんどこそ冥土へおともをいたしておくがたへお詫びを申すことも出来ましたでござりましょうに、あのときばかりはつくづく我が身のふしあわせがうらめしく、まいにちまいにちてっぽうのおとをききながらやきもきいたしておりました。それにつけても片桐いちのかみ*どのはあのしろぜめに関とう方の味方をなされ、ひでより公と淀のおん方の御座所へむかって大炮を打ちこまれましたのは、なんというなされかたか。あのお方は、むかし志津ケ嶽のいくさに七本槍のひとりとうたわれ、その時分からおとりたてにあずかったのでござりまして、ひでよし公にはなみなみならぬ御恩をうけていらっしゃるはずでござります。世間のうわさでは、太こうでんかが御りんじゅうのみぎりにはあのお方をおんまくらべにおよびなされて、秀頼のことをたのんだぞよと、くれぐれも御ゆいごんあそばされたと申すではござりませぬか。われわれのようなにんげんでもそれほど人にたのまれましたら義をたてとおすことぐらいはこころえておりますのに、あのおかたは、たかい声では申されませぬが、権現さま*の御いせいにへつらってとよとみ家のだいおんをおわすれなされ、おもてに忠義をよそおいながらかんとうがたに内通されていらしったのでござります。いえ、いえ、それは、どなたがなんと申されましょうとも、そうにちがいございませぬ。理くつはつけようでございますから、いちのかみどのの御苦心をおほめになるかたもございましょうが、かりにも敵がたの大炮の役をひきうけられて、あろうことかあるまいことか、お主のわかぎみと北の方のいらっしゃるところへ玉をうちこむようなおかたが、なんで忠臣でござりましょうぞ。うき世をすてためくらあんまにもそのくらいなことはわかります。それゆえあのときはいちのかみどのがにくくてにくくて、眼さえみえたら、陣中へしのびこんで一と太刀なりとおうらみ申したいとおもったほどでござりました。にくいと申せば、せきがはらのときに大津でうらぎりをなされました京極さいしょうどのの仕打ちなども、はらが立ってなりませなんだ。あのおかたはお初御料人と内祝言をあそばしながら、かみがたぜいの攻めよせるまえに北の庄をお逃げなされて、若狭の武田家へたよっていらっしゃいましたところ、そのたけだどののもほろぼされましてからは三界にすむ家もなく、木の根くさの根にもこころをおいてあちこちさまよっていらっしゃいましたのが、ようようのことでお詫びがかなって大名衆のれつにくわえていただけたのは、どなたのおかげだとおぼしめします。もとの武田どののおくがたが松の丸どのと申されていらっしゃいましたから、そのおかたのおとりなしもござりましたろうけれども、何よりも淀のおんかたにつながる御えんがあったればこそではござりませぬか。いちどは小谷どののお袖(そで)にすがられ、つぎにはそのお子さまのなさけにたよられ、二度までもあやういいのちをたすけておもらいなされながら、あの大雪のなかを落ちていらしった当時のことをおわすれなされ、だいじのせとぎわにむほんをなされて大坂ぜいのあしなみをみだされるとは。ああ、ああ、しかし、いまさらそんなことを申したところで仕方がござりませぬ。かぞえたてればくやしいことやうらめしいことはいくらでもござりますけれども、さいしょうどのも、いちのかみどのも、もはやあの世へおいでなされ、権現さまさえ御他界あそばされましたこんにちとなりましては、なにごともすぎにしころの夢でござります。おもえばおもえばおりっぱなかたがたがみなみなおかくれなされましたのに、わたくしはこのさきいつまで老いさらぼえておりますことでござりましょう。げんきてんしょう(元亀天正)*の昔よりずいぶんながい世間をわたってまいりましたので、もう後生をねがうよりほかのことはござりませぬが、ただこのはなしをいっぺんどなたかにきいていただきたかったのでござります。はい、はい、なんでござります。おくがたのおこえがいまでも耳にのこっているかと仰っしゃいますか。それはもう申すまでもないこと。何かの折におっしゃいましたおことばのふしぶし、またはお琴をあそばしながらおうたいなされました唱歌のおこえなど、はれやかなうちにもえんなるうるおいをお持ちなされて、うぐいすの甲だかい張りのあるねいろと、鳩のほろほろと啼くふくみごえとを一つにしたようなたえなるおんせいでいらっしゃいましたが、お茶々どのもそれにそっくりのおこえをなされ、おそばのものがいつもききちがえたくらいでござりました。さればわたくしには太閤殿下がどんなに淀のおん方を御ちょうあいあそばされましたかよくわかるのでござります。太こうでんかのおえらいことはどなたも御ぞんじでござりますが、そういうふかいおむねのなかを早くよりおさっし申しておりましたのは、はばかりながらわたくしだけでござります。ああ、わたくしも、あれほどのおかたの御心中を知っていたかとおもえば、かたじけなくも右大臣ひでより公*のおん母君、淀のおんかたをこの背中へおのせ申したことがあるかとおもえば、なんの、なんの、この世にみれんがござりましょう。いいえ、旦那さま、もうじゅうぶんでござります。ついいただきすごしまして、つまらぬ老いのくりごとをながながとおきかせいたしました。家には女房もおりますけれども、おんな子供にもこうまでくわしくはなしたことはござりませぬ。

どうぞ、どうぞ、こういうあわれなめくら法師がおりましたことを書きとめて下さいまして、のちの世の語りぐさにしていただけましたらありがとうございます。さあ、もうおおさめ下さりませ。あまり更けませぬうちにすこしお腰をもませていただきます。

おわり

奥書

○右盲目物語一巻後人作為の如くなれども尤も其の由来なきに非ず三位中将忠吉卿御代清洲朝日村柿屋喜左衛門祖父物語*一名朝日物語に云ふ「太閤ト柴田修理ト取合ハ其比威勢アラソイトモ云又信長公ノ御妹オ市御料人ノイハレトモ申ナリ淀殿ノ御母儀ナリ近江ノ国浅井カ妻ナリケル云々天下一ノ美人ノキコヘアリケレバ太閤御望ヲカケラレシニ柴田岐阜へ参リ三七殿ト心ヲ合セオイチ御料ヲムカエ取オノレカ妻トス太閤コノヨシ聞召柴田ヲ越前へ帰スマシトテ江州長浜へ出陣云々」又いふ「柴田北ノ庄へコモラレケレバ太閤僧ヲ使トシイニシへノ傍輩ナリ一命ヲ助ヘシ云々是ハスカシテオイチ御料ヲトラントノハカリコト成ヘシト其沙汰人口ニマチマチナリ」

○佐久間軍記*（佐久間常関物語）勝家祝言の条に云ふ「浅井長政ノ後室ヲ嫁二勝家一勝家其息女三人トモニ携越前ニ帰ルノ時秀吉走二勝家于使一曰於二帰国道一使二秀勝（信長四男秀吉養子）一饌膳祝儀ヲ可レ賀ト勝家慶テ約諾ス然シテ勝家ノ家人等北庄ヲ発清洲迄ノ行路ニ来迎

勝家夜半ニ清洲ヲ出告二秀勝一曰越前ニ急用アルヲ以テ道ヲカネテ夜半ニ此前ヲ通ル間不レ能レ応レ招云々」

○志津ケ嶽合戦事小須賀九兵衛話*には清洲会議を安土に作る、当時「挨拶及相違て柴田と太閤互に怒をふくむ其時丹羽長秀太閤と一処に寐ころひ有しか長秀そと足にて太閤に心を付太閤被心得其夜大坂へ御かへり云々」佐久間軍記には「秀吉其夜屢小便ニヲクル」とあり然れどもこれらのこと甫庵太閤記*等には見えず不審也

○蒲生氏郷後室の墓は今京都の百万遍智恩寺境内に在り、寛永十八年五月九日於二京都一病没、行年八十一歳、法名相応院殿月桂凉心英誉清薫大禅定尼、秀吉此の後室の容顔秀麗なるを知り氏郷の死後迎へて妾となさんとしたれども後室これを聴かず、ために蒲生家は会津百万石より宇都宮十八万石に移さる、委しくは氏郷記*近江日野町誌*を可レ見

○三味線は永禄年中琉球より渡来したること通説なれどもこれを小唄に合はせて弾きたるは寛永頃より始まる由高野辰之博士の日本歌謡史*に記載あり尤も天文年中既に遊女の手に弄ばれたること室町殿日記*に見え好事家は早くより流行歌に用ひたる趣同じく右歌謡史に委し、此の物語の盲人の如きも好事家の一人たりし歟、予が三

絃の師匠菊原検校*は大阪の人にして今は殆ど廃絶したる古き三味線の組歌を心得られたるが其の中に閑吟集*に載せたる「木幡山路に行きくれて月を伏見の草枕」*の歌長崎のサンタマリヤの歌*其の他珍しき歌詞少からず予も嘗てこれを聞きたることあり詞は短きやうなれども同じ句を幾度も繰り返して唄ひ且三味線の合ひの手は詞よりも数倍長し曲に依りては殆ど琵琶*をきく如き心地す

○かんどころ*のしるしに「いろは」を用ひることはいつの頃より始まりしか不レ知今も浄瑠璃の三味線ひきは用レ之由予が友人にして斯道に明かなる九里道柳子*の語る所也、本文挿絵は道柳子図して予に贈らる

于時昭和辛未年*夏日

於　高野山千手院谷*しるす

注解

吉野葛

ページ
九

＊大和アルプス　大峰山脈のこと。吉野山から玉置山まで南北五十キロにわたり、近畿地方の最高峰・八剣山（はっけんざん）（一九一五メートル）を含む。中世以来、修験道の根本道場とされて来た信仰の山である。

＊自天王　南北朝合体の際の南朝最後の天皇だった後亀山天皇（?〜一四二四）の玄孫（曾孫の子）。南北朝合一後も、散発的に試みられた南朝再興運動のほぼ最後の存在が自天王である。自天王は、室町・江戸時代には幕府をはばかって、吉野の川上郷・北山神社で若一王子として密かにまつられていた。しかし、明治になると、皇室への忠節が強く奨励されるようになったため、川上郷に明治天皇の御真影が下賜（かし）され、小松宮題額の自天王碑が建てられるなど、顕彰事業が行われた。なお、「自天王」という名前は、吉野地方での伝承であり、政府および歴史家からは、「北山宮（きたやまのみや）」と呼ばれている。

＊両統合体の和議　十三世紀後半に、後深草天皇（持明院統）とその弟・亀山天皇（大覚寺統）のそれぞれの子孫の間で、天皇の地位が争われるようになっていた所へ、後醍醐

天皇（大覚寺統）の鎌倉幕府打倒後、それまで後醍醐天皇を支えていた武士階級と天皇の利害が対立。後醍醐天皇は、延元元年（一三三六）吉野に逃れ、足利尊氏によって室町幕府が成立すると、幕府によって擁立された京都の天皇（北朝・持明院統）と、吉野の後醍醐天皇およびその後継者たち（南朝・大覚寺統）のそれぞれに、武士同士の利害対立がからまり、各地で戦闘が繰り広げられたが、三代将軍・足利義満の一三九二年（南朝の元中九年・北朝の明徳三年）、持明院統・大覚寺統から交互に天皇を出すという条件のもと、南朝の後亀山天皇が都に戻り、内乱は一応終結した。

＊吉野朝　明治三十六年に文部省が編纂した小学校用歴史教科書では、今日と同様に南北朝並立説が採用されていたが、明治四十三年に大逆事件が発生すると、帝国議会や新聞紙上・教育界で問題化し、以来、教科書では、南朝のみを正統とする立場から、「南北朝」という言い方は使われず、昭和二十年の敗戦まで、専ら「吉野朝」と称していた。その間、北朝は、本質的に足利氏の武家政権であり、天皇から不正に武力で政権を奪い取った逆賊と見なされ、これに抗した楠木正成ら南朝方の人々は、忠臣として賞賛された。

一〇　＊嘉吉三年　西暦一四四三年に当たる。この事件は「禁闕（きんけつ）の変」と呼ばれる。

＊楠二郎正秀　史実は未詳。林嘉三郎著『南朝遺史』（明治二十五年刊）に出る。

＊万寿寺宮　京都市下京区本町通り十五丁目に今もある万寿寺の僧だった金蔵主（空因親王）のこと。後亀山天皇の孫。その長男が自天王（尊秀王）、次男が忠義王とされる。

*土御門内裏　平安京の内裏はたびたび火災に遭い、再建まで天皇は藤原氏の邸宅などに移り住んだ。これを里内裏と言う。十一世紀半ばからは、天皇は里内裏に常住するようになり、一三三一年、光厳（こうごん）天皇の即位から明治維新まで、土御門東洞院殿（現在の京都御所の一部）が皇居となった。

*越智氏　中世大和国南部の豪族。南朝を支持した。

*六十有余年　元中九年（一三九二）の南北朝合一から長禄元年（一四五七）までは六十五年。ただし、一四四三年の禁闕の変から数えると、十四年にしかならない。

*百二十二年　延元元年（一三三六）から長禄元年（一四五七）までを言う。しかし、実際には、一三九二年に南北朝合一が成り、一四四三年に禁闕の変が起こるまでの五十一年間には、散発的な反乱はあったものの、南朝と言える程のものはなかった。

二

*太平記　軍記物語。作者は小島法師と伝えるが未詳。応安末から永和年間（一三七五〜九）の成立とされる。後醍醐天皇の即位から、南北朝の内乱の途中まで（一三一八〜六七）を、和漢混淆（こんこう）文で叙述する。江戸時代に太平記読み・講釈という形で庶民にまで広まり、幕末以降、天皇崇拝と結び付き、第二次大戦まで、国民精神に大きな影響を及ぼし続けた。

*川上の荘の口碑を集めた或る書物　作者は、林嘉三郎著『南朝遺史』と林水月著『南朝遺跡吉野名勝誌』（明治四十四年刊）を参考にしたらしい。

*神璽はとある岩窟の中に　林水月著『吉野名勝誌』の引く『川上村誌』によれば、三之

公の奥の明神の滝の傍にある「たから岩」がそれと言う。

＊上月記 赤松氏の一族である上月満吉が、一四五六年と七年に、赤松氏の遺臣ら数十人と後南朝から神璽を奪還し、赤松氏の再興を果たした経緯を、一四七八年に漢文で書き残したもの。この事件に関する最も信頼すべき史料である。『群書類従』第二十一輯所収。

＊赤松記 赤松氏の一族・因幡(いなば)入道定阿の著。天正十六年（一五八八）成立。赤松氏の始まりから、一五六九年、浦上氏によって滅亡するまでを述べる。『群書類従』第二十一輯所収。

＊赤松家の残党 赤松氏は、播磨(はりま)・美作(みまさか)・備前の守護大名だったが、嘉吉元年（一四四一）六月、大名に対する弾圧政策を採っていた将軍・足利義教を赤松満祐が殺害。同年九月、幕府軍によって、満祐は攻め滅ぼされ、赤松氏の宗家は一時断絶した。そこで、遺臣たちが後南朝の自天王を謀殺し、神璽を持ち帰ることで、赤松氏宗家の再興を許された。

＊神の谷 吉野川上流の大迫あたりに注ぐ神之谷川の西方と吉野川との間あたりにある地名。現・吉野郡川上村字神之谷。

＊吉野十八郷 古代においては「池田・川上・小川・国樔・黒滝・赤滝・天河・十津川」の八郷だったが、中世末期頃から「北山・古田・宗川・檜川・舟川・賀名生・官上・阿知賀・御料・龍門」の十郷が加わり、十八郷と呼ばれるようになったと言う。

＊荘司　荘園の現地管理者。吉野は山間僻地で、荘園らしい荘園はなく、単に村の有力者の称号と見て良い。

＊南山巡狩録　南朝の事跡を記した編年史。全十五巻と附録一巻、追加五巻から成る。国学者・大草公弼の著。文化六年（一八〇九）成立。附録に後南朝の皇子・遺臣の事跡を記している。『改定史籍集覧』「武家部」第六、七冊所収。

＊南方紀伝　後醍醐天皇の元弘元年から後花園天皇の長禄二年（一三三一〜一四五八）に至る漢文編年体の歴史書。著者・成立年代とも不明。三巻のうち中巻を欠く。『改定史籍集覧』「武家部」第七冊所収。

＊桜雲記　三巻。著者は未詳。成立は江戸初期。後醍醐天皇の即位より、長禄二年、赤松氏の謀計により南朝の皇統が滅ぼされるまでの、南朝の盛衰の歴史を記したもの。『改定史籍集覧』「公家部」第二冊所収。

二二

＊十津川の記　後南朝の略史。著者・成立年代とも不明。『改定史籍集覧』「武家部」第十六冊所収。

＊一書に依ると　林嘉三郎著『南朝遺史』を指す。

＊行在所　天皇行幸時の仮の住居を言う。『太平記』にもあるように、延元元年、京を脱出した後醍醐天皇は、賀名生の堀信増の家に数日間滞在した。堀氏の家は、屋根と土台以外は大体そのままに保存され、天皇御座の間もある。

＊竹原八郎　実在の人物。その旧宅跡・墓および子孫は大塔村に残る。大塔宮は、後醍醐

天皇の皇子・護良親王（?～一三三五）。父の倒幕と建武の新政を補佐し、吉野・熊野に滞在したことは史実である。竹原八郎の娘との間に王子を儲けたことは、『吉野旧時記』にあるが、林水月は、『吉野名勝誌』でこれを否定している。作者は、後に出る「大塔宮の御子孫の女王子」という小説の構想との関連で、敢えて残したのであろう。

＊五鬼継　正確には、大峰山脈の釈迦岳の東南にある前鬼山中腹の集落に、五鬼熊・五鬼童・五鬼上・五鬼継・五鬼助などの家が、修行者のために宿坊を営み、案内役を勤めていたことを指す（明治三十三年以降、五鬼継・五鬼助の二軒となった）。彼らは、七世紀末に活躍した修験道の開祖・役行者が打ち負かし、服従させたと言い伝えられる前鬼・後鬼（一説には五鬼）の内、前鬼の子孫とされる。なお、山上ケ岳（大峰山）山麓の天川村洞川には、後鬼の子孫と伝えられる人々があり、結婚は彼らの中だけで行われていたと言う。

一三

＊二月五日　享徳元年（一四五二）二月五日に、自天王が三之公仮御所で南朝帝位百カ年の朝賀大嘗会を行ったことを偲んで、自天王の死の翌年から、毎年二月五日に行われている。ただし、朝拝式は、川上村の四保（井光など五ケ村）・六保（神の谷など九ケ村）・七保（東川など九ケ村）という三つの地域に分かれてそれぞれ別個に執り行われ、神の谷の金剛寺を式場とするのは六保だけである。

＊金剛寺　川上村神之谷にある真言宗の寺院。川上村ではここに自天王の墓があるとするが、政府はこれを忠義王の墓としている。

一四

＊正史　国家事業として編修した歴史書。また、最も正統と認められた歴史書。

＊熊野参りの巡礼　和歌山県東牟婁郡の本宮・那智、和歌山県新宮市の新宮を合わせた熊野三山への参詣を言う。熊野三山は、紀伊半島南端の険しい山岳地帯で、院政期に天皇が頻繁に訪れるなど、貴族から庶民に至るまで、山岳信仰の霊場として広く信仰を集めた。

＊稗史小説家　稗史小説とは、一八〇〇年代初期から江戸を中心に盛行した時代物の伝奇長編小説で、文学史的には後期読本と呼ばれる。代表的な作者としては、山東京伝や、『椿説弓張月』『南総里見八犬伝』の作者・曲亭馬琴が挙げられる。

「俠客伝」　読本『開巻驚奇俠客伝』。馬琴によって一八三二〜五年に書かれ、中絶。後に、萩原広道らによって続篇が書き継がれた。南朝遺臣の活躍を主題とした史伝物。

＊吉野王を扱った作品が一つか二つ徳川時代にある　「大高何某義を厲し影の石に賊を射る話」(一七八六)に自天王の死が扱われている。また、直接、自天王を登場させたものではないが、馬琴自身にも『俠客伝』と類似の趣向で書いた『松染情史秋七草』(一八〇九)がある。また、都賀庭鐘の別の読本『繁野話』(一七六六)の第九話「宇佐美宇津宮遊船を飾つて敵を討つ話」も、舞台は信濃・尾張だが、後南朝の尹良親王の御子良王とその忠臣の活躍を描いている。

＊一高　第一高等学校の略称。現在、東大農学部のある東京都文京区弥生一丁目にあった。東京帝国大学の予備教育機関に起源を持ち、日本最高の高等学校として、全国から俊秀

を集めた。第二次大戦後は、東京大学の教養学部となった。

一五　*「くず」と云う地名　「くず」は、大和朝廷から異種族と見なされた吉野川上流の土着原住民を指す言葉であるが、地名としては、現・吉野町内の国栖の他に、現・御所市内の旧・葛村（明治二十二〜昭和三十三年）がある。

*天武天皇にゆかりのある謡曲　謡曲『国栖』のこと。壬申（じんしん）の乱の際、吉野に逃がれた天武天皇を、菜摘川で川船を操る老夫婦がかくまい、追っ手から守るというもの。

*葛粉　マメ科の植物クズの根に含まれるデンプンを精製した白い粉。葛餅・葛切り・葛湯などの菓子や料理に用いる。古くから奈良県吉野産のものが吉野葛の名で知られた。

*五社峠　国栖から入の波へ通ずる東熊野街道は、五社峠の麓（ふもと）を迂回するので、峠越えはない。作者の誤り。

*六里　一里は約四キロ。

一六　*筏師　山中で伐採された木材を筏に組んで、その上に乗って、川の下流まで運ぶ人を言う。ちなみに吉野は吉野杉の名産地である。

*入の波の川の縁に湧いている温泉　入の波温泉と言い、本作末尾に出る。河原から湧き出し、夏、客を待って小屋をしつらえ、入浴の便を計った。温度は摂氏三十三度くらい。役行者によって発見されたものと言い伝えられている。

一七　*武蔵野　奈良公園若草山麓の現・奈良市春日野町九〇に今もある料理旅館。

一八　*鉄道省のホテル　明治四十二年十月、奈良公園内の東南の角、奈良市高畑町の荒池のほとりに開業し、現在も営業を続ける奈良ホテルのこと。総檜造二階建、客室五十二室。

＊菊水　明治二十二年創業の料亭旅館・菊水楼。奈良市内一の鳥居脇に今もある。

＊曾遊の地　かつて訪れたことがある土地。

＊吉野口　奈良から吉野へは、関西線に乗り、王子駅で和歌山線に乗り換え、現・御所市の吉野口駅に至るのが当時の順路であった。

＊吉野駅　現在の近鉄吉野駅よりかなり手前の、上市の北六田にあり、駅のすぐ前が六田の渡しだった。開通は大正元年。

＊軽便鉄道　吉野鉄道。現在は近鉄吉野線になっている。

＊六田の淀　今は「むだ」と読む。昔は橋が無く、渡し船で渡り、柳の渡しとも言った。『万葉集』巻七・一一〇五などに出る。ここに本格的な橋が完成するのは、大正十一年のことで、それ以前は、春の花時だけ、危なげな仮橋を架けるに過ぎなかった。

＊下の千本　吉野の桜は、修験道の開祖・役行者が植え、蔵王権現の神木として以来、全山に広がり、名所となったと言い伝えられる。中でも山麓から順に、下の千本（昭憲皇太后御野立址の辺り。別名一目千本・口の千本）・中の千本（如意輪寺へ詣る途中）・上の千本（小山神社から左へ折れた所）・奥の千本（金峰神社の南から西へ入る）は、桜も多く、美しい風景で知られる。

＊関屋の桜　大橋（別名一の橋）の辺りから黒門（金峰山寺の総門）までの桜を言う。花の赤味が濃いことで知られる。

＊蔵王権現　金峰山寺の本堂。役行者が感得したと言われる蔵王権現の巨像を祀る。

＊吉水院　蔵王堂の東南にある。金峰山寺の僧坊の一つだったが、明治初年の神仏分離で神社に改められた。義経や後醍醐天皇が、一時、滞在した所でもある。

＊左の方の道　旧伊勢街道で、国栖村から分岐して、熊野に至る東熊野街道となる。現在の国道一六九号線。右の方の道は吉野山に登る吉野街道である。

一九　＊妹背山の芝居　人形浄瑠璃『妹背山婦女庭訓』及び、その歌舞伎化されたものを言う。近松半二ら五人の合作。一七七一年初演。謀反を起こした蘇我入鹿を藤原鎌足が討ち滅ぼすまでを中心的なストーリーとするが、その三段目「大宰館」と「山の段」は、吉野川を隔てて敵対する大判事清澄・久我之助父子（紀伊の国の領主で背山に仮屋を構える）と、大宰少弐の後室定高・雛鳥母子（大和の国の領主で妹山に仮屋を構える）の物語になっている。久我之助と雛鳥は秘かに恋し合う仲だったが、両家の不和と中を隔てる川が障害となっていた。そこへ清澄は入鹿から久我之助を出仕させよと言われ、天皇への忠義のために久我之助を切腹させる。一方、定高は入鹿から雛鳥を入鹿の後宮に入内させよと命じられ、久我之助に操を立てて自害した雛鳥の首を切り落とす。これを機に清澄と定高は和解し、雛鳥の首を瀕死の久我之助の許に嫁入らせる。なお、『妹背山婦女庭訓』では、吉野川が大和と紀伊の国境をなすかのように描いているが、実際はそうではない。

二〇　＊「山なき国を流れけり」　蕪村の句で、上の句は「春の水」。大意は、〈春になって雪解けで水量を増した川の水が、見渡す限りの平野の中を、ゆったりと流れて行く〉。

二一 ＊熊野浦　三重県南部の海岸。熊野灘の内、熊野市から南方、熊野川河口の新宮市辺りまでの海岸を言う。

＊しもうたや　商店に対して一般の住宅を言う。元来は店仕舞いした家の意。

二二 ＊キザ柿　木に付いたままで熟し、渋味が取れて甘くなる柿。

＊御所柿　甘柿の一種。実はやや扁平な球形。種は殆どない。奈良県御所（ごせ）市原産と言われ、近畿地方に多い。

＊美濃柿　蜂屋柿に同じ。岐阜県美濃加茂市蜂屋原産の渋柿。実は大きく長楕円形。種は殆どない。干し柿にして食べる。

＊箕　穀物などを入れ、皮やごみなどをふるいわけたり、ものを入れて置くのに用いる農具。竹でチリ取り型に編んだものが多い。

＊消炭　薪や炭などの火を消して作る炭。火をおこす時に用いる。

＊精米機　明治九年にアメリカで、螺旋（らせん）状の棒を回転させて精米する機械が発明され、すぐさま日本に輸入・改良され、蒸気や水車を動力として急速に普及した。

二三 ＊義経千本桜　浄瑠璃。二世竹田出雲ら三人の合作。一七四七年初演。壇ノ浦の合戦後の源義経と静御前、平維盛（これもり）とその妻・若葉内侍、息子・六代の運命を主なストーリーとするが、史実は大幅に改変されている。その三段目で、惟盛の父・重盛の恩を受けた釣瓶鮨屋の弥左衛門は、惟盛を下男としてかくまい、弥助と名乗らせ、弥左衛門の娘・お里は弥助に恋をする。そこへ、若葉内侍と六代が訪ねて来る、と同時に鎌倉から梶原景時が惟盛詮議に来る。弥左衛門は惟盛らを逃がすが、弥左衛門の息子は「いがみ（「歪み」から悪人を言う）の権太」と呼ばれる悪人で、若葉内侍と六代を捕らえ、惟盛の首と共に差し出す。これに怒った弥左衛門は息子を刺すが、権太は「若葉内侍と六代と見せかけたのは自分の妻と子、惟盛の首はにせ首、性根を入れ替えての所行」と告げて死ぬ。同

＊釣瓶鮨屋　釣瓶鮨は吉野川の鮎で作った鮨で、容器が釣瓶に似ていることから言う。同業者は多いが、『義経千本桜』の弥左衛門のモデルになった釣瓶鮨屋の子孫が、現在も下市で釣瓶鮨屋を営み、代々宅田弥助を名乗っている。

二四　＊初音の鼓　『義経記』巻五「判官吉野山に入給ふ事」に登場し、『義経千本桜』で重要な役割を与えられた鼓。『義経記』では紫檀の胴に羊の革を張ったもの。『義経千本桜』では、桓武天皇の時代に雨乞いのため、大和の国に千年もの年功を積んで通力を得た夫婦の狐の皮を張って作られ、宮中に伝えられたことになっている。後白河法皇から義経に、「鼓を打つ」と「頼朝を討つ」という意味を掛けて授けられ、義経が頼朝の追及を受け、九州に逃げようと大物浦（現・兵庫県尼崎市）に向かう際、静御前に初音の鼓を渡し、家来の佐藤忠信（実は初音の鼓にされた狐の子が化けたもの）に託したが、義経は暴風雨のため難破、吉野の山中に隠れる。そこへ本物の佐藤忠信が訪ねて来て、続いて静御前が狐の忠信と共に訪ねて来たことから、にせ忠信の正体が判るが、義経は親を思う狐の心を憐れみ、初音の鼓を与えたことになっている。なお、初音の鼓と称されるもの、

および後出「菜摘邨来由」については、これを所蔵している家が奈良県吉野郡吉野町菜摘に現在もあり、谷崎も見に行った上で『吉野葛』を書いている。

＊謡曲の「二人静」　吉野の野辺で若菜を摘む菜摘女に静御前の亡霊が乗り移り、二人一緒に舞うというもの。

＊一日経　追善供養のため、一部の経文を大勢で一日のうちに写し終えること。『法華経』を写すことが多い。

＊「げに耻かしや……」　死後も成仏せず、生前の思い出や舞いを忘れられないことを恥じてかく言う。「三吉野」は「御吉野」で、吉野の美称。「今三吉野」の「三」は「見」との掛詞。〈今、御覧になっている私を菜摘女と思いなさるな〉の意。

二七

＊大和名所図会　大和についての読み物風絵入り地誌。秋里籬島撰。一七九一年刊。

＊野州塩原　栃木県（もと野州、すなわち下野国（しもつけのくに））那須郡塩原町の塩原温泉を指す。

＊「天皇幸于吉野宮」『万葉集』巻一・雑歌・二七の詞書き。『万葉集』の時代にはまだ平仮名・片仮名が発明されていなかったため、漢文をそのまま用いたり、漢字の字音で日本語を表わす万葉仮名が用いられた。ここは漢文。

＊「三吉野乃多芸都河内之大宮所」『万葉集』巻六・雑歌・九二一の下の句。上の句は「万代に見（み）とも飽かめやみ」。表記は万葉仮名。「たぎつかふち」は〈たぎり立つ深い川〉の意。

＊三船山　吉野町菜摘の南東にある標高四八七メートルの山。宮滝の吉野川を挟んだ対岸。

『万葉集』巻三・二四二などに出る。

＊秋津の野辺　柿本人麿（かきのもとのひとまろ）の『万葉集』巻一・雑歌・三六に出る。秋津（あきづ）は吉野離宮のあった土地の古名。

＊うたたねの橋　吉野山の象谷から流れ出る喜佐谷川（古名・象の小川）が吉野川に流れ込む河口にかかる小さな橋。平安時代の『恵慶（えぎょう）法師家集』や『枕草子』にも登場し、義経より古い。

＊樋口　宮滝と吉野川を挟んで向かい合う対岸の地。

二八

＊桜木の宮　喜佐谷川の下流東岸、吉野川への合流点から五〇〇メートル上流にある。

＊苔の清水、西行庵　いずれも吉野山金峰神社から右へ約五〇〇メートルの所にあり、西行が一時、庵を構えたことがある。西行の歌「とくとくと落つる岩間の苔清水くみほすほどもなきすまひかな」で知られ、芭蕉の『野ざらし紀行』にも出る。

＊「峰の白雪蹈み分けて入りにし人」　静御前が、源頼朝および政子の命によって、鶴岡八幡宮で舞を舞った際に唄った歌「吉野山峰の白雪踏み分けて入りにし人のあとぞこひしき」の一節で、義経を指す。『義経記』巻六「静若宮八幡宮へ参詣の事」や『吾妻鑑』に出る。

＊中院の谷　吉野山の尾根の西南面の岩倉千軒・鎌倉千軒に続く斜面の下り谷を言う。蔵王堂の奥、勝手明神と子守（水分（みくまり））神社の間にあり、『義経記』で義経が身を潜めた所とされている。

＊峰のあらし　歌語。単に「峰」と言うにほぼ同じ。峰を吹く風の音が聞こえる淋しい場所をイメージさせる。

二九 ＊落人　戦いに負けるなどして人目を忍んで逃げて行く人。ここは、頼朝に追われる義経。

＊五六丁　一丁は約一〇九メートル。

＊台棟　大阪府や奈良盆地の切妻造りの民家で、大屋根が草葺きで、庇が瓦葺きのものを台棟造りと言う。ここでは、その大屋根の部分。

＊出居　農家で、接客用の座敷を言う。

＊前通りの　表に面した、の意。

＊刺を通ずる　名刺を出すか、名前を名乗って面会を求めることを言う。

＊微禄　落ちぶれること。

三〇 ＊潔斎　酒・肉・五辛（ニンニク・ネギ・ニラ・アサツキ・ラッキョウ）などの飲食を慎み、淫欲を断ち、沐浴などをして身を清めること。

＊秋蚕　七月下旬から晩秋にかけて飼う蚕。

＊納戸　寝室、または物置に使われる部屋を言う。

三一 ＊靫　矢を納める細長い筒。

＊瓶子　酒を入れて注ぐのに用いる容器。

＊五条御代官御役所　幕府が吉野の天領を管理するため、寛政二年（一七九〇）に五条村（現・五条市）に建てた。

＊内藤杢左衛門　嘉永二年（一八四九）から安政五年（一八五八）、病死するまで五条の代官を勤めたことが記録に残っている。

＊安政二歳次乙卯　「歳次乙卯」は、「歳乙卯に次る」と読む。木星が約十二年で天を一周することから、中国の天文学で天を十二に区分し、十二支を配当し、木星（歳星）の位置でその年を表した。西暦一八五五年に当たる。

＊壬申の乱　壬申の年に当たる西暦六七二年に、天智天皇の弟である大海人皇子と天智天皇の長男・大友皇子とが、皇位継承をめぐって起こした一カ月に及ぶ内乱。敗北した大友皇子は自殺し、大海人皇子が即位して天武天皇となった。

＊村国庄司男依　正しくは村国男依（?～六七六）。壬申の乱の際、大海人皇子側に立ち、大友皇子を攻撃する主力軍の将軍に任命され、大津宮を陥落させた。その功により、乱後、連姓が与えられ、村国連男依と呼ばれる。その出身地は美濃国（岐阜県）各務郡の村国郷。『倭名類聚抄』によれば、大和国（奈良県）添下郡にも村国郷があったが、吉野郡にあったという記録はない。また「庄司」は、前出「荘司」と同じで、荘園制の発達した平安中期以降の名称なので、村国男依とは時代が合わない。

三二

＊義経の歌と云うものがあるのを知らない　『義経記』には義経の歌が出るが、真作とは信じがたい。

＊ここで死んだことになっている　史実では、『吾妻鑑』から、吉野山で捕まり、一旦、鎌倉に送られた後、京に送り返されたことが判明しているが、以後は分かっていない。

ている。

『義経記』では、天龍寺のそばの草庵で尼となり、二十歳の秋に亡くなったことになっている。

*頃をい　ころおい。旧仮名遣いでは「頃ほひ」とあるべき所。

*蓮如上人　本願寺の第八代住職（一四一五〜九九）。近畿・北陸の農民に対して積極的な布教活動を行い、それまで不振だった本願寺教団を、一大勢力とした。吉野へも、寛正年間（一四六〇〜六五）から布教に訪れ、一四六八年には下市に御坊（のち願行寺）を、一四九六年には、飯貝（上市）に本善寺を建てた。

*化益　衆生を教え導き、仏教の利益にあずからせること。

*左右なく接引　「接引」は「承引」の意味であろう。無造作に承知し、引き受ける。

*西生寺　菜摘村に現存。「菜摘邨来由」に出る静井戸もこの寺にある。

*贈正一位大相国公尊儀　徳川家の家紋である葵（あおい）の紋があること、太政大臣（大相国はその唐名）であること、没後に正一位を追贈されていることなどから、徳川家康または徳川家斉（いえなり）の位牌と考えられる。菜摘村をはじめとして、吉野の多くは、江戸時代、徳川幕府の直轄地（天領）だったので、その関係で家康の位牌を所持したのであろうか。なお、「尊儀」は貴人の位牌を敬って言う言葉である。

三三

*帰真　松誉貞玉信女霊位　「帰真」は迷いを脱して真理に帰ることから死を言う。「誉」は浄土宗で用いる法号。「霊位」は位牌。「梅鉢の紋」は菅原道真や加賀前田家の家紋でもあるが、「信女」は身分の高い女性には用いられない。年代からも、静御前のもので

ありえないことは言うまでもない。
＊元文二年巳年　西暦一七三七年に当たる。
＊壬「壬」は「みずのえ」とも読むが、この場合は「閏」の「門がまえ」を略した略字。旧暦（太陰暦）では、季節と暦のずれが大きいために、年によっては、同じ月を二度繰り返す閏月を設ける必要があった。元文二年の場合、閏十一月があった。

三四　＊吾妻鑑　鎌倉幕府の歴史を編年体で記述したもの。静御前については、吉野山で発見されたこと、鎌倉に送られたこと、鶴岡八幡宮の回廊で舞を舞ったこと、京に送り返されたことが出ている。
＊平家物語　平家一門の栄枯盛衰を描いた軍記物語。琵琶法師によって語られた。成立年代・作者とも未詳。なお、『平家物語』では、義経は活躍するが、静御前のことはほんの少ししか出て来ない。
＊上﨟「﨟」はもと僧侶の修行の回数を数える語で、高僧の意味から転じて高貴な女性を言う。

三五　＊火入れ　煙草を吸うための炭火などを入れておく小さな器。
＊琅玕　中国で、暗緑色・半透明の美しい石を言う。
＊樽柿　酒の空き樽に入れて、渋みを抜いた柿。

三六　＊菴摩羅果　サンスクリット（古代インド語）でマンゴーのこと。

三七　＊竹田出雲　二世竹田出雲（一六九一～一七五六）のこと。『菅原伝授手習鑑』『義経千本

桜』『仮名手本忠臣蔵』など、優れた作品が多い。『義経千本桜』は延享四年（一七四七）初演。従って宝暦年間（一七五一～六四）より以前になる。

三八 ＊柴橋　喜佐谷川が吉野川に合流する地点のやや東、菜摘村と宮滝集落との間にかかる。元は簀橋（すのこはし）と呼ばれ、長さ七間、幅四、五尺。現今は鉄橋となり、柴橋と呼ばれる。

＊和州巡覧記　貝原益軒（一六三〇～一七一四）による地誌考証的旅行記。元禄九年（一六九六）刊。

＊五間　一間は約一・八メートル。

＊一丈　約三メートル。

三九 ＊百文　文は江戸時代の銅銭の最小単位。

＊宇陀郡　吉野郡の東北に位置する。吉野山へは西北斜面の方から登るのが順路であるが、宇陀郡からだと東北斜面から登ることになり、その場合は、宮滝や菜摘村が登口になる。

四〇 ＊島の内　大阪市南区の地域名。東西南北を東横堀・西横堀・道頓堀・長堀の四つの運河で囲まれていたから言う。大阪の代表的な問屋街。

四一 ＊御料人様　大阪での発音は「ごりょんさん」。商家など中流家庭の若奥様の称。

＊ぼんち　坊ちゃんの意。

四二 ＊浄瑠璃　語り物音楽の一つ。その名前は、初期の人気作品が浄瑠璃姫と牛若丸の恋物語だったことによる。十五世紀に発生し、後に三味線音楽および人形劇と結び付き、大阪に義太夫節を発生させ、近松門左衛門を得て大発展を遂げ、また歌舞伎と結びついて、江戸に常磐津節や清元節などを生んだ。本来、「浄瑠璃」はこれらの総称であるが、大阪ではもっぱら義太夫節を言い、津村もその意味で用いている。

*生田流 生田検校(一六五五〜一七一五)に始まる流派で、天明年間(一七八一〜九)に江戸で誕生した山田流と、日本の箏曲界を東西に二分した。

*地唄 三味線音楽の一種。京阪で生まれ、地元の歌という意味で地唄と呼ばれる。江戸では上方歌と呼ばれた。

*盲人の検校 江戸時代には、視覚障害者に特別の保護が与えられ、琴・三味線を教えることや鍼灸・按摩などを職業とすることは、彼等にのみ認められていた。視覚障害者は特権的職能団体を作っており、検校はその中でも最高の地位であった。

*「狐噲」 多門庄左衛門作詞、岸野次郎三作曲。題は狐の鳴声を模したもの。釣狐物の能狂言あるいは信田妻物の歌舞伎狂言から出たものと言われる。母親の病気を治すために招いた法師が、母親に恋慕する狐の化けたものだったため、追い払うという内容。だが、谷崎潤一郎は、母が狐だった事を知られて逃げて行く、と誤解している。なお、歌詞の所々に見える「合」は、そこに楽器だけで演奏する合いの手が入るという印である。

四四 *文楽座 寛政年間(一七八九〜一八〇一)に植村文楽軒が始めた人形浄瑠璃の一座。明治五年、新開地の松島へ移転した際、初めて正式に文楽座を名のった。明治十七年、御霊社境内に移り、明治四十二年、松竹に経営権を譲渡した。津村の母が亡くなったのが明治二十四年で、その時、津村が三、四歳ぐらいだったことを考えると、ここで言われるのは御霊社境内の時代である。

＊堀江座　一七六六年に大阪の北堀江に作られ、明治六年から人形浄瑠璃専門に興行していた。明治四十五年、近松座に併合され、大正三年廃座。

＊葛の葉の子別れの場　初世竹田出雲作浄瑠璃『芦屋道満大内鑑』の四段目。一七三四年初演。全体のストーリーは、左大将橘元方と参議小野好古がそれぞれ娘を朱雀帝に入内させて対立していると、白虹日を貫く天変があり、今は亡き天文博士・加茂保憲の秘伝書「金烏玉兎集」を、二人の高弟・芦屋道満と安倍保名のいずれかに与えて占わせることになった。しかし、道満は元方、保名は好古に仕えているため、元方側はこの秘伝書を盗み取り、ために保憲の養女・榊の前は自害。榊の前の恋人だった保名は狂乱する。しかし保名は、信田明神で、榊の前と瓜二つの妹・葛の葉に出会うと正気に戻り、婚約。そこへ元方側の石川悪右衛門に追われて逃げて来た白狐を保名が助け、重傷を負うが、葛の葉（実は白狐）が戻って来て介抱し、二人は一緒に暮らし始める。やがて二人の間には男の子（安倍の童子）が生まれるが、本物の葛の葉が訪ねて来たため、白狐は信田の森へ帰って行く。子供は、陰陽道の名人・安倍晴明となり、元方側に殺された父・保名を生き返らせ、元方の陰謀を防いだ道満と共に、天下の博士と称えられる。

＊「恋ひしくば訪ね来てみよ和泉なる――」　下の句は「信田の森のうらみ葛の葉」。和泉の国は大阪府の堺市以南。信田の森は現・和泉市内、信太山北端にある。

四五

＊待合　芸娼妓を呼んでする遊興や、男女の密会のために部屋を貸す店。待合茶屋。

四六　＊在所　田舎にある実家。

四七　＊河内　大阪市の東隣に南北に広がる地域の古名。北は枚方(ひらかた)市から、南は河内長野市までが、ほぼ該当する。

＊船場　古くから大阪における商業・金融の中心地となり、豪商が軒を並べてきた地域。北は大川・土佐堀川、南は長堀川、東西は横堀川に囲まれた一角で、現在の大阪市中央区の北部。

＊忠臣蔵の六段目　人形浄瑠璃および歌舞伎の『仮名手本忠臣蔵』の六段目。五段目からのストーリーを述べると、塩冶判官(えんやはんがん)の家来・早野勘平は、判官の切腹後、恋人お軽の実家、与市兵衛・おかやの山崎の家に身を寄せていた。与市兵衛は、勘平が仇討ちに参加するための金を用立てようと、お軽を祇園(ぎおん)に遊女に売る。が、帰り道で斧定九郎(おのさだくろう)に殺され、その金を奪われる。勘平は猪撃ちに出て、闇夜に誤って撃ち殺した男の懐中から金を奪い、仇討ちに参加する資金として千崎弥五郎に渡す（以上五段目）。家に戻って見ると、祇園からお軽に迎えが来ていて、その話から勘平は、自分が与市兵衛を殺したと思い込む。そこへ与市兵衛の死骸が運び込まれ、姑おかやと、続いて訪ねて来た千崎弥五郎・原郷右衛門(ごうえもん)に責められ、切腹。しかし、与市兵衛の傷が刀傷だったことから、勘平の殺した男は斧定九郎と判明。勘平は許され、仇討ちの連判状に血判を押して死ぬ（以上六段目）。「深編笠の二人侍」は、千崎弥五郎・原郷右衛門で、討入りまでの秘密保持のため、顔を隠している。下座は歌舞伎の伴奏音楽のこと。山崎は京都府乙訓(おとくに)郡大

山崎町大山崎と大阪府三島郡島本町山崎にまたがる地域。

四八

＊尋常二三年　尋常小学校の二年または三年生。尋常小学校は、明治五年から昭和十五年まで存在した初等教育機関で、高等小学校に対して言う。満六歳で入学し、初期は四年制、明治四十年からは義務教育が六年になったことに伴い、六年制となった。

＊南海電車　大阪市の難波駅と和歌山市を結ぶ区間を本線とする南海電鉄のこと。昭和初年には、葛の葉稲荷から西へ約二キロ（半里）の所に南海本線の葛葉駅があった。

＊ガタ馬車　ガタガタ音を立てて走る粗末な乗合馬車。

＊楠の大木　葛葉稲荷神社の拝殿の傍にある幹廻り七メートル半、高さ八メートル半の大楠。樹齢一千年の古木で、花山天皇の熊野行幸の際、千枝(ちえ)の楠の名を賜ったと伝える。この楠と信田の森は、平安時代から歌枕になっていた。姿見の井戸も現存する。

＊押絵　美しい色の布に芯を入れて人物などをかたどり、板などに張り付けたもの。羽子板などに用いる。

＊雀右衛門　大阪歌舞伎の名跡。津村の尋常二三年は明治二十八、九年頃であるから、ここは二世中村雀右衛門（一八四一～九五）と推定される。明治八年に襲名し、立役・敵役・女方を兼ねた。

＊河内木棉　江戸時代に河内を中心とする地域で、農家の換金作物として盛んに作られた手作り・手紡ぎ・手織りの木綿類。同じ頃、信田の森のある和泉の国でも、木綿作りは盛んだった。

四九　＊哀別離苦　愛別離苦が正しい。愛するものと別離する苦しみ。仏教で人間の苦しみを八つに分類した八苦の一つ。

＊馬方三吉の芝居　人形浄瑠璃・近松門左衛門作『丹波与作待夜小室節』の改作『恋女房染分手綱』のこと。全体のストーリーを述べると、大名・由留木家家臣・伊達与作は、若殿の命で祇園の芸子を請け出す筈だった金三百両を悪人に奪われたため、横領と疑われて追放され、今は賤しい馬方（馬で人や荷物を運ぶ仕事）をしながら三百両の調達に苦心している。由留木家に腰元として仕えていた重の井は、与作と密通し、子を成したことが知れて、死罪になる所を、父が切腹したことと、丁度、由留木家に調姫が生まれたことから許されて、姫のお乳の人となる（以上九段目まで）。時は流れ、調姫は嫁入りが決まったが、まだ幼いので、出立間際になってイヤと言い出す。それをなだめるために呼ばれたのが自然生の三吉という子供の馬方。褒美を与えようとした重の井は、三吉が自分の子であることを知るが、由留木家の体面を考えると、馬方の母と名乗る訳に行かず、泣く三吉を心を鬼にして追い返し、姫と共に旅立つ（以上十段目「道中双六の段」「重の井子別れの段」）。

＊裲襠　近世、武家婦人の秋から春にかけての礼服。着物の一番上に羽織った裾の長い小袖の着物。

五〇　＊狂言　浄瑠璃や歌舞伎の脚本。

＊千本桜の道行　『義経千本桜』の四段目「道行初音旅」。静御前が狐の化けた忠信と共に、

吉野にいる義経を訪ねる道中を描く。

五一　*温習会　舞踊や音曲などの修業の成果を発表する会。

五二　*文久三年　西暦一八六三年。

　　*今橋　現・大阪市中央区今橋。

五三　*狭斜の巷　もと中国長安の道幅の狭い町に遊里があったことから、芸者・娼婦の集まっている歓楽街（花柳街）を言う。

　　*琴唄　琴を伴奏にして歌う歌謡。一般に三味線音楽より優雅高尚な歌謡と考えられた。

　　*お家流　鎌倉時代に伏見天皇の皇子・尊円法親王が創始した穏和で流麗な書法。江戸時代には、幕府の公用書体とされ、また、崩し方が平易で習いやすいため、広く庶民階級にも広まった。

五四　*茶屋酒　遊廓などの、遊女や芸者をはべらせて飲食・遊興のできる場所（これを茶屋と言う）で飲む酒。

　　*岡惚れ　遠くから秘かに恋い慕うこと。

　　*小袖簞笥　小袖の着物など、衣類を入れる簞笥。

五五　*奥許し　芸事・習い事で、師匠から奥義・極意を伝授されること。

　　*首尾　男女が逢い引きすること。

　　*こなた心　「私の心」の意。

　　*ひとかたならぬ御事　大変なこと。熱烈な愛の告白や結婚の申し込みなどであろう。

＊新町　十七世紀中頃に作られ、昭和三十一年、売春防止法によって廃止されるまで続いた新町遊廓のこと。江戸の吉原、京の島原と並び称される三大遊廓の一つで、現在の大阪市西区にあった。九軒町は、新町遊廓を構成する七つの町の中の一つ。なお、大阪が市になったのは明治二十二年だから、大阪市としたのは誤り。新町には遊女と芸者が居たが、谷崎潤一郎の嶋中雄作宛書簡（昭和四年十二月七日）から、作者は遊女のつもりだったことが分かる。津村の母が遊女だったとすれば、十一、二歳で粉川氏に売られ（後出）、一〜二年の禿（かぶろ）（遊女の見習い）時代を経て遊女になり、すぐに津村の父に見初められ、結婚したと考えられる。芸者とすれば、二年ほど下地っ子として仕込みを受けた後、半玉として座敷に出て、津村の父と知り合ったことになる。

＊ゆへ　「ゆゑ」と書くべき所。他にも「向ひ」を「向い」、「かは（変）らせ」を「かわらせ」、「やう（様）」を「よふ」、「くらう（苦労）」を「苦ろふ」、「あ（会）ひ」を「あい」、「ゐ（居）て」を「いて」、「を（居）る」を「おる」、「やま（病）ひ」を「やまい」、「きたう（祈禱）」を「きとう」など、おすみの母の手紙には、仮名遣いの誤りがある。

五六　＊館　芸娼妓を抱えている置屋を言う。

＊行燈　木や竹の枠に紙を張り、中に油皿を置いて火を灯す室内照明器具。江戸時代から用いられ、明治以降、次第にランプに取って代わられた。

＊ひろ　成人男子が左右に両手を広げた時の長さ。四尺五寸（一・三六メートル）とする

場合と、六尺（一・八メートル）とする場合がある。

五七　＊「子をおもふおやの心はやみ故にくらがり峠のかたぞこひしき」　古来有名な藤原兼輔の歌「人の親の心は闇にあらねども子を思ふ道にまどひぬるかな」（『後撰和歌集』）を踏まえた歌。「やみ」と「くらがり」は縁語。大意は〈子供を思う親心は理性を失っているから、大阪との境を成すくらがり峠の方角が恋しく思われることだ〉。

＊くらがり峠　暗峠。河内枚岡から生駒山麓を抜けて大和に出る奈良街道の要所。

五八　＊蜀魂　古代中国の蜀の国の望帝が、恨みを呑んで他郷に死んだ時、その魂がホトトギスに化して、血を吐くような悲痛な声で、不如帰去と泣いたという中国の伝説から、「蜀魂」「不如帰」がホトトギスの異名となった。

＊命婦之進　「命婦」は中級の女官の呼称。稲荷神を女神とする伝承から、その御使いとされる狐を女官に準じて「命婦」と呼びならわした。「進」は中宮職などの三等官。「何左衛門」「何之介」の如く官職名に準えて付けた名前を百官名と言うが、「命婦之進」もそれである。

＊いつしん　信仰の意。一心。

五九　＊御屋しろ　神をまつる場所。

＊勧進　「勧請」の誤りであろう。「勧請」は神仏の分身・分霊を他の地に移し、まつること。天神・八幡・稲荷などの神社が各地にあるのは、勧請の結果である。

六〇　＊「昔の人の袖の香ぞする」『古今和歌集』巻三・夏歌・一三九・よみ人しらずの歌で、上の句は「五月(さつき)待つ花橘(はなたちばな)の香をかげば」。大意は〈五月を待って咲く橘の花の香りをかぐと、以前、親しくしていたあの人が、袖にたきしめていた香の匂いがする〉。引用は、「手紙に母の肌の匂いが染み込んでいる」という意味に用いられている。

六二　＊籬　竹や柴などで目を荒く編んだ垣。

＊字　地名の一種で、比較的狭い地域の名称を言う。明治以降、江戸時代の村名・部落名を大字、さらに狭い地域名を小字と呼ぶ。

六三　＊蒸籠　釜の上にはめて糯米(もちごめ)・団子・饅頭(まんじゅう)などを蒸す容器。木製で、底を簀(す)の子(こ)にして、湯気を通す仕組みになっている。

＊すがれた　盛りを過ぎた。しおれ、枯れた。

六四　＊遅疑　疑い迷ってためらうこと。

六五　＊茶屋女　茶屋に勤め、酌や給仕をする女だが、売春もする者が多かった。

＊喰焼奉公人　天保の改革の際、一旦禁止された旅籠屋の下級売春婦が、再び許された際の呼称で、明治初期まで大阪で用いられた。新町のような公認の遊廓には用いない。恐らく作者は、色里への年季奉公が実質的には人身売買であり、死んだ場合も両親などが文句を付けることが出来なかった事から、食おうが焼こうが（殺そうが）主人の勝手という意味で用いたのであろう。

六七　＊手札型　写真のフィルムや印画紙などの大きさで、約八センチ×十・五センチのもの。

＊油単　風呂敷の大きなものを言う。

＊本間の琴　本間は正式とされるサイズのことで、生田流では六尺三寸（約一九一センチ）、関東の山田流では、六尺（約一八二センチ）を本間とする。なお、芸者は三味線しか弾かないのが普通であるが、遊女の中でも最高級の太夫（吉原では早く滅びたが、新町には明治まで続いた）には、琴・三味線・和歌・書道などの嗜み（たしなみ）が求められ、禿（かぶろ）時代から稽古させた。

六八

＊甲　琵琶・三味線など弦楽器の胴の膨らんだ部分を言う。

＊磯　琴の左右の側面の垂直になった部分を言う。

＊住吉　住吉大社のこと。大阪市住吉区住吉二丁目にあり、航海の守護神・和歌の神として知られる。かつては直接、大阪湾に面しており、住吉の松林は歌枕となっていた。鳥居は住吉鳥居と呼ばれる特色のあるもの。高燈籠は、高い櫓（やぐら）の上に火を灯もし、船の目印とする燈台。本殿の手前にある赤い欄干の太鼓橋（反橋）も有名。なお、ここで住吉を持ち出したのは、母を亡くした娘が継母に迫害されて住吉に逃れるが、最後には幸福になるという『住吉物語』を連想させるためであろう。

＊磯馴松　海の強い潮風のため、枝や幹が低くなびき傾いて生えている松。

＊海　琴の頭部の末端部分。

＊龍角　琴の頭部と尾部に設けられた弧状の駒で、胴面からの高さは一・八センチほどである。二つの龍角の間に絃を張り、更に絃の途中に琴柱（ことじ）を立てる。

＊四分六　龍角を安定させ、心座（絃を胴の内外に通すための穴）を固定するための部分

品。龍角と同じ材料で作り、龍角の周囲の胴面にニカワ付けする。外側六分、内側四分の割で幅を取るのでこう呼ばれる。

＊千鳥　チドリ科の鳥の総称。海や川の水辺に住む。古来、しばしば歌に詠まれて来た。

＊荻布　琴の尾部の布張りの部分。

＊柏葉　厚さ三ミリほどの紫檀・象牙等の板に、同じ厚さの桜の板で裏打ちしたもので、装飾として琴の尾部に張る。柏の葉の形に似ているのでかく言う。

＊五色の雲　五色に輝く雲。吉兆とされた。

＊塩瀬　羽二重風の厚地の織物。帯地・袱紗(ふくさ)・羽織地などに用いられる。

＊「二十五絃弾月夜」「不堪清怨却飛来」　銭起の七言絶句「帰雁」の転句と結句。『唐詩選』巻七所収。「二十五絃」は瑟(しつ)という中国古代の大型の琴。全体の大意は、〈瀟湘(しょうしょう)は水も砂も美しいのに、なぜ雁はこの地を見捨てて帰るのか（以上、起句・承句）。きっと、湘水の女神が、月の夜に二十五絃の瑟を弾くので、その清く哀れな音に堪えかねて、北に飛び去るのであろう〉。雁は、秋に南に渡り、春には北に帰るところからかく言う。

＊聯　漢詩の対句を分けて書き、左右の柱に掛けるもの。

＊「雲みちによそへる琴の柱をはつらなる雁とおもひける哉」『義経千本桜』四段目「河連館の段」冒頭に、不遇な義経を見捨てない雁に琴柱を見立てた一節《春は来ながら春ならぬ九郎判官義経を御慰(なぐさめ)の琴三味や（中略）柱(ことじ)に立(たつ)る鴈金(かりがね)も春を見捨てぬ志(こころざし)げに頼もしきもてなし也》がある。これに基づいて、作者が作った歌であろう。大意は〈雲

の道をまね装う琴柱を見て、列をなして飛ぶ雁かと思ったことだ〉。銭起の「帰雁」も、この歌と取り合わせるために選んだと推定される。作者は琴柱の雁に津村を見捨てぬ亡き母をなぞらえ、この琴をもう一つの初音の鼓としたのであろう。

六九　＊（挿絵注）　一段目右から「海」「甲」「箏の名どころ　道柳子うつす」二段目右から「鼈甲（べっこう）」「龍角」「四分六」「琴柱」「四分六」「龍角」「鼈甲ノ下ニ天人ノ絵」「柏葉」「荻布」三段目右から「海」「甲」「甲」「赤白青三段ノ金襴」四段目右から「千鳥ノ蒔絵」「磯」「住吉ノ景色」「松竹梅ノ蒔絵」「磯」「海龍角、四分六ヨリコ、ラ一面ニ千鳥ノ蒔絵」

七〇　＊琴爪　琴を弾くに際して指先にはめる象牙などで造った爪。右手の親指・人差し指・中指にはめるものだが、母の指は細いので、津村は小指にはめてみたのである。

＊堅木　材質の堅い木。ナラ・カシ・クヌギ・ケヤキなど。

七三　＊君の初音の鼓　狐忠信にとって初音の鼓がそうであったように、その娘（お和佐）が津村にとって死んだ母の身代わりだということ。

七五　＊電燈　白熱電燈による照明は、明治十八年に初めて輸入されたが、電球の寿命が短く、高価だったため、明治末年頃には、東京などでもまだランプを使用している家が多く残っていた。

＊桑　桑の葉は蚕の餌に用いられるので、養蚕の行われる地方には、多く植えられていた。

七六　＊コールタール〔coal tar（英）〕石炭からとれる黒いねばねばした液体で、当時は主に木材の防腐剤として用いられていた。近年は「コールタール」と呼ばれる。

＊小倉宮　正確には、後亀山天皇の皇子・恒敦親王の子。一四二八年、室町幕府が持明院統と大覚寺統から交互に天皇を出すという約束を破ったことを憤り、一時、挙兵したが、破れて和睦した。宮の霊を祀った現・吉野郡川上村字東川の住吉神社の後ろの丘がその墓と伝えられている。

＊小橡の龍泉寺　吉野郡上北山村字小橡に現存する滝川寺(りゅうせんじ)のこと。龍泉寺は旧称。自天王がここを御所としたと伝えられる。

＊北山宮の御墓　大逆事件で天皇崇拝の強化が急がれた明治四十五年一月に、宮内省が滝川寺の墓を北山宮（自天王）のものと認定した。しかし、川上村では金剛寺のものを自天王の墓と信じている。

七七　＊木の本　熊野灘に臨む旧・三重県南牟婁郡木本町。現在は熊野市内。

＊五色温泉に宿を取り　五色温泉は吉野川上流の本沢川の岸に湧いている野天風呂で、宿泊施設は全くなかった。ここで宿を取ったとするのは、作者の誤り。

七八　＊木馬　今日、体操競技に用いられるあん馬に似た体操器具。

七九　＊御前申す　実在する。ただし二の股と入之波の中間にある。

＊べろべど　不明。「どどろ」または「べどろ淵」という地名を谷崎が聞き違えたものか。

八一　＊「逃れ来て身をおくやまの柴の戸に月と心をあはせてぞすむ」「おく」は「身を置く」

と「奥山」の掛詞。「すむ」は「澄む」と「住む」の掛詞。大意は〈討手を逃れて山奥の柴の戸のあるような粗末な住家に身を置いてはいるが、美しい月と同じように澄みきった心境で住んでいることだ〉。この歌は、林水月著『吉野名勝誌』に紹介されている。

八二　＊鉄砲風呂　大きな風呂桶の中に置いた鉄または銅の筒の中で火をたき湯を沸かす風呂。

＊コーン、コーン　狐の鳴き声を暗示するものと推定される。

＊材料負け　材料が豊富すぎて、処理しきれないこと。

盲目物語

ページ
八五　＊長浜　現・滋賀県長浜市。琵琶湖東岸北部に位置する。もとは今浜と呼ばれたが、一五七五年、豊臣秀吉が城を築いて、長浜と改称した。

＊天文にじゅう一ねん　西暦一五五二年。

＊当年　語り手の弥市が数え年六十六歳という所から、元和三年（一六一七）と分かる。これは、大坂夏の陣で豊臣氏が滅亡し、『盲目物語』のお茶々（秀吉の側室・淀の方）が自害した二年後、徳川家康が死んだ翌年に当たる。

＊小谷　浅井氏の本拠地。滋賀県東浅井郡湖北町伊部の小谷山。高さは四九五メートル。長浜からは約十キロ北。その山麓（さんろく）を美濃から北国へ抜ける街道が通っており、交通の要衝であった。小谷城は堅固な山城として知られた。

八六　＊浅井備前守長政公　（一五四五～七三）。浅井下野守久政と井の口殿の子。幼名・猿夜叉。のち新九郎賢政。祖父は京極氏から実権を奪って大名となった浅井備前守亮政（?～一五四二）。

＊下野守久政公　（?～一五七三）。『寛政重修諸家譜』では享年六十二とする。

＊えいろく二ねん　永禄二年は西暦一五五九年。この年正月、猿夜叉は十五歳で元服。六角義賢から一字を貰い、新九郎賢政を名乗る。父・久政の命により、佐々木抜関斎（六角義賢）の老臣・平井加賀守定武の娘と一旦は結婚するが、すぐに離別。同年、六角義賢との戦いに勝利し、名を長政と改めた。

＊佐々木抜関斎　佐々木氏は、宇多天皇の子孫と伝えられ、泰綱の代に、泰綱が六角、その弟・氏信が京極を名乗り、近江（現・滋賀県）の南半分（江南）を六角氏、北半分（江北）を京極氏が、守護大名として支配するようになった。佐々木抜関斎とは、六角義賢（一五二一～九八）の別名。浅井氏は、京極氏の家臣から生長して、亮政の代に主家を追放して江北の大名となり、以来、江南の六角氏と対峙していた。

八八　＊井の口殿　『浅井三代記』によれば、井の口殿は、一五二一年、浅井亮政が六角定頼との戦いに敗れた時、亮政の身代わりになって切腹した井の口弾正忠経元の娘。浅井久政の妻、長政の母。史実としては、浅井氏滅亡に際して信長に惨殺された。なお、一々は注しないが、『盲目物語』の前半は『浅井三代記』、後半は『太閤記』が主たる種本となっている。

＊竹生島　琵琶湖の北部、葛籠尾崎の南二キロにある小島。滋賀県東浅井郡びわ町に属する。

＊信長公　織田信長（一五三四〜八二）。織田家家老・織田信秀の子として生まれ、尾張を統一した後、今川義元を桶狭間に破り、美濃を攻略し、足利義昭の依頼を受けて、一五六八年、三好三人衆に擁立された十四代将軍義栄に換えて、義昭を将軍に擁立した。しかし、信長が政治上の実権を握ることを嫌った義昭は、浅井・朝倉・武田らの諸大名や本願寺を誘って、反信長戦線を結成。そこで信長は、徳川家康の応援を得て、一五七〇年、姉川で浅井・朝倉連合軍を破り、一五七三年には室町幕府を打倒し、朝倉・浅井を相次いで滅亡させた。その後、武田勝頼を長篠の戦いで破り、近江の安土に城を築き、畿内を平定し、天下統一へ向けて、中国・四国・九州地方への攻撃を開始しようとした所で、明智光秀の反乱にあい、自刃した。

＊お市　（?〜一五八三）。織田信長の妹。美人として知られる。天下統一を目指していた信長は、都にのぼり、朝廷と室町幕府を押さえるために、妨げとなる近江の有力大名・浅井長政を味方に付けようと、一五六七年末か翌年初めに妹お市を嫁がせた（作者は永禄十一年（一五六八）春としている）。しかし、長政は朝倉とともに、一五七〇年の姉川の戦いなどで信長に敵対したため、一五七三年、信長は長政を攻め滅ぼし、お市は信長のもとに帰った。明智光秀が秀吉に滅ぼされた後の清洲会議で、織田信孝の尽力もあって、お市は柴田勝家と再婚することになり、信孝の拠点である岐阜で婚儀を執り行っ

た後、勝家の居城・越前北ノ庄城に移った。しかし、翌年、勝家は秀吉に攻め滅ぼされ、お市も共に自害した。享年は定かでないが、三十代後半と推定される。

＊観音寺城　六角氏の居城。滋賀県蒲生郡安土町と神崎郡の五箇荘町・能登川町の境にある標高四三二メートルの繖（きぬがさ）山山腹に築かれていた。後年、すぐそばの安土山に信長が安土城を築いた。

＊仕置き　処置すること。政務を担当すること。

＊朝倉　越前の戦国大名。『浅井三代記』によれば、一五一七年、京極氏に反旗を翻した浅井亮政を京極・六角の連合軍が攻め滅ぼそうとした時、亮政は朝倉貞景に加勢を求め、その援軍の力を借りて、京極・六角勢を打ち破り、江北の支配権を確立した。また、一五二一年、斎藤道三・六角定頼の攻撃を受けた時にも、朝倉の援軍によって危機を脱した。浅井長政の時代には、朝倉氏五代当主として、朝倉義景（一五三三〜七三）が越前一乗谷の城に住んでいた。

八九

＊御料人　貴人の娘に対する敬称。

＊お茶々　浅井長政とお市の方の長女（?〜一六一五）。豊臣秀吉の側室・淀殿となり、秀頼を産むが、大坂の陣に敗れて自害した。

＊太閤　豊臣秀吉（一五三七〜九八）のこと。百姓の子に生まれ、織田信長の草履取りから次第に出世した。最初は木下藤吉郎と名乗っていたが、浅井長政を滅ぼし、その領地を得た一五七三年以後、信長の重臣・丹羽長秀と柴田勝家にあやかって、羽柴筑前守秀

吉と名乗る。本能寺の変後、迅速な行動力で明智光秀を滅ぼし、信長没後の主導権を握ると、柴田勝家を滅ぼし、徳川家康とは講和を結び、天下を統一。関白・太政大臣の位に昇って、豊臣姓を名乗った。太閤とは、関白を我が子に譲った者の称号で、秀吉の場合は、一五九一年暮れに、関白を養子・秀次に譲って以降の呼び名である。

九〇　*女中　婦人を敬って言う語。

*御簾中　常に簾（すだれ）の奥にあって生活する大名の夫人などを敬って言う語。ここはお市の方を指す。

*猿楽の太夫　猿楽は、奈良時代に中国から伝わった散楽（さんがく）が滑稽を中心とする芸能へ転化したもので、その中から室町初期に観阿弥・世阿弥父子が現われ、芸術的な歌舞演劇へと飛躍的な発展を遂げるが、呼び名は明治十四年に能楽と称するまで、猿楽のままだった。従って、ここは今日の能役者の意味である。

九一　*三味線がいまのようにひろまってはおりませんで　三味線は、永禄年間（一五五八〜七〇）に琉球（りゅうきゅう）の蛇皮線から改造され、寛永年間（一六二四〜四四）に大成されたと言われる。

*かずけ物　貴人が褒美として与える衣服などを言う。貰った者はこれを左肩に掛ける（これを「かづく」と言う）のが作法だったので、かずけ物と呼ぶ。

九二　*忍ぶ軒端に……　『閑吟集』六八番の歌。ただし、「こゝろに」は、「こゝろの」が正しい。大意は〈貴女の所へ忍んで通う道の軒端にはね、瓢簞を植えておいてね、這わせて

生らすなよ。風に実が揺れると、心も一緒に浮かれてしまうから。〉

九三　＊あら美しの塗壺笠や……　『閑吟集』四八番の歌。ただし、「えいころ」「傷口」「蹈まえて」「ととら」は、それぞれ「えいとろ」「湯口」「蹈まひ中」「たたら」が正しい。「塗壺笠」は漆塗りのつぼまった形の笠。それを河内の戦陣で拾い、手土産にしようという意味で、「河内陣みやげ」までは当時流行の小歌。それ以下は、踏鞴（たたら）という大きな鞴（ふいご）を踏んで空気を送り、鉄を作る際の仕事歌で、前半との意味上の繋（つな）がりはない。「えいとろえいと」は囃（はや）し言葉。「湯口がわれた」は、真っ赤に溶けた鉄が、炉の底の湯口から流れ始めること。「中たたら」は三人で踏む踏鞴の中央を受け持つリーダー格の男。なお、河内地方は、平安時代から鋳物で知られていた。

九四　＊不和のおこり　元亀（げんき）元年（一五七〇）四月二十日、信長は浅井氏との約束を破り、三万の兵を率いて朝倉義景を攻め、一乗谷に迫った。その時、浅井久政・長政父子が突如兵を挙げて信長の退路を遮断したため、信長は虚をつかれて京に逃げ戻った。同年六月、信長は、徳川家康と共に浅井氏を攻め、小谷城の前を流れる姉川の河原で、激戦の末、浅井・朝倉連合軍を打ち破った。更に信長は、浅井氏の横山城・佐和山城も攻め落とした。

＊近習とざま　近習は主君のそば近く仕える者。外様は、新参の侍。

九五　＊使節をさし上げられたこともない　史実としては、信長は、一五七〇年正月、朝倉義景が将軍義昭に内通しているかどうかを試すために、突然、義景に対して「上京して将軍に年頭の参賀をせよ」と命じた。が、義景はこれを拒否すると同時に、小谷城に密使を送り、浅井久政を通じて長政に、信長追討に加わるよう説得したと言われている。

九七 ＊禁裏さま　みだりにその裡に入ることを禁ずる意味から、皇居、ひいては天皇を意味する。

＊公方さま　将軍を言う。

九八 ＊佐和山　滋賀県彦根市内の北東部、標高二三三メートル・周囲約四キロの山。

＊さかもとの合戦　信長が大阪の本願寺を攻撃中、その留守を狙って、一五七〇年九月、本願寺と同盟していた朝倉・浅井の三万の兵が、現・大津市内の坂本口へ攻め込み、信長の家臣・森三左衛門らを討ち取った戦い。この後、年末まで戦いは続いた。

＊扱い　戦いが長引いたことと降雪のため、一五七〇年十二月、将軍義昭の仲裁（扱い）で、信長と浅井・朝倉との講和が成立した。

九九 ＊佐和やま　浅井長政の家臣・磯野丹波守員昌（かずまさ）が守っていたが、姉川の戦いの直後から信長に攻められ、一五七一年二月、降伏し、城を明け渡した。

＊よこやま　姉川を挟んで小谷城の東南方、現・長浜市石田町の臥龍山山頂にあった浅井長政の支城・横山城。ここが陥落すると、佐和山城など南方の諸城との連絡を断たれる要衝であったが、姉川の戦いで降伏。以後、浅井氏の滅亡まで三年余り、秀吉がこの城に拠って、浅井氏を監視した。

＊大尾　東浅井郡浅井町の太尾山。三六四メートル。佐和山の脇、米原にある。『浅井三

代記』によれば、浅井長政の家臣・中島宗左衛門尉が守っていたが、佐和山の落城を見て放棄し、小谷に退去した。

＊あさづま　朝妻。現・坂田郡米原町。天野川の河口南岸に位置し、古代から良港として知られ、当時、琵琶湖有数の港。小谷城からは横山城を通って南。浅井長政の家臣・新庄駿河守（するがのかみ）直頼が守っていたが、佐和山の落城後、信長の家臣・丹羽長秀に攻められ、降伏した。

＊宮部　現・滋賀県東浅井郡虎姫町宮部。浅井長政の家臣・宮部継潤が守っていたが、一五七一年十月、信長側に寝返った。

＊山本　現・滋賀県東浅井郡湖北町と伊香郡高月町との境の湖岸よりにある山本山。三二四メートル。浅井長政の家臣・阿閉（あつじ）淡路守貞征（さだゆき）らが守っていたが、一五七三年、阿閉淡路守が寝返ったため、信長の手に落ちた。

＊大嶽　現・滋賀県東浅井郡浅井町と湖北町の境の山田山の南方。越前朝倉氏の援軍が拠り所とした。信長はここを攻略した後、越前に攻め込み、朝倉氏を滅ぼしてから、小谷城を落城させた。

＊柴田しゅりのすけ　柴田勝家（?～一五八三）。修理亮。織田信長の家臣中、一番の勇将と言われた重臣。朝倉氏滅亡後の一五七五年、信長から越前の支配を委ねられ、北ノ庄（福井市）に居城を構えた。しかし、本能寺の変後、秀吉に主導権を奪われ、賤ヶ岳の戦いにも破れ、自害した。享年は諸説あるが、六十歳前後と推定される。

＊にわ五郎ざえもん　丹羽長秀（一五三五〜八五）。織田信長の重臣。本能寺の変後は秀吉に従い、柴田勝家が滅んだ後、越前・若狭と加賀半国を領有した。

＊佐久間うえもんのじょう　佐久間信盛（?〜一五八一）。右衛門尉。信長古参の家臣。

＊虎御前山　小谷城の南西、滋賀県東浅井郡湖北町と虎姫町の境にある虎姫山のこと。標高二二九メートル。

＊降人　降参した人。

＊「憂きも一と時うれしさも思いさませば夢候よ」『閑吟集』一九三番の歌。ただし、「うれしさも」は、「うれしきも」が正しい。大意は〈つらいのも一時。うれしいのも一時。後から醒めた気持ちで振り返ってみると、みんな一時の夢のようなものだよ。〉

一〇〇　＊浅井七郎……玄蕃のすけ　未詳。『浅井三代記』によれば、この二人は浅井長政の一門なのに裏切りを働いたため、浅井氏の滅亡後、信長によって処刑された。以下、未詳の人名には注しない。

＊如在　なおざり・ないがしろ。

＊あておこのう　武士が家臣に領地などを与えることを言う。

＊御諚　貴人のお言葉を敬って言う言い方。

＊花香　「栄えあること」「生き甲斐」「楽しみ」などの意と推定されるが、未詳。

一〇一　＊雄山わじょう　滋賀県伊香郡木之本町にある時宗浄信寺の別当其阿雄山（或いは遊山）和尚。浅井亮政・久政・長政三代の合戦記『浅井三代記』の著者。

＊曲谷　現・坂田郡伊吹町曲谷。小谷からは七キロほど東の姉川上流域の集落。
＊徳勝寺　小谷山の清水谷にあった浅井氏の菩提寺の名。
一〇三　＊導師　葬儀の首座となり、死者が悟りを開くように説き聞かせる（引導を渡す）僧。
＊棒しばり　狂言『棒しばり』。その内容は、〈自分の外出中に、召使いの太郎冠者・次郎冠者が酒を盗み飲むことに気づいた主人が、太郎冠者の両腕を左右に広げたまま棒に縛り、次郎冠者は後ろ手に縛って外出するが、二人は縛られたまま協力して互いに相手に酒を飲ませ合い、歌い舞うところへ主人が帰宅し、叱られる〉というもの。その歌舞の際に「十七八……」が使われる。
＊十七八は竿にほした細布……　狂言の小舞謡で、通称『十七八』。大意は〈十七八歳の娘は竿に干した細布のようだ。つかまえて寄り添えばいとしい。たぐって寄り添えばいとしい。糸よりも細い腰を抱きしめると、もっとずっといとしい〉。
一〇四　＊しとね　座ったり寝たりする時に下に敷く敷物。正方形または長方形で、多くは布帛製真綿包みとし、周囲に中央とは別の華麗な布帛をめぐらす。
＊脇息　座った時に、ひじを掛け、体をもたせかけて休息する道具。
一〇五　＊りんず　綸子。繻子の地に裏組織で模様を繰り出した絹織物。厚くなめらかで光沢と粘り気があり、裲襠などに用いられる。
一〇六　＊げんざい　現在。確かな様、疑いもないこと、正真正銘。
一一〇　＊たとうがみ　畳んだ紙を重ねて懐中に入れて置き、鼻紙や歌を書き記すのに用いたもの。

一一一 ＊秋もなかば　旧暦の八月は、仲秋に当たる。

一一二 ＊和子　身分の高い人の男の子。坊ちゃん。二人称の代名詞としても用いる。
＊当歳の若　「当歳」はその年の生まれであること。「若」は主として身分の高い家の男の幼児を指す。

一一三 ＊しょうがい　生害。自刃。
＊巳の刻　午前九時から十一時頃。
＊不破河内のかみ　不破光治（?～一五八三頃）。河内守。織田信長の家臣。朝倉氏滅亡後の一五七五年、佐々成政・前田利家と共に府中に派遣された。本能寺の変後は柴田勝家方に付き、賤ヶ岳の戦いの後、降伏した。

一一四 ＊しょうじょう世々　生々世々（しょうじょうせぜ）。生まれ変わり死に変わりして経る多くの世。永遠。後出「しょうじょうよよ」の読みは誤り。
＊おなじはちすのうてなの上で　浄土宗・浄土真宗の信仰によれば、南無阿弥陀仏と唱えた者は、死後、阿弥陀如来の主宰する西方極楽浄土の池の蓮の華の上に転生できる。ただし、夫婦が同じ蓮の上に生まれるというのは俗信であって、仏教の教典にはない。

一一五 ＊福田寺　坂田郡近江町長沢に今もある浄土真宗本願寺派の寺。『浅井三代記』によれば、浅井長政は、一五七一年、本願寺第十一代法主・顕如と同盟して、福田寺など江北の本願寺門徒に、信長の家臣・堀次郎秀村を攻めさせた経緯がある。ここに預けられた男の子・万寿丸は、出家して住職となった。

一一六　＊藤掛三河守　藤懸永勝（一五五七～一六一七）。織田氏の末流で、信長・秀吉・家康の順に仕えた。

＊くろいとおどし　鎧は鉄または革製の板（札）を八百から二千枚連結して作るが、札を繋ぐのに黒い糸を使ったものを言う。「おどし」は「緒通し」の意。

＊きんらんの袈裟　「金襴」は、紙に金箔を張り、細く切った糸状のもので模様を織り出すきらびやかな織物。「袈裟」は、出家者であることを表わす僧侶の衣。

一一七　＊おはつ　浅井長政とお市の方の次女（？～一六三三）。柴田勝家・お市の方の死に際して、秀吉に引き取られ、京極高次に嫁した。一六〇九年に、高次が死んでからは、剃髪して常高院と号し、大坂の陣ではしばしば和議の使者を務めた。

＊小督　浅井長政とお市の方の三女（一五七三～一六二六）。柴田勝家・お市の方の死に際して、秀吉に引き取られ、秀吉の養女として秀忠の妻（御台）となり、三代将軍家光を産んだ。

＊織田こうずけの守　信長の弟・信包（一五四三～一六一四）。正確には上野介。本能寺の変後は、秀吉に臣従。清洲城でお市の方の三人の娘たちを養育した。

一一八　＊京極つぶら尾　小谷城の中の京極丸のこと。『浅井三代記』によれば、京極丸は一五一八年に造られた。命名の由来は、浅井亮政の時代に、京極高清父子を住まわせた所からと言われる。京極丸を占拠されたことで、久政の居た小丸と長政の居た本丸の連絡が断たれ、落城に繋がったと言う。

＊下知　上から下へ指図・命令すること。
＊ひらぜめ　一気に攻め立てること。
＊ぞうへい　雑兵。読みは「ぞうひょう」が正しい。身分の低い歩兵。
＊持ちくち　持ち場。受け持ち。
＊いのくちえちぜんの守　『浅井三代記』によれば、井の口越前守政義で、浅井亮政が戦いに敗れた時、身代わりになって切腹した井の口弾正忠経元の子。浅井久政の妻・井の口殿の弟に当たる。勇士として知られていたと言う。
＊かいしゃく　介錯。切腹する人の首を打ち落とすこと。また、その人。
＊舞のじょうず　幸若舞の名手。幸若舞は、十五、六世紀に流行した勇壮な語り物で、特に戦国の武将達に愛好された。
＊しょうばん　相伴。行きがかりなどのために、一緒に付き合うこと。
一一九　＊てんまはじゅん　「天魔」は欲界の第六天に住む鬼人の称で、「波旬」はその王の名。人の心を悩乱させ、智慧・善根を妨げる悪魔を意味する仏教語。
＊ぶそう　無双。並ぶものがないこと。
一二〇　＊午のこく　午前十一時から午後一時頃。
＊前田　前田利家（一五三八〜九九）。織田信長の家臣。朝倉氏滅亡後の一五七五年、不破光治・佐々成政と共に府中に派遣され、一五八一年には能登国の大名となり、七尾に城を構えた。賤ヶ岳の戦いでは、当初、柴田勝家の側に立ったが、戦闘が始まると府中

に逃げ戻り、勝家を追撃する秀吉に降伏、逆に勝家討伐の先陣に立って北の庄を攻撃した。慶長十二年に大納言と成ったため、加賀大納言と呼ぶ。

*佐々　佐々成政（?～一五八八）。織田信長の家臣。朝倉氏滅亡後の一五七五年、不破光治・前田利家と共に府中に派遣され、のち越中富山城に拠った。

一二一　*とうまちくい　稲麻竹葦。稲・麻・竹・葦（あし）は、いずれも群生することから、幾重にも取り囲む様、または多くの人や物が密集することを言う。

*赤尾美作守　赤尾孫三郎清綱。伊香郡木之本町赤尾城主。『浅井三代記』では、浅井亮政の時代から登場していて、最初は亮政と敵対していたが、のち家臣となる。海北善右衛門尉・雨森弥兵衛と共に、海雨赤の三将として、その勇名をとどろかせた。

一二二　*いしづき　石突。槍の柄の端の、地面に突き立てる部分。また、そこを包む金具。

一二三　*わるびれ　未練がましく振る舞うこと。

一二四　*木之本　滋賀県伊香郡木之本町。小谷の北にある北国路の宿駅。

一二五　*折敷　食器を載せるために檜（ひのき）のへぎ板で作った角盆。

*あさい郡と……　滋賀県の琵琶湖東岸のうち、小谷を含む地域が浅井郡で、その南に坂田郡（長浜を含む）・犬上郡（彦根を含む）が連なる。

一二八　*ういてんぺん　有為転変。この世のものごとは、すべて移り変わるものであることを言う仏教語。

一二九　*せいひつ　静謐。世の中が穏やかに治まること。

＊まんしん　慢心。思い上がること。
＊かんげんだて　「諫言(かんげん)」は目上の人の欠点や過失を指摘していさめること。「立て」は殊更にその様な様子をすること。諫言がましく振る舞うの意。
＊せいばい　成敗。罪人を死罪に処すること。

一三〇　＊笑止　滑稽。「気の毒」の意味にも用いられる。
＊しょにん　諸人。多くの人々。

一三一　＊しょうし　将士。武将と兵士。
＊重陽のえん　陰暦九月九日に催される観菊の宴。中国では偶数を陰、奇数を陽とするが、九という陽数の極が重なる重陽は不吉であり、厄払いに菊の花を浮かべた酒を飲んで、長寿を祈った。そのため、菊の節句とも呼ばれる。
＊大小名　大名と小名を合わせた言い方。元来は多くの名田（私有田）を持つものを大名と呼んだので、大領主と小領主という程の意味。
＊ごんごどうだん　言語道断。「言語の道が断たれている」という原義から転じて、言葉で言い表わせないほど立派、の意味で使われている。
＊しょろう　所労。病気。

一三二　＊清洲　愛知県西春日井郡清洲町。尾張の領主たちは、代々ここを本拠地とし、信長も最初はこの地に拠った。
＊ぎふの稲葉やま　岐阜市の金華山。海抜三三九メートル。古くは井之口と言い、美濃国

の守護代・斎藤氏が、代々、城を構えていた。一五六七年、尾張から美濃に進出した信長は、斎藤龍興を追放し、この地を岐阜と改名、一五七六年、安土城を築くまで、ここを本拠地とした。

一三六　＊伊吹やま　滋賀・岐阜県境をなす伊吹山地の主峰。標高一三七七メートル。

＊京極さいしょう殿高次公　（一五六三〜一六〇九）。父は京極高吉、母は浅井久政の娘。妻は浅井長政とお市の方の娘はつ。幼年時代は人質として岐阜にあったが、浅井氏滅亡後は織田家家臣となる。本能寺の変に際しては明智光秀の側に立ったが、妹・松の丸殿が秀吉の側室となったため、助命され、以後、秀吉の引き立てで、京極家の再興に成功。大津城主となり、一五九六年従三位参議に昇進したため、以後、大津宰相と呼ばれる（宰相は参議の唐名）。関ヶ原の合戦では、途中から徳川家康の東軍に寝返り、その功績で、若狭小浜の大名となった。

＊佐々木高秀公　京極高秀に同じ。史実としては高次の祖父、高清の孫に当たるが、詳細は不明。高次の父としたのは、『浅井三代記』に拠ったもの。なお、「屋形」は大名のこと。

一三七　＊高清入道　（?〜一五三八頃）。京極氏の嫡流であったが、父・勝英が若死にした後、叔父の政経と家督を争い、家臣団も二派に分裂、隣接諸国からも侵略を受け、京極氏は没落した。最後にはもとの家臣・浅井亮政に国を奪われ、小谷城内の京極丸で余生を送った。『浅井三代記』では、永正十四年（一五一七）、五十八歳で死去、とする。

＊惟任ひゅうがのかみ　明智光秀（?〜一五八二）。織田信長の家臣。一五七五年、九州の旧族・惟任の名字を与えられ、日向守に任ぜられた。天正十年（一五八二）六月二日未明、中国地方攻撃のため上京していた信長を突如襲い、本能寺で自害させ、信長の長男・信忠も二条御所で自害させた。しかし、他の武将たちからは支持を得られず、わずか十一日後の六月十三日、備中高松城攻略から戻った秀吉に山崎の戦いで敗れ、敗走途中、土民に襲われ、深手を負い、自害した。

＊安土万五郎　阿閇(あつじ)淡路守貞征の子・万五郎貞大(さだひろ)のこと。父と共に山本山城を守っていたが、一五七三年、信長に降伏。本能寺の変に際しては、明智光秀に加担し、父と共に山崎の戦いに参加。敗戦後、父子ともに殺された。ここは『寛政重修諸家譜』の京極高次についての記事に拠る。

＊横紙やぶり　和紙は縦には裂きやすく、横には裂けにくいことから、困難なことを敢えてしようとすること、我を張り通すことを言う。

一三九　＊天しょうがんねん　天正元年。西暦一五七三年。

＊唱歌　音楽に合わせて歌を唄うこと。

一四〇　＊隆達節　堺の薬種商・高三(たかさぶ)隆達（一五二七〜一六一一）が節付けして流行した歌謡。天正（一五七三〜九二）から慶長（一五九六〜一六一五）年中に流行。

＊さてもそなたは……　隆達節。ただし、「しめてぬる夜は／なう消え消えとなる」が正しい。大意は〈さてさてそなたは霜か霰(あられ)か初雪か。その白い体を抱き締めて寝ると、消

え入りそうになる〉。

＊りんきごころに……　隆達節。ただし、「悋気心か」が正しい。大意は〈やきもちを焼いて枕を投げるのはよせよ。枕に罪はないだろうに〉。

＊帯をやりたれば……　隆達節。ただし、「非難をおしやる」「帯がしならしならば／そなたの肌も寝ならし」が正しい。大意は〈締めていた帯をプレゼントしたら、使い古しだと非難する。帯が使い古しなら、そなたの肌も、沢山の男の使い古し〉。

一四一　＊弄斎節　その始まりは明らかでないが、隆達節のあと、京の遊里ではやり出し、寛永（一六二四〜四四）頃には江戸でも流行し、元禄期（一六八八〜一七〇四）にはすたれたとされる小歌。

＊太閤でんかが伏見のおしろで……　高野辰之（たかのたつゆき）著『日本歌謡史』による。

＊幽斎公　細川藤孝（一五三五〜一六一〇）。熊本藩主細川家の祖。室町幕府の十三代将軍義輝、十五代将軍義昭の側近だったが、信長の義昭追放後は信長の家臣となり、本能寺の変後は隠居して幽斎と号し、長子・忠興は秀吉に従った。武芸のみならず、和歌・連歌・源氏物語・音曲・茶道・有職故実（ゆうそくこじつ）など、あらゆる学術・芸能に通じた当時屈指の文化人として知られ、関ヶ原の合戦に際しては、彼が討ち死にすることを防ごうと、後陽成天皇が尽力した程だった。

一四二　＊おもしろの春雨や、花のちらぬほどふれ　隆達節。大意は〈春雨もいいが、桜の散らぬ程度に降れ〉。

＊しぐれも雪も…… 隆達節。
＊おもうとも…… 隆達節。ただし、「おもうとて」が正しい。大意は〈私を恋しても、それと人に知られるなよ。だけど、無関心なふりをしていて、そのまま忘れてしまうなよ〉。
一四四 ＊蟻のおもいも天までとどく 「小さな力しか持たない者でも、一念が強ければ願い通りになるものだ」という意味のことわざ。
一四六 ＊寝雪 降り積もったまま溶けずに冬を越す雪。普通は「根雪」と書く。
＊ようがん 容顔。顔かたち。
＊芙蓉 蓮の花の異称。清らかで美しいものの代表。
一四七 ＊初めて御たいめん 『浅井三代記』によれば、永禄十一年（一五六八）八月八日から二十日まで、信長が浅井氏の佐和山城に滞在して、長政と初めて対面した。
一四八 ＊すりはり峠 彦根市中山町摺針にある旧中山道の峠。
＊一文字宗吉 一文字派は、後鳥羽院から、「一」の字を刀銘に切ることを許された御番鍛冶・則宗を祖とし、鎌倉初期から南北朝時代にわたって、備前を中心に栄えた刀工団。優秀な遺作が多い。
＊馬代 馬を贈る代わりとして贈る金・銀・綾(あや)・絹など。ばだい。うましろ。
＊備前かねみつ 鎌倉後期、備前長船(おさふね)の刀工で、初代と二代目の兼光がある。武将の愛刀として有名なものが多い。

*定家卿の藤川にてあそばされました近江名所づくしの歌書『浅井三代記』に出る。藤原定家（一一六二〜一二四一）は歌人で、『新古今和歌集』『小倉百人一首』の撰者。後世の歌道に多大の影響を及ぼした。藤川は滋賀と岐阜の県境に近い坂田郡伊吹町の地名。関ヶ原を越え、長浜へ抜ける中間。「近江名所づくしの歌書」なるものは、今日、伝わらない。定家が藤川に行ったという記録はなく、定家に仮託された偽書と推定される。

*つきげ　月毛。「つき」は鴾（トキ）の古名で、トキの羽根の一部に見られるような、赤くて白みを帯びた馬の毛色を言う。

*あらみ　新しく鍛え打った刀を言う。新身（あらみ）。

一四九 *粉骨　骨（ほね）を粉（こ）にして力の限り、努力すること。

*内大臣　織田信長のこと。天正四年（一五七六）に内大臣正三位に叙せられた。ここは、過去に遡（さかのぼ）って使っている。

*徳勝寺殿　浅井長政のこと。

一五〇 *せんしゅうばんぜい　千秋万歳。千年万年の意から、めでたさを祝福する言葉となった。今日の「万歳（ばんざい）」と同じ。

*打ち物　打ち鍛えたもの。刀のこと。

*前表　ことの起こる前触れ。前兆。

一五一 *かしわばら　滋賀県坂田郡山東町柏原。

一五二 *常菩提院　現在もある天台宗・成菩提院のこと。

＊馬廻り　主君の馬のそばに付き添い、護衛に当たった騎馬の武士。
＊もろあぶみ　馬を速く走らせる時に、左右の鐙で馬の腹をあおることを言う。諸鐙。
＊はつめい　聡明・利発であること。発明。

一五三 ＊三好　三好三人衆のこと。畿内を一旦制圧した三好長慶が一五六四年に没した後、その家臣だった三好長逸・三好政康・石成友通が実権を握り、三好三人衆と呼ばれ、一五六五年には十三代将軍義輝を殺害するに及んだ。しかし、一五六八年、上京した信長によって駆逐され、以後、次第に力を失った。
＊馳走　用意のために馳け走る意から、広く世話をすることを言う。

一五六 ＊天正じゅう年　西暦一五八二年。
＊城介　織田信長の長男・信忠（一五五七～八二）。信長に従って転戦。一五七五年、長篠の戦いなどの軍功により、秋田城の介（奈良時代、北方防衛の司令官。のち、名前だけの名誉職）を授けられたので、城の介と呼ばれる。本能寺の変により、二条御所で切腹した。
＊きたばたけ中将　織田信長の次男・信雄（一五五八～一六三〇）。北畠姓を名乗るのは、一五六九年、信長が伊勢国司北畠具教・具房父子を攻めた際、信雄を具房の養子とさせたためである。一五七五年、信雄は具房に代わって国司となり、左近衛権中将となったので、北畠中将と呼ぶ。清洲会議では、三法師の後見役として、清洲城と尾張を与えられた。

一五七

*三七　織田信長の三男・信孝（一五五八〜八三）。三七は幼名。兄・信雄とは腹違いで、実際には信孝の方が二十日ほど早く生まれた。本能寺の変当時は、四国征伐のため丹羽長秀と堺に居たが、変を知ると大阪に居た織田信澄を殺害し、丹羽と共に秀吉に合流、山崎で明智軍を破った。清洲会議では、柴田勝家と結んで、自らが信長の後継者になろうとしたが、秀吉に阻まれ、美濃国と岐阜城の主となるにとどまった。そのため、安土城に渡す約束の三法師を岐阜に留め置き、勝家・滝川一益らと挙兵の準備を進めた。しかし、秀吉が機先を制して、一五八二年十二月、信孝を岐阜城に囲んだため、一旦和睦し、三法師を渡すと共に、母を人質として差し出した。翌年、勝家の挙兵に合わせて再度、兵を挙げたが、勝家の敗死を知って降伏し、切腹させられた。

*蒲生右兵衛大夫　蒲生賢秀（かたひで）（一五三四〜八四）。もと六角氏の重臣。のち織田信長の家臣となる。その長男が蒲生氏郷（うじさと）。この辺りの記述は『氏郷記』に拠る。

*日野谷　滋賀県蒲生郡日野町。日野川流域の谷筋の総称。蒲生氏の本拠地。

*卯の刻　午前五時から七時頃。

*前田玄以斎　（一五三九〜一六〇二）。織田信忠家臣。本能寺の変後、信忠の遺児・三法師（秀信）のお守り役となる。その翌年から十七年間、京都奉行職を務めた。秀吉が幼少の秀頼を補佐するために定めた五奉行にも選ばれている。

*中納言　織田信忠の長男・秀信（一五八〇〜一六〇五）。幼名を三法師と言う。信長の嫡流であり、秀吉に推されて、清洲会議の結果、織田家の後継に選ばれ、一五九二年、

岐阜十三万石の領主となった。一五九六年、従三位権中納言になったので、「中納言」とも呼ばれる。関ヶ原の合戦では西軍に加担して敗れ、剃髪したが、間もなく病死した。

＊織田七兵衛　織田信澄（一五五八〜八二）。信長の弟・信行の子。信長の命令で明智光秀の娘婿となっていたため、本能寺の変を知った織田信孝・丹羽長秀によって、六月五日に殺害された。

＊あけち弥平次　明智秀満（?〜一五八二）。弥平次は通称。旧姓三宅。明智光秀の重臣・娘婿。丹波福知山城主。本能寺の変で活躍、その後、安土城を守っていたが、山崎の敗戦を聞き、明智氏の本拠である近江坂本城へ移り、そこで堀秀政によって攻め滅ぼされた。

＊坂本　現在の大津市内の地名。琵琶湖の湖上交通の要衝であり、京都への関門でもあったため、古くから栄えた。一五七二年から明智光秀が坂本城を構え、安土城に次ぐ天下第二の名城とされていた。

＊やまざきのかっせん　天正十年六月十二、十三日、西の方から攻め上った秀吉・織田信孝らの連合軍が、山崎で明智軍を破り、光秀を敗死させた戦いを言う。山崎は現・京都府と大阪府の境に位置し、古来、京都攻防の要衝であった。

＊三井でら　大津市園城寺町にある天台寺門宗総本山園城寺。三井寺は俗称。この辺りは大村由己著『惟任退治記』に拠る。

＊粟田口　東海道の京都への出入り口。現・京都市東山区南禅寺辺りの地を指す。

＊いけ田きいのかみ　織田信長家臣・池田恒興（一五三六～八四）。紀伊守を称し、入道後は勝入と号した。本能寺の変当時は、伊丹城主で、長男・勝九郎元助（一五六四～八四）と共に、秀吉に合流、山崎の戦いに参加。清洲会議にも参加した。

＊毛利ぜいとのあつかい　本能寺の変当時、秀吉は信長の命を受けて、毛利輝元の家臣・清水宗治が守る高松城（岡山市内）を水攻めにし、救援に来た毛利の軍勢と対峙していた。秀吉は信長の死を三日後の六月三日に知ると、この事実を隠したまま、清水宗治の切腹と備中高梁川以東の信長側への割譲を条件に、即日講和を結び、六日には軍勢を率いて出発し、十一日に尼崎で織田信孝・丹羽長秀と合流、十三日には山崎で明智光秀を打ち破った。

一五九　＊あわててにんずをたてなおした　『惟任退治記』に拠る。

＊おんこ　恩顧。目上の者から目を掛けられること。

＊余類　残った仲間・残党。史実としては、明智秀満が放火した。

＊かげかつ公　上杉景勝（一五五五～一六二三）。父は長尾政景、母は上杉謙信の姉。父の死後、謙信の庇護を受け、謙信の死後、跡を継いだ。本能寺の変の当時は、柴田勝家と戦っていた。

＊柳ケ瀬　滋賀県伊香郡余呉町柳ヶ瀬。小谷・木之本の北にある北国路の宿駅。

一六〇　＊はちや出羽守　蜂屋頼隆（?～一五八九）。織田信長の古くからの家臣。賤ヶ岳の戦いでは秀吉側に立った。

＊筒井じゅんけい　筒井順慶（一五四九〜八四）。筒井氏は代々、興福寺一乗院方の衆徒。松永久秀と大和の支配権を争い、そのために信長の家臣となった。本能寺の変後、明智光秀から味方に付くよう誘いを受け、迷った末、どちらにも付かずに山崎の戦いを傍観したことは有名。以後は秀吉に従った。賤ヶ岳の戦いには参加しなかった。

＊ひょうじょう　評定。所謂「清洲会議」。ここは『太閤記』に拠るが、史実としては、六月二十七日に、羽柴秀吉・丹羽長秀・池田恒興・柴田勝家の四名だけで行われた。また、秀吉は長浜を勝家の養子・勝豊に譲ったが、その代わりに山城・丹波と河内の大部分を取り、畿内を押さえることに成功した。

一六一　＊明地闕国　領主の居なくなった領地領国を言う。

＊御連枝さま　高貴な人の兄弟姉妹を言う。

一六二　＊御知行わり　領地・領国の各大名への割り当て。

＊けそう　懸想。想いを懸けること。恋をすること。

一六三　＊えこう　回向。死者の冥福を祈って、読経したり、念仏を唱えること。

＊小谷どのの後室　「小谷殿」は浅井長政。「後室」は身分の高い人の未亡人。

＊せんぐんばんばのあいだ　千軍万馬の間。多くの兵士と多くの軍馬の間。すなわち、多くの戦場。

一六四　＊武強いっぺん　武技・いくさの事しか頭にない、という意と推定されるが、未詳。

＊朝日どの　豊臣秀吉の正妻ねね（一五四八〜一六二四）。北の政所。尾張国愛智郡朝日

村の住人・杉原定利の娘で、秀吉がまだ信長に仕え始めて間もない頃に結婚した。

一六五　＊いしゅ　意趣。恨み。遺恨。

一六六　＊俄分限者　にわか成金。

＊柴田三左えもん勝政　佐久間盛政の弟。武勇をもって鳴り、柴田勝家の養子となった。越前勝山城主。賤ヶ岳の敗戦後、許されて秀吉に仕えた。この辺りは『佐久間軍記』による。

＊みののくに長松　現・大垣市長松町。

一六七　＊はせ川丹波守　織田信長の家臣から、信忠の家臣となっていた。本能寺の変後、秀吉に仕え、信忠の遺児・三法師（秀信）のお守り役となる。

＊いけだ勝入斎どののおあつかい　『祖父物語』に拠る。

一六八　＊羽柴秀勝公　信長の四男（一五六八〜八五）。秀吉の養子となったが、若死にした。この当時（天正十年）は十五歳。この辺りは『佐久間軍記』による。

一六九　＊このまえとおなじ駅路　当時、岐阜から北の庄（福井市）へ行くには、岐阜から中山道を関ヶ原まで進み、そこから北国路に入って、小谷を経由することになる。

＊えいろく十一ねん　永禄十一年。西暦一五六八年。

一七〇　＊不破の彦三　不破光治の子・直光。彦三は幼名。信長の家臣。父と共に府中にあった。賤ヶ岳の戦いでは、柴田勝家側に付き、佐久間盛政軍の先鋒（せんぽう）として中川清秀を攻撃。敗戦後は前田利家の家臣となった。

*かなもり五郎八　金森長近（一五二四〜一六〇八）。五郎八は幼名。織田信長の家臣。朝倉氏滅亡後の一五七五年、信長から越前の大野・敦賀二郡を与えられた。賤ヶ岳の戦いでは、柴田勝家側に立ち、佐久間盛政に属したが、敗戦後、許された。のち飛騨高山藩主となる。

*伊賀守　柴田勝豊（?〜一五八三）。父は柴田勝家の老臣・吉田次兵衛、母は勝家の姉に当たり、勝家の養子となった。清洲会議で勝家が入手した江北三郡を与えられ、長浜城に移ったが、同年十二月九日（『盲目物語』で十一月とするのは『太閤記』に拠ったもの）、秀吉に攻められると、簡単に降伏した。これは、勝家に実子・権六が生まれて勝豊の跡継ぎとしての資格が失われていたことと、勝家が甥の佐久間盛政を重用したことから、勝家を恨んでいたためと言う。勝豊は、賤ヶ岳の戦いの時には、病のため京に在り、勝家自刃の八日前に病死した。

一七一　*矛盾　矛と盾の意から、武器を取って戦うこと。

*じっこん　親密・懇意であること。昵懇、または入魂と書く。

一七二　*櫛の歯をひくような　木の櫛を作る時に、鋸で挽いて沢山の歯を次々に作ることから、人の行き来や物事がひっきりなしに続くことを言う。

一七三　*わずか十五六にち　史実では、織田信孝は十二月二十日に一旦、降参した。この時、母を人質とすると同時に、三法師をも引き渡した。

*滝川左近将監　滝川一益（一五二五〜八六）。織田信長の重臣だったが、秀吉によって

清洲会議のメンバーから外された。本能寺の変後、織田信孝や柴田勝家と結んで秀吉と対抗し、伊勢の亀山城・峯城を攻略した。これに対して秀吉は、一五八三年二月、一益に攻撃を加え、北伊勢を制圧。続いて四月の賤ヶ岳の戦いで勝家を破り、信孝をも切腹させたため、一益は降伏した。

一七四　＊きょうごく高次公が……　『寛政重修諸家譜』の京極高次についての記事に、明智光秀が滅んだ後、高次が柴田勝家のもとへ逃れ、勝家が滅んだ際、武田元明のもとへ逃れたことが出る。

＊冠者　元服して冠をつけた少年。転じて若者の意。

一七六　＊内祝言　うちわの婚礼。京極高次とお初との正式の婚姻は、柴田勝家・お市の滅亡後であり、ここは作者の想像説であろう。

一七七　＊武田どの　武田元明（?～一五八二）。若狭（福井県）の守護（太守）の子として生まれたが、家を継いだ時には既に実権は失われていたため、越前朝倉氏の庇護を受けた。朝倉氏の滅亡後は、織田信長の家臣となっていたが、本能寺の変に際して、明智光秀側に立った。秀吉は、元明を滅ぼし、その妻・龍子を自らの側室に迎え、松の丸殿と呼んだ。松の丸殿は、京極高次の妹に当たり、その取りなしによって、高次は罪を許されたと言われる。

＊筒井づつの　『伊勢物語』二十三段の歌「筒井(つつい)の井筒にかけしまろがたけ過ぎにけらしな妹(いも)みざるまに」（大意——子供の頃、丸い井戸と背比べをした私の背丈も、井戸より

ずっと大きくなってしまったようだな、愛しいあなたと会わないで居る内に）から、幼い男女の遊び仲間を言う。

＊佐久間げんば　佐久間盛政（一五五四〜八三）。玄蕃允。柴田勝家の姉の子。織田信長に仕え、勇猛をもって知られていたが、叔父・佐久間信盛が追放された際、閉居。のち許され、勝家に仕え、加賀尾山（金沢）城主となる。賤ヶ岳の戦いでは、柴田勢の先鋒（先頭を切って進む軍。先陣）として、二月七日に柳ヶ瀬に陣を敷いた。秀吉もすぐに陣を敷き、膠着状態となったが、四月十六日、岐阜の信孝が蜂起すると、翌日秀吉は大垣まで出陣した。盛政はその隙を衝いて、二十日早朝、中川清秀が守っていた砦を奇襲して清秀を討ち取ったが、勝家の指示に逆らって撤退が遅れた所へ、その夜の内に大垣から駈け戻った秀吉の攻撃を受け、柴田勢は総崩れとなった。盛政は府中で捕らえられ、処刑された。

一七八　＊うちあわび　鮑を細く削いで干したもの。熨斗とも熨斗鮑とも言う。「うち鮑」は「討つ」に通じるので、縁起を担いで用いられた。

＊かちぐり　干し固めた堅い栗を言う。「勝ち」に通じるので、縁起を担いで用いられた。

＊こんぶ　昆布は「喜ぶ」に通じるとして、祝の物として用いられた。

＊御主殿　屋敷の中の最も主要な建物。寝殿・表座敷・客殿など。

＊吉左右　良い知らせ。

一七九　＊弓杖　この時代までは、騎馬の武将は必ず弓を携えた。乗馬に際しては、右手に持った弓を杖にしてまたがるのが作法となっていた。
＊原　原彦次郎政茂（?〜一六〇〇）。織田信長の家臣。本能寺の変後は、柴田勝家の側に立ち、賤ヶ岳の戦いには、佐久間盛政に従って参加。敗戦後は前田利家、ついで秀吉に従った。
＊しずがたけ　賤ヶ岳は琵琶湖北岸、余呉湖と琵琶湖の境をなす標高四二二メートルの山。その東を北国街道が通っており、その宿駅柳ヶ瀬付近に柴田勝家側の本陣があった。

一八〇　＊藺次もなく　藺次（序列）が無い、の意から、秩序なく、めちゃめちゃであることを言う。
＊卯月　旧暦の四月。
＊なかがわ瀬兵衛尉　中川清秀（一五四二〜八三）。瀬兵衛尉は通称。初め池田勝政に仕え、のち織田信長の家臣となる。本能寺の変後は秀吉に従い、賤ヶ岳の戦いで佐久間盛政の奇襲を受け、討ち死にした。
＊月しろ　月が出ようとする時、東の空が白く明るく見えて来ること。陰暦二十日の月は夜遅く出る。また、賤ヶ岳付近からは、大垣方面は東に当たる。

一八一　＊万燈会　懺悔（ざんげ）・滅罪のため、一万の燈明を点じて仏菩薩（ぶつぼさつ）に供養する法会。
＊大柿　現在の岐阜県大垣市。秀吉は岐阜の織田信孝に対処するために大垣城に居たが、佐久間盛政の奇襲を知ると、途中の道筋に兵糧（ひょうろう）と松明（たいまつ）を用意させ、午後四時頃大垣を出発して全速力で軍を進め、午後九時頃には木の本に到着。翌日の明け方（暁天）、盛政

の退却に乗じて総攻撃を開始。柴田勢を打ち破った。
＊余吾のみずうみのかなた 木の本の秀吉の陣や、佐久間盛政が奇襲した中川清秀の陣は、柴田勝家の柳ヶ瀬の陣から見ると、余呉湖より向こうになる。
＊未の刻さがり 未の刻（午後一時から三時頃）を過ぎた頃。
＊しばた弥右衛門のじょう 『真書太閤記』では、柴田弥右衛門勝次。柴田勝家の従弟で、賤ヶ岳の戦いでは、小島若狭守祐全（すけよし）・中村文荷斎・徳菴と共に、北の庄の留守を守ったとされている。
＊権六 柴田勝敏（勝久とも）。権六は幼名。柴田勝家の長子、または養子とも言う。賤ヶ岳の戦い後、府中で捕らえられ、処刑された。
＊毛受勝介 毛受勝介家照。柴田勝家に十二歳の頃から仕え、小姓頭になったと『太閤記』に出る。
一八二
＊五幣のお馬じるし 戦陣では大将の馬のそばに馬印という旗を立てて、その所在を示す。柴田勝家の馬印は金の御幣だった。
＊府中 国府の所在地を言う。ここは越前の国府で、現在の武生市に当たる。当時は、前田利家の長子・利長の居城だった。利家の居城は能登の七尾にあったが、利家は賤ヶ岳の柴田勢に加わっていて、いち早く逃げ戻り、府中城で勝家を迎えた。
＊筑前のかみ 秀吉のこと。一五七五年に任官した。前田利家はその四女・豪を秀吉の養女とするなど、秀吉とも親しかった。

*本領をあんど　「あんど」は安堵。領地・領国をそのまま認め許すこと。

*堀久太郎　堀秀政（一五五三〜九〇）。久太郎は幼名。若年にして織田信長の信頼を得、側近となる。本能寺の変後は秀吉側に付き、北の庄攻撃に加わった。

*愛宕山　現在の足羽山。福井市内にある。

一八三 *在所　住んでいる場所。または、ふる里。

*利家公の聟　佐久間十蔵は前田利家の娘・麻阿と婚約していた。麻阿は後に秀吉の側室となった。

一八四 *御定番　城番の内、常日頃不退に城を守る者を言う。

一八五 *法師武者　僧形の武士。

*としいえ公のひとじち　利家は娘の麻阿を北の庄に人質に出したと伝えられる。ただし、『利家夜話』などに拠れば、救い出したのは侍女・あちゃこである。

*村上六左えもんのじょう　正しくは上村六左衛門尉（?〜一五八三）。柴田勝家の同郷人で、出自は卑しかったが、度々戦功を立てて、二千石を与えられたと言う。

*竹田の里　現・福井県坂井郡丸岡町豊原の古称。

*さるの刻　午後三時から五時頃。申の刻。

一八七 *竹たば　束ねた竹を繋ぎ合わせて楯としたもので、矢や銃丸を防ぐのに用いた。

一八八 *攻めつづみ　攻撃の合図に打ち鳴らす鼓。

一八九 *総見院さま　織田信長のこと。総見院は、信長の法名であり、また、本能寺の変後、信長を弔うために、秀吉によって大徳寺内に建てられた塔頭の名前でもある。

一九〇 ＊猿面かんじゃ　猿の顔に似た若者（冠者）。特に秀吉の若い頃のあだ名。

＊玉薬　鉄砲に用いる火薬・弾薬。

＊真如の月のかげ　「真如」は一切のものの真実の姿・悟り。「真如の月の影」は、曇りなく澄み渡った明月に、迷いと煩悩を捨てた後の、悟り澄ました心を譬えたもの。

＊ぜんちしき　人を仏道へ導く機縁となるもの。

一九一 ＊酉のこく　午後五時から七時頃。

一九二 ＊鎧ひたたれ　鎧の下に着る直垂で、袴と合わせ用いる。直垂は武士の日常着だが、鎧直垂は晴着なので、生地には錦などを用い、華麗を競った。

＊厚板のきんみがきのおん帯　「厚板」は生糸で地を平らに織り、練糸の絵緯糸で文様を織り出した絹織物。「金磨き」は一面に金にすること。いずれも高貴な女性が用いた贅沢なものである。なお当時の帯は、幅が約十センチと狭く、長さも腰を一周りするだけで、前で結んで垂らす下げ帯であった。

＊からおり　中国渡来の織物。またはそれを真似て織ったもの。唐織。金襴・緞子・繻珍・繻子などを言う。

一九三 ＊生きてよも明日まで人のつらからじ……　猿楽の曲舞『地主』の一節。高野辰之著『日本歌謡史』による。前半は、『新古今和歌集』一三二九番・式子内親王の歌「生きてよも明日まで人のつらからじこのゆふぐれを問はばとへかし」とほぼ同じ。その大意は

〈明日になってはあの人も私につれなくは出来まい（私は失恋の悲しみのあまり、今日中に死んでしまうだろうから）。もしも私を訪ねて来るというのなら、今日の夕暮れに来るがよい〉。後半は『閑吟集』の一八六番とほぼ同じ。

＊人間五十年……　幸若舞『敦盛』の一節。ただし、「一度生を受け」が正しい。源平の合戦の一ノ谷の戦いで、平敦盛を討ち果たした熊谷直実が、出家を決意する場面。「下天」は、天上界の内、劣った方の天。大意は、〈人生五十年と言うが、下天では一昼夜に過ぎず、夢幻の様に短くはかないものだ。一度命を得て、死なぬものがあろうか〉。

＊桶狭間かっせん　一五六〇年、まだ弱小勢力だった織田信長が、領内の桶狭間に侵入して来た隣国の守護大名・今川義元の約四万の軍勢に対して、僅か二千の手勢を率いて奇襲し、義元を殺害して勝利した合戦。この折、信長は、『敦盛』のこの一節を歌い舞ってから出陣したと、『信長公記』などに記されている。

一九四

＊梨花一枝雨を帯びたるよそおいの……　すぐ後に出る「太液の芙蓉のくれない（中略）顔色のなきもことわりや」も含めて、謡曲『楊貴妃』の一節で、『閑吟集』三九番にもこの部分が採られている。歌詞は、白楽天の『長恨歌』から、楊貴妃の美貌を讃えた部分を取り集めたもの。大意は〈愁いに沈む楊貴妃の美貌は梨の花が春の雨に濡れているようで、漢の武帝が造営した太液の池の蓮の花の紅も、未央宮の柳の緑もこれにはどうして優ろうか。化粧をこらした後宮の女たちの影が薄くなったのも道理だ〉。

＊朝露軒　諸書に出ず、作者・谷崎潤一郎のフィクションと思われる。『太閤記』『賤嶽合

戦記』などは、柴田勝家が三人の娘たちを秀吉の陣屋に届けさせた上で、城に火をかけ、一族共に自害したとする。

一九六　＊滋賀の浦とてしおはないが……　隆達節。ただし「志賀」が正しい。「塩（しほ）」と「愛嬌（しほ）」が掛詞。大意は〈琵琶湖が淡水で塩気がないように、愛嬌はないが、月の名所の志賀の浦にふさわしく、顔のえくぼは満月のように円い〉。この歌も、お市の方の美貌に引っ掛けて、救出を呼び掛けるのに用いられている。

一九七　＊いかにせんわがかよい路の……　隆達節。ただし、「闇もゆるさず」が正しい。大意は〈どうしよう、恋しいあなたの所へ通おうとしても、見張りがとても厳しい〉で、恋の歌だが、ここでは、〈お市の方を救出しようにも、見張りが厳しい〉の意味に用いられている。

一九九　＊（挿絵注）上段右から「点線の場所を押へた音（カンドコロ）」「放した音」中下段左から「三ノ糸　二ノ糸　一ノ糸」「いろは／にほへ／とちり／ぬるを／わかよ／たれそ／つねな／らむう／ゐのお／くやま／けふこ／えてあ／さきゆ／めみし／ゑひも／せす京」「道柳子写」

二〇〇　＊見せばや君に知らせばやこころの中と袖の色を　隆達節。大意は〈あなたに私の心の内と涙に濡れた袖の色を見せたい〉で、恋の歌だが、ここでは〈朝露軒に弥市の心の内を打ち明けたい〉という意味に用いられている。

二〇一　＊天守の五重　五層からなる天守閣の最上階。

二〇二　＊間者　まわし者。スパイ。
　　＊料紙　ものを書くのに用いる紙。
　　＊さらぬだにうちぬる程も夏の夜のわかれをさそふほととぎすかな　大意は〈そうでなくてもまどろむ程もない夏の夜の、別れをせかすホトトギスであることよ〉。「夏」に「(程も)無い」を掛ける。旧暦四月二十四日のことだが、現在の五月で、初夏に当たる。
　　＊夏の夜の夢路はかなきあとの名をくもゐにあげよやまほととぎす　大意は〈夏の夜の夢のようにはかなく私の一生は終わるが、私の武名は、山ホトトギスよ、お前が天下に知らしめておくれ〉。
　　＊ちぎりあれやすずしき道に伴ひてのちの世までも仕へつかへむ　大意は〈前世からの因縁があったのか、極楽浄土へ御一緒し、来世までもお仕えしましょう〉。
二〇四　＊なさけを知るのがまことの武士　強いばかりでなく、ものの哀れをも解する者が、真の武士である、ということわざ。
二〇八　＊よえん　余炎。炎の一端。火先(ほ)。
二一八　＊安土のおしろ　安土城は明智光秀滅亡の際に焼失し、以後再建されなかったので、この記述は不適切。お茶々姉妹がどこで養育されたかについては、わかっていない。
二一九　＊淀のおしろ　現在の京都市伏見区にあった平城。お茶々が一五八八年に秀吉の長男・鶴松を懐妊すると、古来の淀城を修築して与えられ、ここで鶴松を産んだ。以来、淀殿と呼ばれたが、一五九〇年に鶴松が病死したため、大阪城二の丸に移り、ここで秀頼を産んだ。以後は二の丸殿と呼ばれ、更に伏見城西の丸に移ってからは、西の丸殿と呼ばれた。

二三〇 ＊蒲生ひだのかみ　蒲生氏郷（一五五六〜九五）。織田信長の家臣であり、信長の娘を妻とした。本能寺の変後は、秀吉のもとで活躍。陸奥・会津にまたがる九十二万石の大大名となった。一五八三年に、飛驒守となっている。

＊宇都宮へおくにがえ　氏郷の跡を継いだ長男・秀行が、一五九八年一月に、会津から宇都宮十二万石に移された事実はあるが、その原因は重臣間の争いとされている。

二三一 ＊わかぎみ御誕生　秀吉と淀殿との間に最初に生まれた鶴松は三歳で夭折したが、一五九三年に秀頼が生まれた。秀吉の正妻・北の政所や他の側室には子供が出来なかったので、跡継を産んだ淀殿の地位は、北の政所に次ぐものとなった。

＊けいちょう三ねん　慶長三年（一五九八）八月十八日に、秀吉は死去。旧暦の八月は、仲秋に当たる。

＊せきがはらのかっせん　一六〇〇年九月十五日に、石田三成を中心とする西軍と、徳川家康を中心とする東軍が、岐阜県南西端の関ヶ原で戦い、家康側が勝利した合戦。この戦いで、反家康派の諸大名は力を失い、実質的には家康の支配権が確立したが、豊臣秀頼はこの戦いに直接関わりを持たず、形式的にはなお秀吉の後継者としての地位を保ち続けた。しかし、一六〇三年、家康が征夷大将軍となり、江戸幕府を開いたことで、豊臣氏は六十五万石の一大名として、徳川氏に従うことになった。

＊大坂の御陣　秀吉が造営し、その後、地震と失火で廃滅した京都方広寺の大仏殿を、一六一四年、秀頼が再建した際、家康はその鐘の銘「君臣豊楽、国家安康」などが豊臣氏の繁栄を祈り、家康の名前を引き裂いて呪詛したものとこじつけ、秀頼の大阪からの移転を迫った。このため、豊臣側は開戦を決意し、浪人など十万の兵力を集め、準備を整えたが、家康は同年十一月、約二十万の軍勢で包囲（大坂冬の陣）。小さな戦闘を二三行っただけで翌月講和。大阪城の外堀を埋める以外はほぼ現状通りという約束だったが、家康は内堀までも埋めさせ、大阪城への籠城は不可能になった。豊臣側も徳川側も、講和後、直ちに戦闘準備に入り、翌年五月六日から七日にかけて、豊臣側五万、徳川側十五万の兵力が激突（大坂夏の陣）。双方数万の死傷者を出す激戦の末、豊臣側が敗北し、秀頼・淀殿は自殺、豊臣氏は滅亡した。

二二二

＊片桐いちのかみ　片桐且元（一五五六〜一六一五）。秀吉の家臣。賤ヶ岳の戦いで活躍し、七本槍とうたわれ、一五八五年、従五位下東市正に任ぜられた。秀吉の没後、秀頼の補佐役のような立場にあって、徳川方との調整役を務めたが、方広寺鐘銘事件の際、淀殿から裏切り者と見なされ、命を狙われたため、大阪城を立ち退いた。大坂冬の陣では、家康が大砲を放って豊臣方の戦意を失わせようとした事実はあるが、且元が大砲を撃ち込んだというのは、『太閤記』などによる後世の俗説で、史実ではない。

＊権現さま　徳川家康（一五四二〜一六一六）のこと。「権現」は元、仏菩薩が衆生を救うために仮の姿を取って現れたものを言い、転じて日本の神の尊号とする。徳川家康は、

死後、後水尾天皇から「東照大権現」の号を贈られ、一六一七年、すなわち弥市がこの物語を語った年の三月に、完成した日光の東照宮に葬られた。

二二三　＊おうらみ申したい　この場合の「うらむ」は、刀で切りつけて、恨みを晴らすという意味。

二二四　＊げんきてんしょう　「元亀」は一五七〇～七三年、「天正」は一五七三～九二年。

二二五　＊右大臣ひでより公　豊臣秀頼は、一六〇五年、右大臣になった。

二二七　＊三位中将忠吉卿　徳川家康の四男・松平忠吉（一五八〇～一六〇七）。慶長五年（一六〇〇）から病没する慶長十二年（一六〇七）まで、尾張六十二万国を支配した。

＊祖父物語　慶長五年（一六〇〇）から十二年の間に、柿屋喜左衛門が祖父の見聞談を書き留めた聞書。『改定史籍集覧』十三・『続群書類従』第二十一輯上所収。

＊佐久間軍記　信長の家督相続から大坂の陣までの主要事件を追いながら、佐久間盛次・信盛・盛政らの武功談を述べたもの。江戸時代初期に成立。著者は佐久間常関。『改定史籍集覧』十三・『続群書類従』第二十輯下所収。

二二八　＊志津ケ嶽合戦事小須賀九兵衛話　『武功雑記』所載のものを伴信友が校訂したもので、賤ヶ岳の戦いにまつわる話を箇条書き風に叙述する。小須賀九兵衛については不明。『改定史籍集覧』十三所収。

＊甫庵太閤記　小瀬甫庵著『太閤記』。豊臣秀吉の生涯と事跡を記録した評伝。寛永十年（一六三三）頃成立。『改定史籍集覧』六所収。なお、『太閤記』には、甫庵のものの他

に、川角三郎右衛門の『川角太閤記』がある。

＊氏郷記　著者・成立年代ともに不明。蒲生氏の祖先から説き起こし、蒲生氏郷の勲功と、その子孫の繁栄を記す。『改定史籍集覧』十四所収。同二十四所収の『蒲生氏郷記』や『群書類従』所収本は別本で、この記事はない。

＊近江日野町誌　日野町の沿革を記したもの。全三巻。昭和五年十二月に、滋賀県日野町教育会から刊行された。

＊日本歌謡史　高野辰之（一八七六～一九四七）著。広く文献資料を収集・考証し、邦楽・歌謡研究の先駆けとして前人未到の分野を開拓した名著。大正十五年刊行。学士院賞受賞。

＊室町殿日記　将軍足利義晴の天文初期から慶長初期頃までの政治・軍事・世相を語る逸話類を載せる。楢村長教編。慶長（一五九六～一六一五）頃の成立。ただし、高野辰之の指摘した天文年中（一五三二～五五）の記事（巻九「茨組盗賊の事」）には、秀吉の聚楽第（じゅらくだい）（一五八七年完成）のことが出ており、編纂（へんさん）の際、誤って天文年中の記事とされたものである。

二三九

＊菊原検校　菊原琴治（一八七八～一九四四）。地唄の名手。谷崎潤一郎は、昭和二年六月からこの人に地唄の三味線の手ほどきを受け、それが『蓼喰ふ虫』（たでくうむし）『吉野葛』『盲目物語』『蘆刈』（あしかり）『春琴抄』などに大きな影響を与えたことが知られている。最古の三味線歌曲である三味線組歌は、野川流で全曲が伝承されており、菊原検校も伝承していた。

＊閑吟集　室町時代の小歌を中心とする歌謡を集めた書。編者未詳。一五一八年成立。

＊木幡山路に行きくれて月を伏見の草枕　『閑吟集』一〇七番の歌。木幡は京都市の東南部から宇治市にかかる一帯を言う。地名の伏見には、「伏して見る」の意を掛ける。大意は〈木幡の山道で日が暮れてしまったので、伏見も近いことだし、ここで草を枕に寝ながら月を見よう〉。

＊長崎のサンタマリヤの歌　歌詞は、「昔より今に渡り来る黒船、縁が尽くれば鱶(ふか)の餌(えさ)となる。サンタマリヤ」。聖母マリアを航海守護の神とする信仰がこの歌の背景にある。

＊琵琶　インド・中国を経て、奈良時代に日本に伝わり、宮廷の雅楽に用いられていたが、鎌倉から室町時代にかけては、琵琶法師が平家物語の伴奏に用いて、武士階級にも広く愛好された。しかし、三味線の出現後は、衰退に向かった。

＊かんどころ　三味線や琵琶で、決められた高さの音を出すために、左手の指で弦を押さえるべき場所。「つぼ」とも言う。

＊九里道柳子　九里四郎（一八八六〜一九五三）。東京出身の洋画家だが、文楽を愛する余り関西に移住。画業の傍ら、本格的に義太夫節を習った。谷崎潤一郎の関西移住後、共通の友人・志賀直哉を介して親しくなったものと思われる。

＊昭和辛未年　昭和六年。

＊於高野山千手院谷　高野山では、山上の寺院所在地を、壇場・奥の院と十の〇〇谷と称する地域に分けているが、谷と言っても実際には平地である。千手院谷もその一つで、

その区域内にある千手観音堂が名の起こりである。谷崎潤一郎は昭和六年五月十八日から九月二十六日まで高野山町の龍泉院内泰雲院に滞在し、八月二日に『盲目物語』を脱稿した。

細 江 光

解説

井上靖

明治四十三年に『新思潮』に出世作『刺青』を発表して文壇に発場してから、最近作『少将滋幹の母』に至るまで、谷崎潤一郎氏の創作生活は実に四十余年の長きにわたっている。かく長期にわたって文学的生命を枯渇させることなく、一作ごとに世の注目を浴びて来た作家は、古今東西を問わず、稀有な例と言わなければならない。

氏の作風はこの四十年間に勿論幾多の変遷を見せ、その文学活動も、小説のほか戯曲、随筆、古典の現代語訳と、多方面にわたっているが、氏のこれまでの業蹟を展望して氏の創作活動をその作風から大体三つの時期に分けて考えることが出来るかと思うのである。

『刺青』『少年』『麒麟』『神童』『異端者の悲しみ』等の初期の諸作に見る特徴は、唯美派、悪魔派としての傾向で、主として性的倒錯の世界を取り扱い、その大胆な官能描写やその絢爛たる技巧は、当時の文壇を風靡していた自然主義の灰色の潮流のただ中にあって、文字通りの新風として文壇を瞠目せしめたものであった。そしてこの初期の谷崎文学の傾向は執拗に押しすすめられ、大正十年に第一幕を『改造』に発表した『愛すればこそ』、大正十四年に完結した『痴人の愛』等に於いてその傾向の頂点が示されている。

大正十二年の関東震災以後、氏はその居を関西に移したが、この関西転住は氏の文学に大きい変化をもたらし、その最初の変貌を窺うことが出来る作品は、昭和三年東京日日新聞に連載した『蓼喰う虫』で、これは氏の文学の系譜の中で特殊な重要な位置を占めるものである。これまでの氏の諸作に現われていたあくどい耽美的な享楽主義は、漸くこの作品に於いては他のものと置き換えられようとしている。即ち文章も強烈なる色彩と芳香を消して古典的なものに近づき、氏の作家的関心は日本的な女性美や趣味生活へと移行している。『吉野葛』を第一作として展開する次期谷崎文学の大きい変貌への過渡的作品として、『蓼喰う虫』は特殊な意味を持つものである。これは明らかに氏の内に持っていた本質的なものが、関西殊に大阪という都市の持つ人情、性格と調和し、それが作品に影響を与えるまで氏の内部に於いてある重大な変化が為されたことを物語るものである。この間の事情は、氏の随筆『私の見た大阪及び大阪人』あるいは『大阪の芸人』等に依って窺うことができ、氏の、関西が持つ市民文化性への共感と傾倒をはっきりと知ることが出来る。換言すれば、氏は関西転住に依って日本の風土、伝統を再認識し、氏の文学へ決定的変化をもたらすに至ったのである。

かくして氏の第二期の活潑な活動は始まって来る。昭和六年『中央公論』に『吉野葛』『盲目物語』を、昭和七年『改造』に『蘆刈』を発表、同時に『源氏物語』の現代語訳に着手している。これらの諸作はいずれも物語形式が採用され、流麗な古典的文体に依って、最も日本的なものへの作者の没入が見られる。そして昭和八年には『春琴抄』を『中央公論』に発表し、この期間の作風の一つの山巓に到達している。

そして戦時下のあの日本が持った未曾有の暗い時代に、氏は『細雪』を執筆し始めているが、この頃からを一応谷崎文学の第三期と見做していいかと思う。作風、文章共にいよいよ円熟味を加え、枯淡な美しさが作品を飾り始めている。『細雪』は戦時中、一時執筆を停止したが、戦後完成され、それに続いて『毎日新聞』紙上に『少将滋幹の母』が発表されている。『細雪』は関西の消費階級の生活を三人の姉妹を中心にして、起伏のない構成のもとに描き出し、文学者としての氏の大成を見せている。『少将滋幹の母』は又、氏の古典趣味がその枯淡な文体と渾然と融け合って、戦後文壇の最も大きい収穫の一つたり得ている。

氏の文学者としての足跡を振返れば以上のようなものであるが、文壇生活四十年の全期間を通じて一貫しているものは、氏の作品の多くが物語性を持っているということである。作家的生命を長く保持している最も根本的な理由は、一語で言えば、氏が優れた物語作家であるという一事にあるかと思う。氏は明治、大正、昭和と文学思潮の幾変転をよそに、終始一貫、独自の物語的構成をもって作品を構築し、わが国には珍しいがっちりした造型の美しさを作品の中に鋳ち出している。

次にもう一つ重要なことは、氏の文体が中期から純日本的な古典的なものへ移行して、日本語の伝統に基礎をおいた美しい独自の文体を形成していることである。氏の文章への並々ならぬ研鑽と見識は、『文章読本』や随筆『現代国語文の欠点について』等にこれを窺うことが出来る。氏の文学を論ずるものは、いかなる場合でも、氏の文体について論じなければならないのである。ゆたかな感性を持つ語彙とその逞しい描写力は、当代作家にその比を見ないと言っても過言ではあるまい。

本書に収められてある『吉野葛』『盲目物語』の二編は、それぞれ昭和六年の一月と九月の『中央公論』に掲載され、いずれも発表当時世評高かったものであって、前述した氏の二期の作品の代表的なものであるばかりでなく、氏の全作品中でも名作として数えられているものである。

『吉野葛』は、一人称で物語ってゆく所謂説話の形を採った作品で、大和の吉野を旅行してそこの風物自然を写しその土地の歴史伝説を語って行く随筆風な描き方で全編を貫きながら、一緒に旅行している津村という友人の生い立ちの物語を挿入し、津村の母への思慕の情を主要な主題として設定している。

氏はこの作品で、関西の風土への愛情と歴史への愛着、さらに又失われた古きものへの愛惜を、美しい抒情として描いている。随筆『陰翳礼讃』の中に見出す氏の〝愛惜すべきもの〟への熱情的詠歎が、ここでは静かな抒情となって流れているのである。そうした中へ友人津村の物語は巧みに嵌め込まれ、しみじみとした情感となって読む者の心に迫って来るのである。随筆的小説と言ってもいいし、逆に小説的随筆と言ってもいいかも知れぬ。

作中、津村が母へ寄する思慕の情は切々として読者に迫るものがあるが、こうした母への思慕を主題とした作品は、『母を恋うるの記』や『少将滋幹の母』その他なお幾編かを算えることが出来る。氏は常に永遠の理想の女性として母を描いている。氏の女性観の根柢に〝母〟が坐っていることは氏を理解するために重要なことである。

『盲目物語』は戦国時代に材を取った歴史小説で、これも盲人の懐旧談という説話の形を採っており、信長の妹で、浅井長政の妻お市の方の悲劇的生涯を中心に、戦国時代を生きた人間の喜怒哀楽を悲しく美しく描き出している。

夫長政は信長のために滅ぼされ、男の子は殺されるという悲運を身につけた女性お市の方は、夫の死後信長のもとに引取られたが、信長の死後、柴田勝家に再婚し、今度は勝家が秀吉に滅ぼされるという第二の悲運に遭い、ついに勝家と共にその悲劇的生涯を閉じる。――これがこの作品の梗概で、この物語が盲人の口に依って語られて行くのである。

作者はお市の方を、非情な運命に弄ばれた女性として、それ故にまた美しい女性として熱情をもって描いているが、この主人公を中心に転変極まりなき戦国時代の、時代としてのさらに大きい悲しみが、主人公の悲運をその中に埋めてしまうように見事に描出されている。

特にこの作品では氏の流麗な古典的文体は、素材とぴったり合って、情感はさながら行間から立ちのぼって来る観がある。

（昭和二十六年八月、作家）

本書は中央公論社刊『谷崎潤一郎全集』第十三巻（昭和五十七年五月）を底本とした。

表記について

新潮文庫の文字表記については、原文を尊重するという見地に立ち、次のように方針を定めました。

一、旧仮名づかいで書かれた口語文の作品は、新仮名づかいに改める。
二、文語文の作品は旧仮名づかいのままとする。
三、旧字体で書かれているものは、原則として新字体に改める。
四、難読と思われる語には振仮名をつける。
五、漢字表記の代名詞・副詞・接続詞等のうち、特定の語については仮名に改める。

本書で仮名に改めた語は次のようなものです。

此の（れ）──→この・これ　彼や──→かや　斯く──→かく
斯う──→こう　けれ共──→けれども　是非共──→是非とも

谷崎潤一郎著

痴人の愛

主人公が見出し育てた美少女ナオミは、成熟するにつれて妖艶さを増し、ついに彼はその愛欲の虜となって、生活も荒廃していく……。

谷崎潤一郎著

刺青（しせい）・秘密

肌を刺されてもだえる人の姿に、いいしれぬ愉悦を感じる刺青師清吉が、宿願であった光輝く美女の背に蜘蛛を彫りおえたとき……。

谷崎潤一郎著

春琴抄

盲目の三味線師匠春琴に仕える佐助は、春琴と同じ暗闇の世界に入り同じ芸の道にいそしむことを願って、針で自分の両眼を突く……。

谷崎潤一郎著

猫と庄造と二人のおんな

一匹の猫を溺愛する一人の男と、二人の若い女がくりひろげる痴態を通して、猫のために破滅していく人間の姿を諷刺をこめて描く。

谷崎潤一郎著

蓼（たで）喰（く）う虫

性的不調和が原因で、互いの了解のもとに妻は新しい恋人と交際し、夫は売笑婦のもとに通う一組の夫婦の、奇妙な諦観を描き出す。

谷崎潤一郎著

卍（まんじ）

関西の良家の夫人が告白する、異常な同性愛体験——関西の女性の艶やかな声音に魅かれて、著者が新境地をひらいた記念碑的作品。

芥川龍之介著
羅生門・鼻

王朝の説話物語にあらわれる人間の心理に、近代的解釈を試みることによって己れのテーマを生かそうとした〝王朝もの〟第一集。

阿川弘之著
春の城
読売文学賞受賞

第二次大戦下、一人の青年を主人公に、学徒出陣、マリアナ沖大海戦、広島の原爆の惨状などを伝えながら激動期の青春を浮彫りにする。

安部公房著
壁
戦後文学賞・芥川賞受賞

突然、自分の名前を紛失した男。以来彼は他人との接触に支障を来し、人形やラクダに奇妙な友情を抱く。独特の寓意にみちた野心作。

有島武郎著
或る女

近代的自我の芽生えた明治時代に、封建的な社会に反逆し、自由奔放に生きようとして敗れる一人の女性を描くリアリズム文学の秀作。

井伏鱒二著
荻窪風土記

時世の大きなうねりの中に、荻窪の風土と市井の変遷を捉え、土地っ子や文学仲間との交遊を綴る。半生の思いをこめた自伝的長編。

泉鏡花著
歌行燈・高野聖

淫心を抱いて近づく男を畜生に変えてしまう美女に出会った、高野の旅僧の幻想的な物語「高野聖」等、独特な旋律が奏でる鏡花の世界。

川端康成著

雪国

ノーベル文学賞受賞

雪に埋もれた温泉町で、芸者駒子と出会った島村——ひとりの男の透徹した意識に映し出される女の美しさを、抒情豊かに描く名作。

梶井基次郎著

檸檬（れもん）

昭和文学史上の奇蹟として高い声価を得ている梶井基次郎の著作から、特異な感覚と内面凝視で青春の不安や焦燥を浄化する20編収録。

菊池寛著

藤十郎の恋・恩讐の彼方に

元禄期の名優坂田藤十郎の偽りの恋を描いた「藤十郎の恋」、仇討ちの非人間性をテーマとした「恩讐の彼方に」など初期作品10編を収録。

太宰治著

斜陽

〝斜陽族〟という言葉を生んだ名作。没落貴族の家庭を舞台に麻薬中毒で自滅していく直治など四人の人物による滅びの交響楽を奏でる。

夏目漱石著

硝子戸の中

漱石山房から眺めた外界の様子は？ 終日書斎の硝子戸の中に坐し、頭の動くまま気分の変るままに、静かに人生と社会を語る随想集。

森鷗外著

山椒大夫（さんしょうだゆう）・高瀬舟

人買いによって引き離された母と姉弟の受難を描いて、犠牲の意味を問う「山椒大夫」、安楽死の問題を見つめた「高瀬舟」等全12編。

新潮文庫最新刊

立花隆著
脳を鍛える
―東大講義「人間の現在」―

自分の脳を作るには、本物の知を獲得するには、何をどう学ぶべきか。相対性理論から留年のススメまで、知的刺激が満載の全十二講。

河合隼雄
南伸坊著
心理療法個人授業

人の心は不思議で深遠、謎ばかり。たまに病気になることも……。シンボーさんと少し勉強してみませんか？　楽しいイラスト満載。

野口悠紀雄著
「超」納税法

「サラリーマン法人」があなたの納税額を変える!? 著者が、自らの体験を交えて日本の税制の盲点を指摘する痛快エッセイ。

内田幹樹著
機長からアナウンス

旅客機パイロットって、いつでもかっこいいの？　離着陸の不安から世間話のネタ、給料まで、元機長が本音で語るエピソード集。

大平健著
診療室にきた赤ずきん
―物語療法の世界―

赤ずきん、ねむりひめ、幸運なハンス、ももたろう……あなたはどの話の主人公？　精神科医が語る昔話や童話が、傷ついた心を癒す。

今尾恵介著
地図を探偵する

新旧2種類の地図を見比べ、旧街道や廃線跡を歩く。世界中の鉄道記号を比較する――。地味に見える地形図を、自分流に愉しむ方法。

吉野葛・盲目物語

新潮文庫　た-1-5

昭和二十六年八月十日 発行
平成十四年五月二十五日 五十六刷改版
平成十六年九月十日 五十八刷

著者 谷崎潤一郎
発行者 佐藤隆信
発行所 株式会社新潮社

郵便番号 一六二—八七一一
東京都新宿区矢来町七一
電話 編集部(〇三)三二六六—五四四〇
読者係(〇三)三二六六—五一一一
http://www.shinchosha.co.jp

価格はカバーに表示してあります。

印刷・東洋印刷株式会社　製本・株式会社大進堂

ISBN4-10-100506-0 C0193